Les Chevaliers d'Antarès

TOME 3
Manticores

Déjà parus dans
la même collection :

Les Chevaliers d'Antarès, tome 1 – Descente aux enfers
Les Chevaliers d'Antarès, tome 2 – Basilics

À paraître en 2016 :

Les Chevaliers d'Antarès, tome 4 – Chimères

À ce jour, Anne Robillard a publié près d'une soixantaine de
romans. Parmi eux, la saga à succès *Les Chevaliers d'Émeraude*,
la mystérieuse série *A.N.G.E.*, *Qui est Terra Wilder ?*,
Capitaine Wilder, la série surnaturelle *Les ailes d'Alexanne*,
la trilogie ésotérique *Le retour de l'oiseau-tonnerre*,
la série rock'n roll *Les cordes de cristal* ainsi
que plusieurs livres compagnons et BD.

Ses œuvres ont franchi les frontières du Québec
et font la joie de lecteurs partout dans le monde.

Pour obtenir plus de détails sur ces autres
parutions, n'hésitez pas à consulter
son site officiel et sa boutique en ligne :

www.anne-robillard.com / www.parandar.com

ANNE ROBILLARD

Les Chevaliers d'Antarès

Tome 3
Manticores

Catalogage avant publication de Bibliothèque et Archives
nationales du Québec et Bibliothèque et Archives Canada

Robillard, Anne

Les Chevaliers d'Antarès

Sommaire : t. 3. Manticores.

ISBN 978-2-924442-50-0 (vol. 3)

I. Robillard, Anne.   Manticores.   II. Titre.

PS8585.O325C432 2016   C843'.6   C2015-942610-3
PS9585.O325C432 2016

Wellan Inc.
C.P. 85059 – IGA
Mont-Saint-Hilaire, QC   J3H 5W1
Courriel : info@anne-robillard.com

Illustration de la couverture et du titre : Aurélie Laget
Illustration de la carte : Jean-Pierre Lapointe
Mise en pages et typographie : Claudia Robillard
Révision et correction d'épreuves : Annie Pronovost

Distribution : Prologue
1650, boul. Lionel-Bertrand
Boisbriand, QC   J7H 1N7
Téléphone : 450 434-0306 / 1 800 363-2864
Télécopieur : 450 434-2627 / 1 800 361-8088

Dépôt légal – Bibliothèque et Archives nationales du Québec, 2016
Dépôt légal – Bibliothèque et Archives Canada, 2016

«Celui qui décrit le mieux le problème est celui qui est le plus à même de le résoudre. » — Dan Roam

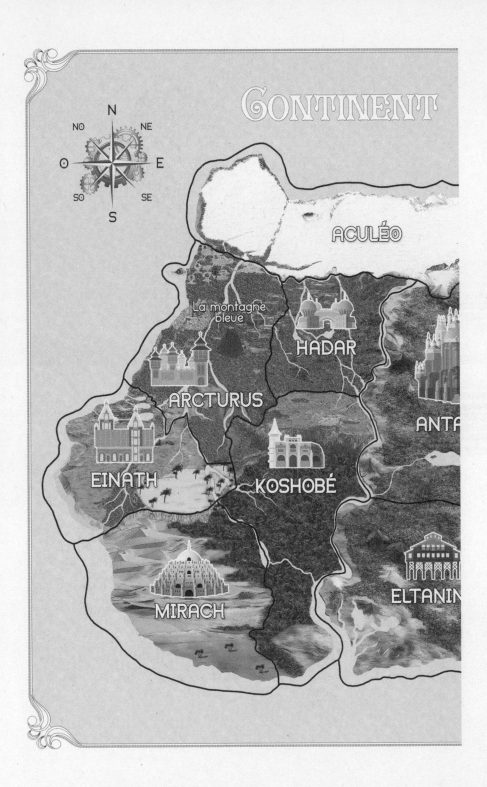

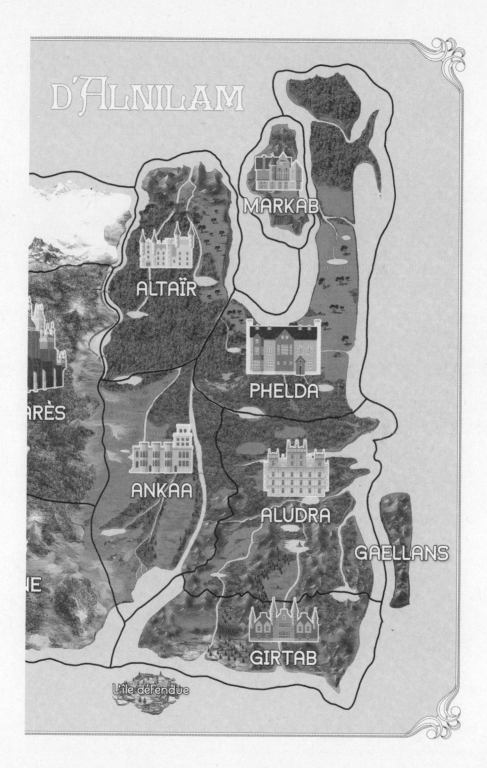

D'ALNILAM

MARKAB

ALTAÏR

PHELDA

...ARÈS

ANKAA

ALUDRA

GAELLANS

...NE

GIRTAB

L'île défendue

CHAMBARDEMENTS

Le pays d'Arcturus se situait au nord-ouest du continent d'Alnilam. En plein centre s'élevait la montagne bleue, un pic solitaire qui dominait toute la région. Arcturus était le centre intellectuel d'Alnilam et possédait les meilleures universités. Ses mines et ses usines se trouvaient au nord, comme dans la plupart des autres pays du continent. C'était pour cette raison que les Chevaliers d'Antarès les protégeaient depuis de nombreuses années. Les Aculéos avaient réussi à incendier les villes qui ponctuaient le parcours de la rivière Pyrèthre, mais là s'étaient arrêtés leurs efforts de destruction.

Le défunt commandant Audax avait confié la défense de ce territoire aux Manticores. Ce grand homme n'était pas un érudit, mais il comprenait l'importance de préserver non seulement les industries, mais aussi la connaissance pour les générations futures. Il les avait donc chargées de ne laisser passer aucun homme-scorpion à Arcturus.

Tout comme son prédécesseur, Sierra se déplaçait d'une garnison à l'autre à chaque campagne militaire. Elle prodiguait des conseils, écoutait les réclamations, participait même à quelques combats aux côtés des autres commandants. Cette fois-ci, la Haute-Reine Agafia d'Antarès l'avait obligée à partir avec Wellan, un prisonnier en provenance d'un autre monde. Sierra avait d'abord cru que ce soldat serait un véritable boulet, mais sa contribution lors de plusieurs batailles s'était avérée fort utile.

Lorsque Sierra s'était arrêtée chez les Chimères tout de suite après le répit, Wellan avait enfin retrouvé son ami Nemeroff, magicien lui aussi, qui possédait l'étonnante faculté de se transformer en dragon cracheur de feu. Elle avait ensuite poursuivi sa route jusque chez les Basilics en leur compagnie, où un autre homme s'était ajouté au groupe. Il s'appelait Eanraig et prétendait avoir survécu au massacre de sa ville par des Aculéos. Sierra aurait préféré le laisser sous la surveillance de Chésemteh, la commandante des Basilics, mais l'Hadarais l'avait suppliée de le laisser voyager avec elle jusqu'au pays voisin. C'est donc en compagnie de Wellan, Nemeroff et Eanraig que la grande commandante arriva enfin chez les Manticores.

En mettant pied à terre, Nemeroff remarqua que les soldats de cette garnison dormaient dans des huttes de paille. Comme il avait déjà fourni aux Basilics les matériaux nécessaires à la construction d'abris plus étanches, où il était possible d'allumer un feu, il voulut offrir le même présent aux Manticores. Leur réaction fut cependant fort différente…

Utilisant son esprit, Nemeroff découpa sans effort des blocs de pierre dans la falaise et les fit voler jusqu'au campement des soldats d'Apollonia. L'arrivée des projectiles rectangulaires causa aussitôt la panique parmi les Chevaliers. Dassos, qui se trouvait dans la forêt au moment où les matériaux se mirent à foncer vers la clairière, revint en courant pour alerter la garnison. Wellan dut s'en mêler pour empêcher que les Manticores se précipitent à la rencontre d'un ennemi inexistant. Au même instant, les premiers blocs volèrent par-dessus la tête de Dassos pour former des piles un peu partout.

Apollonia ne cacha pas son irritation en apprenant que c'était Nemeroff le responsable de ce curieux phénomène. Sierra tenta donc de lui expliquer qu'il s'agissait de matériaux de construction.

– Pour quoi faire ?

– Des abris convenables, déclara Nemeroff.

– Tu viens juste d'arriver, l'étranger, et tu veux déjà changer nos mœurs ?

– Uniquement les améliorer.

– Laissez-moi vous montrer à quoi ils servent, offrit Wellan pour détendre l'atmosphère en voyant arriver une horde de Manticores armées jusqu'aux dents.

– Nous ne voulons pas le savoir, répliqua le chef des Manticores. Nous faisons la guerre ici depuis très longtemps et nous sommes capables de répondre à nos propres besoins.

– Ce que je vous propose, ce sont des abris étanches qui… balbutia Nemeroff, étonné par sa réaction.

– Nous avons notre propre façon de faire les choses, étranger.

Nemeroff dirigea un regard interrogateur vers Wellan.

– *Combien de temps devrons-nous rester ici ?* demanda-t-il par télépathie.

– *Quelques semaines tout au plus*, répondit son ami. *Sois indulgent.*

En s'efforçant de ne pas laisser la colère le transformer en dragon, Nemeroff salua la commandante des Manticores et partit à la recherche d'un endroit en retrait pour y construire le refuge qu'il entendait partager avec ses amis. Des blocs s'élevèrent d'une des piles et le suivirent. Lorsqu'ils eurent compris ce qu'il voulait faire, Wellan et Eanraig se précipitèrent pour lui prêter main-forte.

– Qui est cet insolent qui se donne le droit de nous dire comment installer un campement ? grommela Apollonia.

– Nemeroff est un roi dans son propre monde, mais je ne crois pas qu'il ait voulu se montrer arrogant. À mon avis, il voulait simplement vous offrir un peu plus de confort.

– Ici, ce n'est pas lui qui commande, alors qu'il se mêle de ses affaires. Sa magie ne nous impressionne pas.

13

Tout en dirigeant les blocs au bon endroit pour former un rectangle sur le sol, Wellan ressentit la frustration du jeune souverain.

— Apparemment, les autres garnisons ne sont pas aussi compréhensives que les Basilics, chuchota-t-il. Essaie de ne pas te sentir personnellement visé par leur réaction.

— C'était seulement un cadeau. Je ne leur ai pas donné l'ordre de changer leur mode de vie.

— Elles finiront bien par le comprendre, l'encouragea Eanraig.

Pour se délier les muscles, les trois hommes terminèrent manuellement la construction de l'abri à la fin du jour. C'est alors que Sierra s'approcha pour les convier au repas commun.

— Mais d'où vient ce toit en tôle ? s'étonna-t-elle.

— Je l'ai trouvé à Astonbourg, dans la cour de l'usine d'où partent les caravanes, expliqua Nemeroff. Il se trouvait dans un tas de rebus, alors je n'ai pas vu de mal à le prendre.

— Il sera certainement plus étanche qu'un tas de branches de sapin, commenta Eanraig.

— Venez-vous manger ? demanda Sierra.

— Allez-y, dit Nemeroff à ses amis. Je n'ai pas faim.

— Mais tu ne t'es rien mis sous la dent de toute la journée, protesta Wellan.

— Je n'ai pas d'appétit quand je suis fatigué.

Sierra revint donc vers les Manticores en compagnie de Wellan et Eanraig, qui s'installèrent volontiers parmi les Chevaliers et acceptèrent des écuelles fumantes avec gratitude.

— Où est le roi despote ? s'enquit Apollonia, ce qui fit rire ses camarades.

— En raison de l'accueil qu'il a reçu à notre arrivée, il préfère s'isoler pour se reposer, l'informa Wellan.

— Mais il lui faudra bien manger quelque chose, s'attrista Messinée.

– Ne vous inquiétez pas pour lui. Il est débrouillard.

Affamés, Wellan et Eanraig avalèrent leur repas en silence. Assise près de Sierra, Apollonia jetait un œil de temps à autre du côté de l'abri de pierre dans lequel Nemeroff s'était retiré afin de trouver un peu de paix.

– Quand quelqu'un nous propose une nouvelle façon de faire les choses, il ne faut pas immédiatement la rejeter, lui dit Sierra. Tu n'as aucune idée à quel point j'ai dû m'adapter depuis que ces hommes sont sous ma surveillance.

– Parce que la haute-reine t'y oblige, riposta Apollonia. Les Manticores n'ont reçu aucun ordre de sa part les enjoignant à fabriquer des abris différents.

Sierra se demanda comment réagirait la commandante si c'était elle qui l'obligeait à le faire au nom de la souveraine. Apollonia était une belle femme aux longs cheveux blond vénitien et aux yeux verts rêveurs. Intelligente, elle possédait suffisamment d'autorité pour maîtriser la turbulence de ses Chevaliers. Toutefois, il lui manquait la flexibilité et l'opportunisme qui distinguaient les grands héros comme Audax des soldats ordinaires. Sierra décida donc de se sustenter sans émettre de commentaires.

– Comment ça s'est passé chez les Basilics ? l'interrogea finalement Pavlek.

– Tout comme vous, les troupes de Chésemteh ont dû repousser une offensive de la part des Aculéos dès leur arrivée dans leur campement. Puis les attaques se sont multipliées et, lors de la dernière, ce sont des milliers d'hommes-scorpions qui sont descendus de la falaise.

Les Manticores arrêtèrent de manger et fixèrent la grande commandante avec incrédulité.

– Tu dis ça pour nous rendre jalouses, n'est-ce pas ? intervint Baenrhée en se redressant fièrement.

– C'est la vérité, confirma Eanraig. J'ai vu cette marée d'hommes-scorpions de mes propres yeux.

– Donc, s'il ne se passe rien ici, c'est parce que tous les Aculéos ont décidé de s'en prendre aux Basilics ? s'étonna Tanégrad. Mais pourquoi eux ?

Wellan observa discrètement Sierra pour voir si elle leur révélerait que l'ennemi cherchait à s'emparer de Nemeroff et surtout pourquoi il agissait ainsi.

– Exactement, se contenta de répondre la grande commandante.

– Ce n'est pas juste ! s'exclama Baenrhée.

– Ils finiront bien par revenir de notre côté.

Pour éviter que sa sœur d'armes s'énerve davantage, Mactaris demanda à Wellan de comparer sa guerre à celle que menaient les Chevaliers d'Antarès. Pendant qu'il expliquait aux Manticores comment ses troupes avaient réussi à vaincre les hommes-insectes d'Amecareth, Messinée se retira discrètement et alla porter une écuelle à Nemeroff. Elle s'agenouilla devant l'entrée que le jeune roi n'avait pas encore scellée.

– Il y a quelqu'un ? appela-t-elle en faisant attention de ne pas élever la voix.

Nemeroff apparut dans l'ouverture.

– Je ne t'ai pas réveillé, j'espère.

– Non. Des pensées obsédantes m'empêchent de trouver le sommeil.

– Puis-je entrer ?

– Avec plaisir.

Messinée se glissa à l'intérieur et fut surprise d'y trouver un petit feu qui ne dégageait aucune fumée.

– C'est de la magie, expliqua l'étranger.

– Et ça, c'est ton repas.

La jeune guerrière aux longs cheveux noirs lui tendit l'écuelle qu'elle avait apportée.

– Ce n'était pas nécessaire.

– Tu as besoin de manger, comme tout le monde.

Elle s'assit, contente de pouvoir se réchauffer. Nemeroff commença par humer la nourriture, puis se décida à prendre quelques bouchées.

– Je ne suis pas venu ici pour bouleverser vos mœurs, déclara-t-il. Je croyais qu'un peu de confort vous ferait du bien. Les Basilics n'ont pas hésité une seconde à utiliser les blocs pour se construire de nouveaux logis.

– Nous ne sommes pas comme eux. Apollonia n'aime pas les changements qui ne viennent pas d'elle.

– J'ai cru le remarquer.

– Mais j'avoue que ça me plairait de dormir au chaud. Je tenterai de la faire changer d'idée.

Messinée quitta Nemeroff quelques minutes plus tard. Sans le savoir, elle venait de le réconcilier avec les Manticores. Wellan et Eanraig regagnèrent l'abri dans la soirée et remercièrent le jeune roi de l'avoir réchauffé avant leur arrivée. Le logis était suffisamment grand pour accueillir six adultes. Nemeroff avait pratiqué de minces ouvertures près du toit afin de permettre une bonne circulation d'air sans toutefois laisser entrer d'éventuels flocons de neige. Il avait aussi tapissé le sol d'aiguilles de sapin pour le rendre plus moelleux. Aussi, grâce au feu magique, ils n'auraient pas besoin de s'enrouler dans leurs capes pour se tenir au chaud. Ils les étendirent plutôt par terre et se couchèrent dessus.

– Nemeroff, tu aurais dû devenir architecte, le félicita Wellan.

– J'avoue que cette profession m'aurait plu. J'ai adoré construire des ponts sur les rivières d'Émeraude, des maisons à Espérita et même des huttes dans les arbres chez les Elfes.

– Tu n'es plus fâché contre les Manticores ?

– J'ai bien réfléchi à leur attitude et j'ai finalement compris que tout le monde ne peut pas avoir l'esprit ouvert des Basilics.

Son raisonnement fit sourire Eanraig, mais il se garda de jeter de l'huile sur le feu.

– Si ces gens préfèrent dormir au froid dans des huttes qui ne les protègent pas vraiment des intempéries, c'est leur affaire, conclut Nemeroff.

Lorsqu'ils décidèrent de fermer l'œil, Sierra ne les avait pas encore rejoints. Wellan glissa un morceau de tôle devant l'ouverture de l'abri. La commandante n'aurait qu'à le pousser vers l'intérieur pour entrer.

Au milieu de la nuit, un grand fracas réveilla l'ancien soldat. Il tendit l'oreille et se rendit compte qu'il s'agissait de terribles coups de tonnerre qui faisaient même vibrer le sol. La pluie se mit ensuite à tambouriner durement sur le toit en métal. L'ancien Chevalier scruta tout de même la région avec ses sens invisibles pour s'assurer que les Aculéos ne profitaient pas de cette diversion pour les attaquer. Ne découvrant aucune trace des hommes-scorpions, il ferma les yeux et sombra à nouveau dans le sommeil, malgré le déchaînement de la nature à l'extérieur.

Quand il se réveilla pour de bon, ses compagnons dormaient encore. La tempête semblait avoir cessé. Il débloqua l'entrée et sortit. Le soleil inondait le campement. «Après la pluie, le beau temps…» songea-t-il. Il y avait des flaques d'eau un peu partout, mais le vent froid qui venait de se lever risquait de les transformer en dangereuses patinoires. Wellan arqua un sourcil quand il aperçut, suspendus dans les arbres, couvertures, capes et plastrons. Il y avait même des bottes accrochées à l'envers sur le bout des branches. Si tous ces effets ne séchaient pas bientôt, ils se couvriraient de glace.

Nemeroff arriva près de Wellan et fit silencieusement les mêmes constatations que lui. Il n'eut pas le temps de lui en parler que Sierra venait à leur rencontre. Elle ne portait que son pantalon et son débardeur noirs et grelottait de tous ses

18

membres. Wellan eut pitié d'elle. Il enleva sa cape et en couvrit les épaules de la grande commandante.

– Habituellement, je n'accepte pas ce genre de galanterie, mais ce matin, j'en ai grand besoin. Merci. Les orages sont rares durant la saison froide, mais ils sont violents.

Wellan remarqua alors qu'elle n'était pas le seul Chevalier en piteux état.

– Ça vous attirerait beaucoup de sympathie si vous utilisiez votre magie pour sécher tout ce que vous pouvez, suggéra Sierra.

– J'y pensais justement. Je vais l'offrir tout de suite à la commandante des Manticores. Je ne voudrais pas me faire reprocher de me mêler de ce qui ne me regarde pas.

– Bonne idée, approuva Nemeroff.

Il resta sur place avec Sierra tandis que Wellan partait à la recherche d'Apollonia. Il trouva la jeune femme debout devant sa hutte en ruines, d'où elle avait retiré toutes ses affaires détrempées.

– Si tu es venu pour me vanter les mérites d'un abri en pierres, je ne suis pas d'humeur à t'écouter, maugréa-t-elle.

– Je désire seulement t'offrir nos services de magiciens pour sécher vos effets avant que le froid ne recommence à sévir.

Apollonia lui servit un regard de côté.

– Nos relations ont bien mal commencé, lui dit-elle. Je suis désolée.

– Nous ne voulons que vous rendre la vie plus facile.

– Pourquoi ?

– Parce que nous sommes faits ainsi.

– Nous n'aimons pas beaucoup le changement, par ici.

– Nous l'avons compris.

D'un geste de la main, Wellan fit sécher les vêtements et les cheveux de la commandante des Manticores.

– Merci… bafouilla Apollonia, étonnée.

– Je peux faire la même chose dans tout le campement, avec ta permission, bien sûr.

– Je te l'accorde.

Wellan s'y employa aussitôt avant d'ajouter :

– Aussi, ça ferait plaisir à mon ami Nemeroff que vous utilisiez ses blocs pour construire des logis plus sécuritaires avant la nuit.

– Pas juste à lui…

Apollonia lança ses ordres et en quelques minutes, les Manticores se rassemblèrent autour d'elle.

– Dès que nous aurons fait du feu et que nous nous serons rassasiés, nous reconstruirons nos abris avec les blocs de pierre, annonça-t-elle.

– Ça nous évitera de revivre le même cauchemar si un autre orage survient avant la fin de la saison froide, laissa tomber Céladonn.

– Les boîtes d'allumettes sont remplies d'eau, les avertit Dassos. Je ne sais pas comment nous rallumerons les bûches.

Wellan fit apparaître des feux magiques dans tous les petits cercles de pierres, par-dessus les morceaux de bois.

– Un problème de réglé ! s'exclama Dholovirah, émerveillée.

– À qui c'est le tour de préparer le repas ? s'enquit Samara.

– C'est le mien, annonça Wellan. Allez vous asseoir. Je vous sers dans un petit instant.

Les Manticores se dispersèrent, mais Baenrhée s'approcha d'Apollonia.

– Tu fais confiance aux étrangers ? lui demanda-t-elle.

– Nous n'avons pas vraiment le choix, Baé. Les matériaux que nous utilisons habituellement pour construire les huttes ne sont plus disponibles à ce temps-ci de l'année. Nous devons nous protéger des intempéries jusqu'au retour des beaux jours. Va rejoindre les autres.

La guerrière lui obéit même si elle n'en avait pas envie. Apollonia dirigea aussitôt ses pas vers Nemeroff, qui observait le ciel.

– Ne me dis pas que tu vois un autre problème ? s'inquiéta la commandante.

– Il y a beaucoup d'instabilité dans l'air.

– Je ne suis pas ici pour discuter de la météo mais pour te faire mes excuses. Tu avais raison et j'avais tort.

– De mon côté, je tiens à t'assurer que je ne suis pas ici pour imposer mes méthodes.

– Maintenant que c'est réglé, allons manger.

Ils prirent place devant l'un des feux. Lorsque tous furent assis, Wellan fit apparaître des assiettes fumantes remplies de jambon et de pommes de terre tranchées.

– Waouh ! s'exclama Dholovirah, impressionnée.

Habituée à sa magie, Sierra avait déjà commencé à manger. Les autres étudiaient le contenu de leur écuelle avec étonnement.

– C'est de la vraie nourriture, leur assura la grande commandante.

Dès que les Manticores eurent tout dévoré, Wellan matérialisa des chaussons aux pommes sur les assiettes vides. Sierra lui décocha un sourire amusé, car c'était cette pâtisserie qu'elle lui avait offerte dans sa prison.

– Les blocs sont-ils lourds ? voulut savoir Samara.

– Pas si nous les rendons légers grâce à notre magie, la rassura Wellan.

– Ce n'est pas comme si nous avions peur de l'effort, grommela Baenrhée.

– Mais nous mettrons moins de temps à construire les abris si les blocs sont plus légers, répliqua Pavlek.

– Mettez-vous au travail, ordonna Apollonia.

Elle fut la première à se rendre au logis de Nemeroff afin de voir comment il l'avait érigé.

QUIHOIT

L'atmosphère était lugubre dans les nombreuses galeries du clan de Zakhar. À la demande de ce dernier, les mâles Aculéos avaient commencé à se faire amputer de leur queue et de leurs bras qui se terminaient par des pinces. Les guérisseurs travaillaient jour et nuit à refermer les nombreuses plaies et à préparer des potions pour atténuer la douleur. Pire encore, les hommes-scorpions souffraient le martyre sans vraiment comprendre la raison de ce commandement. En petits groupes, ils grondaient contre Zakhar qui les obligeait à agir ainsi.

Les femelles étaient inquiètes, car elles seraient les prochaines à être mutilées. Elles observaient les guérisseurs qui pratiquaient l'opération sur les nouveau-nés sans pouvoir les en empêcher et rassuraient leurs enfants plus vieux qui allaient bientôt la subir à leur tour. La colonie s'était transformée en un hôpital de fortune où personne n'était content de son sort.

Quihoit, le fils préféré du Roi Zakhar, avait décidé de son propre chef de remplacer ce dernier dans ses fonctions. Après tout, ne deviendrait-il pas un jour le nouveau roi de cette nation ? Il recevait donc les plaintes, réglait les conflits, écoutait les nouvelles en provenance des autres clans et envoyait des messages pour apaiser les sujets les plus mécontents. Malgré son manque d'expérience, il se débrouillait fort bien, ce qui le gonflait d'orgueil.

Après avoir déjoué un récent attentat contre la vie de son père, Quihoit avait décidé de s'installer en permanence au palais. Il dormait dans le couloir qui menait à la chambre royale et personne ne pouvait s'y rendre sans lui marcher sur le corps. Il n'avait pas encore subi l'ablation de ses membres et ne comptait s'y soumettre que lorsque Zakhar serait enfin sur pied. Celui-ci se remettait plutôt bien, mais il était encore trop faible pour reprendre ses fonctions. Pour sa part, le roi admirait la loyauté de son fils. Il ignorait que celui-ci ne s'occupait de lui que pour rester dans ses bonnes grâces.

Quihoit ne laissait même pas les serviteurs s'approcher de son père. Il n'avait confiance en personne. Lorsque le guérisseur venait vérifier l'état de ses plaies, il se tenait à côté de lui et observait attentivement son travail. Il était si facile d'empoisonner quelqu'un, chez les Aculéos. Quihoit exigeait que les serviteurs déposent les repas du roi devant le trône et qu'ils n'aillent pas plus loin. Lui-même allait les chercher, reniflait tous les aliments, puis portait le plateau jusqu'au lit de Zakhar. Il aidait celui-ci à s'asseoir et lui offrait une pièce de viande à la fois.

Le roi n'avait pas vraiment faim, mais il savait qu'il ne pourrait pas reprendre ses forces s'il ne mangeait pas. Il plantait ses dents dans les tranches de mammifères marins et les mastiquait lentement en contemplant le visage si grave de Quihoit.

— Je ne te savais pas si dévoué, laissa tomber Zakhar après avoir avalé une première bouchée.

— À quoi sert un fils sinon à prendre soin de son père lorsqu'il est indisposé ?

— Je ne vois pas les autres se presser autour de moi.

— C'est parce que je ne les laisse pas passer.

— Pourquoi ?

— Pour les empêcher de te tuer.

24

Quihoit était si sérieux que Zakhar comprit qu'il ne disait pas cela pour plaisanter.

— Certains l'ont donc déjà tenté…

— Les coupables n'ont pas survécu.

— Je veux connaître leurs noms.

— Kikurt, Roprak et Evrout.

Zakhar parut surpris d'apprendre que ses trois aînés avaient comploté contre lui, car ils lui avaient toujours paru très loyaux.

— Qui les a châtiés ?

— C'est moi, père. Je les ai tués avant qu'ils se rendent jusqu'ici. Tu ne sembles pas t'en rendre compte, mais tu es très vulnérable en ce moment. Même une femelle pourrait facilement t'abattre.

— Tu as bien agi, Quihoit, et tu seras récompensé.

— Je ne demande rien en retour.

— Au lieu de faire de toi un général et de t'envoyer te battre contre les humains, comme tu me le réclames depuis que tu es enfant, je vais plutôt te garder à mes côtés et te préparer à ton futur rôle de souverain. Mais tu devras le mériter.

Quihoit demeura stoïque, mais à l'intérieur, il jubilait.

— Tu seras aussi mon messager tant que je ne serai pas complètement remis.

— Je transmettrai tes paroles avec joie.

— Commence par me parler du travail des guérisseurs.

— Ils travaillent d'arrache-pied. Notre clan ne s'est pas facilement soumis à tes ordres. Il gronde, mais il obéit.

— C'est ce qui compte.

— Les autres clans ne sont pas aussi dociles, par contre.

— Nous nous occuperons d'eux en temps voulu et leur ferons payer leur résistance.

— Avec plaisir.

— Tout le monde a-t-il subi les ablations ?

– Les hommes, oui, et les jeunes enfants. Bientôt, ce sera le tour des femmes.

– J'aimerais bien rassurer ta mère.

– Orchelle a le cœur d'un guerrier, père. Elle acceptera la procédure sans broncher, une fois qu'elle aura accouché. Mais crois-tu qu'il finira par naître des Aculéos qui n'auront pas de dard ni de pinces ?

– Peut-être pas de mon vivant, mais je suis certain que notre évolution suivra cette nouvelle direction.

– Je ne comprends pas pourquoi c'est si important pour toi.

– En ressemblant davantage aux créatures préférées des dieux, nous pourrons plus facilement les éliminer. Je me sens déjà beaucoup plus léger qu'avant. Imagine combien d'humains nous pourrons tuer à partir de maintenant.

– Sans nos dards et nos pinces ?

– Nous allons suivre leur exemple et utiliser des lames d'acier.

– Et où en trouverons-nous ?

– Fais-moi confiance, Quihoit. Mon prédécesseur en a récupéré beaucoup sur les champs de bataille et je sais où elles sont cachées.

Zakhar termina son repas en toute quiétude pendant que son fils continuait de surveiller l'entrée de la chambre.

– Dès que je serai remis, mon premier geste sera toutefois de capturer la bête volante. Sans elle, notre conquête du monde nécessitera des années.

– Père, nos meilleurs guerriers n'ont pas réussi à la prendre dans leurs filets.

– Il y a plusieurs façons de s'en emparer. En l'empoisonnant, nous pourrions la convaincre de se mettre à notre service en échange de l'antidote que nous lui administrerions à petites doses.

– Mais on raconte que ses écailles ne peuvent pas être transpercées. Comment arriverions-nous à lui inoculer le poison ?

– Toutes les créatures ont un point faible. Mais si tu dis vrai, alors mes espions humains pourront sans doute approcher la créature et me permettre de négocier avec elle.

– Tu n'es pas en état d'aller où que ce soit. Laisse-moi le faire à ta place.

– Pas tant que tu ne te seras pas débarrassé de ton apparence d'Aculéos. Plus aucun des nôtres ne descendra dans le pays des hommes avec des pinces et un dard.

– Alors, ça devra attendre ton rétablissement, car j'ai besoin des miens pour te protéger.

Quihoit ramassa le plateau vide, salua respectueusement le roi et quitta sa chambre. Zakhar ne voulait pas qu'il négocie avec les humains à sa place, mais il ne lui avait pas ouvertement défendu d'essayer de s'emparer du dragon. « Si je lui rapporte la bête bien docile, je serai dans ses bonnes grâces pour toujours », songea-t-il en entrant dans la salle du trône. Il déposa son fardeau sur le sol à l'entrée d'une des galeries par lesquelles les serviteurs venaient habituellement répondre aux besoins du roi. Les serviteurs pourraient le récupérer plus tard. Il alla s'asseoir sur le trône en s'imaginant déjà régner sur son peuple : une sensation euphorique le transporta de joie.

Quihoit avait donné l'ordre aux membres de son clan de ne pas pénétrer dans cette partie de leur ville souterraine sous peine de mort, alors il fut surpris de voir apparaître une silhouette dans un des nombreux tunnels qui y donnaient accès. Le prince se redressa, prêt à mettre la sentence à exécution, mais il reconnut la jeune femelle qui s'avançait vers lui sans la moindre appréhension.

– Tu es bien téméraire, Cipactli, lui dit-il.

– La fortune sourit aux audacieux, Quihoit. Tu es bien placé pour le savoir.

Petite et délicate, elle ne portait qu'un pagne. Sa longue chevelure rose, verte et orange retombait sur sa poitrine et ses grands yeux émeraude fixaient le personnage royal avec aplomb. Elle marcha jusqu'au trône et grimpa sur les genoux de Quihoit. Elle caressa son visage pendant un long moment avant de se décider à effleurer ses lèvres d'un baiser. Le prince l'embrassa avec passion, mais ne poussa pas ses avances plus loin, car il ne pouvait pas risquer que Cipactli tombe enceinte avant qu'il n'accède à une position plus élevée.

– Quand seras-tu roi ?

– Ça ne saurait tarder, affirma-t-il en glissant ses doigts dans les cheveux de sa maîtresse. La perte des membres de mon père a altéré sa faculté de penser. Il veut absolument devenir semblable aux humains.

– Tu devrais faire cesser ces mutilations qui nous diminueront pour toujours.

– Je suis d'accord avec toi, mais si je le faisais du vivant de mon père, ce serait de la trahison et je suis certain qu'il me ferait mettre à mort.

– La révolte gronde au sein du peuple, Quihoit. Les mâles de notre clan se sont soumis à la volonté de Zakhar, mais ceux des autres clans refusent de lui obéir. Ils se retourneront contre lui.

– C'est certain et je compte là-dessus. Sans son dard et ses pinces, Zakhar n'aura aucune chance contre les insurgés. Ils le mettront en pièces et, ce jour-là, je deviendrai le nouveau roi des Aculéos.

– Et moi ?

– Tu seras ma favorite.

Ils échangèrent d'autres langoureux baisers, puis Cipactli le repoussa doucement en faisant la moue.

– Le bruit court que ta sœur disparue reviendra, soupira-t-elle.

– Qui répand cette rumeur ? se fâcha le prince.

– Je n'en sais rien, mais elle est sur les lèvres de tout le monde.

– Elle ne peut pas avoir survécu, Cipactli. Elle n'était qu'un bébé lorsqu'elle est tombée de la falaise. J'ai vu des guerriers y perdre pied et se casser le cou en s'écrasant sur le sol. Et si elle n'a pas péri ce jour-là, pourquoi le peuple se soucierait-il de cette enfant ?

– Les Anciens prétendent que nous serons un jour dirigés par une grande reine et qu'avec elle commencera une longue ère de paix.

– Mon premier geste, quand je régnerai sur les Aculéos, sera de me débarrasser de ces vieillards qui ne servent plus à rien et que nous sommes obligés de nourrir !

– Tu ne crois donc pas que ce soit possible ?

– Si ma sœur ose se présenter ici, elle mourra.

– Je suis contente de te l'entendre dire…

Les amants se firent des câlins pendant un long moment, puis Cipactli quitta le prince en se déhanchant à outrance pour lui faire regretter de la chasser. Quihoit attendit l'arrivée des serviteurs qui venaient chercher le plateau, et leur demanda de convoquer les généraux de son père.

Genric, Odbart, Nayak et Kounsan, qui avaient survécu à la démolition de la falaise, arrivèrent au début de la soirée en compagnie des trois Aculéos qui avaient remplacé les généraux morts ce jour-là. Les nouveaux s'appelaient Barouk, Equick et Malbar. Puisqu'ils provenaient d'autres clans, Quihoit ne les connaissait pas.

Tous ces valeureux soldats avaient encore leurs pinces et leur dard.

– Que nous veut le roi ? demanda Odbart.

– Veut-il nous reprocher de ne pas lui avoir encore obéi ? s'inquiéta Nayak.

– Non, les rassura Quihoit. Il sait que vous serez les derniers à vous faire opérer, car vous devez protéger les pauvres mâles qui sont désormais dépourvus de leurs moyens de défense.

– Est-ce qu'il va bien ?

– Il se remet lentement mais sûrement de la mutilation.

– Où est-il ? voulut savoir Kounsan.

– Il a encore besoin de beaucoup de repos, mais il a fait de moi son porte-parole.

– Pour quelle raison avons-nous été appelés ici ?

– J'ai une mission à vous confier de sa part.

– Une mission de vengeance, j'espère ! s'exclama Genric.

– Chaque chose en son temps. Zakhar veut d'abord que vous capturiez la bête volante, mais que vous utilisiez des dards empoisonnés, cette fois.

– Elle crache un feu si terrible qu'il incinère les Aculéos en quelques secondes à peine, protesta Nayak.

– Alors, vous devrez en sacrifier quelques-uns pour que d'autres puissent faire pénétrer le poison dans sa peau. Vous êtes des meneurs d'hommes et d'excellents stratèges. À vous de trouver la façon d'offrir ce magnifique présent à votre roi.

Les soldats se frappèrent la poitrine avec leur poing droit et quittèrent la grande salle souterraine en commençant à discuter de la façon de réussir cet exploit. Assis sur son trône, Quihoit attendit qu'ils soient partis pour esquisser un large sourire de satisfaction.

LES OBSTACLES

Grâce au sort jeté par Nemeroff sur les blocs de pierre, qui les rendait ultralégers, les Manticores assemblèrent leurs nouveaux abris en très peu de temps. À la fin de l'après-midi, des centaines de refuges rectangulaires de près de deux mètres de haut se dressaient sur le pourtour des nombreuses clairières où cette partie de la garnison s'était installée.

– Qu'en est-il des trois autres groupes qu'Apollonia a postés plus loin à l'ouest ? s'enquit soudain Samara.

– Ils en recevront aussi, si nous passons par là, promit Nemeroff.

– Mais où trouverons-nous des toits en tôle ? demanda Baenrhée en se grattant la tête.

Avec son esprit, Nemeroff alla chercher de grandes feuilles de métal dans la cour de l'usine d'Astonbourg et laissa Wellan les découper avec les rayons ardents de ses mains.

– Comment fais-tu ça ? s'exclama Pavlek, impressionné.

– C'est de la magie, répondit Wellan en haussant les épaules.

Apollonia dirigea un regard inquiet vers Sierra.

– Ce n'est qu'une infime portion de ce qu'ils savent faire, affirma la grande commandante. Surtout, ne t'alarme pas. Ce sont des hommes bons qui n'abusent pas de leurs pouvoirs.

Dès que les toits furent solidement fixés sur tous les abris, les Chevaliers se réunirent autour des feux pour avaler le potage aux légumes préparé par Samara.

Cette fois, Messinée obligea Nemeroff à partager ce repas avec eux. Pour récompenser les efforts de conciliation des Manticores, Wellan fit apparaître de petits pains chauds devant chaque soldat.

— Encore une fois, je tiens à demander pardon au nom de tous mes Chevaliers pour ce qui s'est passé hier, déclara Apollonia d'une voix forte.

— Nous mettons plus de temps que les autres garnisons à nous adapter à de nouvelles circonstances, ajouta candidement Dassos.

— Je comprends, assura Nemeroff.

Ils mangèrent avec appétit, puis sirotèrent du thé noir en se réchauffant les mains sur leur gobelet. À la grande surprise de Wellan, Baenrhée s'alluma une pipe.

— On ne sait pas ce qu'elle met dedans, mais ça la calme, chuchota Sierra, assise près de lui.

— C'est le résultat qui compte, j'imagine.

— Personne ne fume, chez toi ?

— Très peu et ce sont surtout les hommes qui le font.

Wellan termina sa boisson chaude et déposa la tasse sur le sol devant lui.

— Que font les Manticores en attendant que les Aculéos se décident à descendre de leur falaise ? demanda-t-il. Fabriquent-elles des flèches ? S'entraînent-elles au maniement des armes ?

— Nous comptons très peu d'archers dans nos rangs, répondit Dholovirah. Nous préférons les combats rapprochés à l'épée et au poignard.

— Nous organisons donc des tournois de toutes sortes, ajouta Samara.

— Mais notre activité préférée maintenant, c'est le parcours d'obstacles, précisa Tanégrad.

— Le quoi ? s'étonna Sierra.

– C'est notre nouveauté de l'année, expliqua Apollonia. Puisque nous devons souvent nous déplacer en courant sur des terrains accidentés, nous avons imaginé une façon de nous y préparer.

Comme Sierra continuait de la regarder d'un air interrogateur, la commandante des Manticores lui promit de lui montrer de quoi il s'agissait après le thé.

En fait, ce qu'elle désirait vraiment, c'était que Baenrhée ait le temps de fumer sa dose d'herbe magique pour qu'elle se tienne tranquille le reste de la soirée. Wellan remarqua alors que le vent avait changé de direction et qu'il était plus doux. Malgré tout, les Manticores demeuraient enveloppées dans leur cape.

Apollonia invita ceux qui le désiraient à la suivre dans la forêt. Curieux, Wellan, Nemeroff et Eanraig lui emboîtèrent le pas, en plus d'une vingtaine de Chevaliers.

Ils arrivèrent rapidement dans une large clairière où s'élevaient plusieurs constructions en bois.

– Si elle s'en sent capable, Baenrhée va vous dire en quoi consiste le parcours, puisque c'est elle qui l'a imaginé, annonça Apollonia.

– Évidemment que je m'en sens capable, grommela la guerrière aux cheveux platine tressés en une longue natte dans son dos.

Elle se planta devant leurs invités.

– Il y a une dizaine d'obstacles en tout que nous devons franchir aussi rapidement que possible. Le but de l'exercice, c'est de battre le temps enregistré par les autres.

– Je dirais plutôt que c'est surtout d'améliorer sans cesse le nôtre, intervint Dassos.

– De quoi tu te mêles ?

– Continue, Baé, exigea Apollonia.

– Dans l'ordre, il y a le mur, les pierres de gué, les décombres, le tunnel, les panneaux d'esquive, les quatre cordes, le fossé, le pont, les fenêtres et l'escalier en apex.

– Ça ne semble pas trop difficile, laissa tomber Eanraig, qui avait rencontré bon nombre de ces obstacles pendant ses années de survie en forêt.

– Ah non ? fit Baenrhée, piquée au vif. Je te mets au défi de terminer ce circuit plus vite que moi.

– Nous venons tout juste de manger et ce n'est pas bon pour l'estomac, leur fit remarquer Nemeroff, qui répétait les recommandations que sa mère lui faisait lorsqu'il était enfant.

– J'aimerais faire remarquer à Sa Majesté que les Aculéos, eux, n'ont pas notre santé à cœur. La plupart du temps, ils n'attendent pas que nous ayons digéré notre repas pour nous attaquer.

– Je pense tout de même que nous devrions être compréhensifs, intervint Mactaris. Nous nous entraînons tous les jours ici alors que c'est la première fois qu'ils voient notre terrain de jeu.

– Mais je tiens à relever le défi, indiqua Eanraig.

– Dans ce cas, laissez-moi au moins lui expliquer chaque obstacle en détail avant la compétition, réclama Mactaris.

– Tu as très exactement dix minutes, accepta Baenrhée.

Mactaris prit Eanraig par la main et l'entraîna sur le parcours. Intrigué, Wellan décida de les suivre pour écouter les conseils qu'elle prodiguait au jeune homme. Nemeroff, quant à lui, jugea que ce type d'activité physique n'était pas pour lui. Il demeura près de Sierra à attendre la suite des événements. Celle-ci n'avait jamais affronté ces obstacles auparavant, mais un seul coup d'œil l'avait convaincue qu'elle n'aurait aucun mal à les surmonter si quelqu'un osait la défier.

Le mur droit s'élevait à plus de deux mètres et demi et sa surface ne présentait aucune aspérité permettant de l'escalader.

Il fallait courir et sauter le plus haut possible pour s'accrocher à son sommet. Les pierres de gué se trouvaient dans un large ruisseau de l'autre côté du mur. Il y en avait huit et elles étaient plutôt espacées. Venaient ensuite les décombres, qui consistaient en une série de trois murets séparés par trois rampes et suivis d'un tunnel. Il fallait sauter par-dessus les premiers et se glisser sous les seconds avant de progresser le ventre au sol dans le petit souterrain.

Les panneaux d'esquive étaient en fait un labyrinthe. Il aboutissait sur les quatre cordes pendues à la branche d'un gros chêne. Il fallait escalader la première et se propulser sur les autres en direction du tronc de l'arbre.

Une fois au sol, il fallait franchir un profond fossé. Il était si large que la seule façon d'y arriver, c'était de courir dedans et espérer ne pas glisser en remontant la pente opposée. Suivait ce que Baenrhée appelait le pont. C'était en réalité une série d'étroites planches en zigzag sur lesquelles il fallait marcher en se tenant en équilibre.

Ensuite, il ne restait plus que les trois fenêtres placées sur une ligne droite, fabriquées de branches entrelacées, qu'il fallait franchir en lacet, et l'escalier en apex à gravir puis à redescendre.

– Je suis certainement capable de réussir ce parcours, déclara fièrement Eanraig à Mactaris.

– Il faudra que tu le fasses dans un temps plus court que Baenrhée, par contre.

Lorsqu'ils revinrent auprès des autres, Baenrhée avait retiré sa cape et était déjà en train d'échauffer ses muscles. Apollonia n'eut pas le temps de tirer à pile ou face lequel des deux concurrents serait le premier. Sa sœur d'armes se plaça sur la ligne de départ.

– C'est parti ! s'écria Samara en appuyant sur le poussoir de mise en marche du chronometrum.

Baenrhée s'élança. Malgré le tabac lénifiant qu'elle venait de fumer, elle réussit le parcours en battant son propre record.

– Ce sera difficile de faire mieux, chuchota Mactaris à Eanraig.

– L'important, c'est de participer, non ?

– Et de sauver ton honneur, le taquina Dholovirah.

Eanraig s'étira les bras et les jambes, puis fit signe à Samara qu'il était prêt.

– Vas-y ! s'exclama-t-elle.

Encouragé par les cris de Mactaris et de Wellan, l'Hadarais s'élança sur le mur, qu'il n'eut aucune difficulté à franchir. Il sauta ensuite d'une pierre à l'autre dans le ruisseau avec l'agilité d'une gazelle. Les murets, les rampes et le tunnel des décombres ne le ralentirent pas non plus. Sans perdre une seconde, Eanraig serpenta entre les panneaux d'esquive, puis se balança d'une corde à l'autre comme un petit singe d'Enlilkisar. Il fonça dans le fossé sans réfléchir, mais eut du mal à remonter la pente glissante.

Il perdit un peu de temps à essuyer les semelles de ses bottes avant de grimper sur le pont en zigzag. Les bras en croix, il lutta pour conserver son équilibre en mettant un pied devant l'autre. Il commença à ralentir dans les trois fenêtres et gravit finalement l'escalier en haletant. Malgré sa jeunesse et son expérience de la survie, il n'arriva pas à égaler la vitesse de Baenrhée.

– C'est tout de même acceptable pour un néophyte, fit remarquer Tanégrad.

Dholovirah lança une serviette à l'Hadarais afin qu'il s'éponge le visage.

– Avec un entraînement régulier, je suis certaine que tu arriverais à vaincre Baenrhée, déclara Mactaris, fière des résultats d'Eanraig.

– Jamais de la vie ! s'exclama la championne.

Apollonia se tourna alors vers Sierra avec un sourire espiègle.

– Il serait intéressant de voir si notre grande commandante arriverait à l'emporter contre son prisonnier d'un autre monde, lâcha-t-elle.

Sierra n'eut pas le temps de protester que toutes les Manticores se mettaient à la supplier d'essayer.

– Fais-leur plaisir, l'encouragea Wellan en riant. C'est certain que tu me battras à plate couture. Tu es beaucoup plus légère que moi et je ne suis plus du tout en forme.

– Je me lancerai à la condition que tu ne fasses pas exprès de me laisser gagner, répliqua-t-elle. Il en va de mon honneur.

Wellan consulta Nemeroff du regard, mais ce dernier lui fit signe qu'il ne voulait pas être mêlé à cette compétition. Il se faisait plutôt un devoir de scruter régulièrement la région, étant donné que les Manticores ne trouvaient pas utile de poster des sentinelles sur la colline. « Les Aculéos pourraient leur passer sous le nez que ces Chevaliers ne les entendraient pas », déplora le jeune roi.

– Qui y va en premier ? demanda Dholovirah.

– Les dames d'abord, répondit Wellan.

– Depuis quand ? s'offusqua Sierra, un brin féministe.

– C'est un grand principe de mon monde.

– C'est Sierra qui commence ! annonça Dholovirah.

La grande commandante se défit de sa cape et se rendit à la position de départ.

– Et c'est parti ! s'écria Samara.

Dans un tumulte d'acclamations, de sifflements, d'applaudissements et de trépignements, Sierra s'élança sur le mur. Il ne s'agissait pas pour elle d'une compétition, mais d'un jeu. Son but, en franchissant chaque obstacle, c'était surtout de s'amuser. Ce qu'elle n'avait jamais dit à personne, c'est que chaque matin, tant pendant la campagne militaire que lors du répit, elle faisait de l'exercice pour garder la forme et ne pas prendre trop de poids. Elle fila comme le vent sur le parcours et courut même sur le mur étroit comme un chat sur une clôture.

– Là, c'est sûr que tu ne la battras pas, fit Pavlek à l'oreille de Wellan, pour qu'il puisse l'entendre dans tous les cris de joie.

Sierra dévala finalement l'escalier. Samara pressa sur le poussoir du chronometrum au moment où elle franchissait la ligne d'arrivée.

– Waouh! se réjouit-elle. Tu n'as que deux secondes de retard sur Baenrhée!

– Pas mal du tout, Sierra, la félicita Apollonia.

– Ouais, c'est plutôt bien pour quelqu'un qui ne fait que se balader à cheval entre les campements de ses divisions, avoua Baenrhée.

Il commençait à faire sombre, mais Wellan insista pour relever le défi.

Visiblement moins en forme que sa geôlière, ce fut surtout la portée de ses longues jambes qui lui permit de franchir les obstacles comme le mur, les pierres de gué et les murets. Sa taille lui donna toutefois du fil à retordre dans les espaces restreints comme les rampes et le tunnel des décombres.

Il commençait déjà à perdre de la vitesse lorsqu'il arriva aux cordes. La force de ses biceps lui permit cependant d'en triompher facilement. Il patina dangereusement dans la boue du fossé et parvint à s'en extirper en s'agrippant à l'autre bord avec ses larges mains. En arrivant devant le pont, il faillit abandonner la compétition : la planche était plus étroite que ses pieds!

– Vas-y, Wellan! hurla Eanraig. C'est plus facile que ça en a l'air!

L'ancien Chevalier inspira profondément et s'y risqua. Tel un funambule maladroit, il avança en penchant d'un côté puis de l'autre, arrachant des cris d'effroi à son public.

– Ce n'est pas grave, déclara Sierra à Apollonia. Nemeroff pourra traiter ses blessures s'il tombe.

Mais Wellan parvint à se rendre jusqu'au bout du pont en perdant tellement de temps que même les recrues auraient facilement pu le battre. Il dut se plier en deux pour franchir les fenêtres trop basses pour lui puis, en soufflant comme une baleine, il grimpa l'escalier. En descendant la dernière marche, il se laissa tomber à plat ventre sur le sol.

– Je vais mourir… gémit-il.

– Pas pendant que tu es sous ma surveillance, lui interdit Sierra en l'obligeant à se relever.

Elle remarqua avec amusement qu'il avait laissé une empreinte fort détaillée dans la boue.

– Il n'est pas très doué, mais il donne un superbe spectacle, plaisanta Dassos.

– Wellan, tu dois te changer avant de prendre froid, l'avertit Sierra.

– Laisse-moi d'abord me jeter dans la rivière…

– On ne veut pas être obligés d'aller t'y repêcher, le piqua Pavlek avec un sourire moqueur. Allez, viens. Un seau d'eau chaude et une serviette feront l'affaire.

Il lui saisit le bras et l'entraîna vers le campement.

– Il est courageux, tout de même, constata Apollonia.

– N'oublie pas qu'il était commandant lui aussi dans son monde, lui rappela Sierra.

Messinée accompagna Nemeroff tandis que Mactaris s'accrochait à la main d'Eanraig en continuant de l'inonder de compliments sur sa performance. Puisqu'il faisait trop sombre pour poursuivre les épreuves sur le parcours, Apollonia ordonna à ses Manticores de les remettre au lendemain. Elle marcha ensuite aux côtés de Sierra sans se presser.

– Toi aussi, tu t'exerces sur ce circuit ? demanda la grande commandante.

– Chaque fois que je le peux, affirma Apollonia, et je suis de plus en plus habile. Je ne pourrai jamais déloger Baenrhée au sommet des meilleurs temps, mais ça me permet de demeurer agile.

Lorsqu'elles arrivèrent en vue de la clairière où s'élevaient leurs abris, Sierra remarqua que Tanégrad distribuait des bocks qu'elle remplissait à même un baril en bois.

– Est-ce que c'est de l'alcool ? s'étonna-t-elle.

– De la bière, précisa Apollonia.

– Mais vous savez pourtant qu'il est défendu d'en boire pendant les patrouilles…

– Oui, oui, nous connaissons les règlements, ronchonna Baenrhée en s'éloignant avec sa chope.

– Vous avez réussi à sortir de la boisson de la forteresse sous mon nez ? se hérissa Sierra.

– Pas du tout, répondit Apollonia. Lors de notre passage par Belbourg, les habitants nous en ont offert quelques tonneaux pour nous remercier d'empêcher les Aculéos de se rendre jusqu'à leur coquette petite ville. Nous n'avons pas pu les refuser.

– Les règlements édictés par Audax s'adressent à tout le monde, Apo.

– Ce n'est pas comme si nous nous saoulions tous les soirs.

– Seulement quand nous voulons célébrer les exploits sportifs de notre grande commandante ! lança Samara, ce qui réussit à détendre l'atmosphère.

Lavé et changé, Wellan revint vers les autres en compagnie de Pavlek. Il accepta volontiers le bock que lui tendit Dholovirah. Il ne remarqua même pas que Sierra était contrariée. Pour ne pas attiser sa colère, les Manticores ne burent qu'une seule chope et roulèrent ensuite les tonneaux sous un arbre. C'est alors qu'ils entendirent gronder le tonnerre au loin.

– Décidément, vous attirez le mauvais temps, soupira Tanégrad en se tournant vers les étrangers.

Les soldats se séparèrent et regagnèrent leurs nouveaux abris.

– C'est ce soir qu'on verra ce qu'ils valent, laissa tomber Messinée en s'engouffrant dans le sien, derrière Dholovirah.

Sierra était trop fâchée contre les Manticores pour partager le logis d'Apollonia. Elle suivit plutôt Wellan, Nemeroff et Eanraig dans le leur. Les bras croisés sur sa poitrine, elle s'appuya le dos contre les pierres plutôt que de s'allonger sur sa cape. Nemeroff alluma un feu magique pour les éclairer et les réchauffer à la fois.

– Ce sont les rebelles de l'Ordre que nous venons de rencontrer ? demanda alors Wellan, amusé par l'expression ennuyée de Sierra.

– Les Manticores ont toujours eu de la difficulté à suivre les ordres à la lettre, grommela-t-elle. Elles se sentent toujours justifiées de les interpréter à leur façon et finissent souvent par se mettre dans de beaux draps.

– Je croyais que les Chevaliers les plus indisciplinés, c'étaient les Salamandres.

– C'est différent. Les Salamandres ne comprennent même pas les ordres. Elles ne le font pas exprès d'y déroger.

– Que pourrais-je faire pour te redonner ta bonne humeur ?

– Rien.

Nemeroff et Eanraig écoutaient leur échange sans oser s'en mêler. Ils avaient déjà compris que les Manticores étaient des soldats intraitables qui ne voulaient pas évoluer, à moins que la haute-reine ne les y force.

– As-tu fait apparaître des feux dans tous les autres abris ? demanda alors Sierra au jeune roi.

– Non, répondit-il en s'allongeant pour dormir.

Sa réponse fit enfin sourire la grande commandante.

DASSOS

Un autre orage gronda une bonne partie de la nuit, mais n'empêcha pas Wellan de dormir. Il ne s'était pas dépensé ainsi depuis des lustres et il avait besoin de récupérer. Malgré tout, à son réveil, il constata qu'il était plein de courbatures. Même ses orteils lui faisaient mal.

— Laisse-moi t'aider, lui offrit Nemeroff en le voyant grimacer à chaque mouvement.

Sierra réprima un commentaire moqueur et sortit plutôt de l'abri, aussitôt suivie d'Eanraig, ce qui donna à Wellan plus d'espace pour s'allonger.

— Je ne comprends pas pourquoi tu as accepté de t'exténuer sur ce parcours d'obstacles, avoua le jeune roi en passant une douce lumière blanche sur les jambes du soldat.

— Par fierté, bien sûr.

— Qu'est-il arrivé à ta raison ?

— Quelquefois, elle cède le pas aux pulsions de mon ego, répondit Wellan en riant.

— Tu vas devoir accepter que tu n'as pas l'endurance de ces guerrières.

— Mais, le ciel soit loué, j'ai toujours ma magie.

— As-tu mal ailleurs ?

— En ce moment, je dirais que c'est un état généralisé.

Pendant que Nemeroff s'employait à soulager son ami, Sierra s'était immobilisée à quelques pas de l'abri pour examiner la clairière.

Cette fois, il ne pendait rien aux arbres : les nouveaux refuges avaient donc gardé les soldats bien au sec. Un vent tiède provenait du sud. Même s'il rendait les conditions de vie plus agréables, il laissait toutefois présager de nouveaux orages.

– Je te ferai donner un cheval pour que tu puisses continuer ta route vers l'ouest, dit-elle à Eanraig, qui se tenait près d'elle.

– Merci mille fois, mais je ne suis pas pressé de partir.

Sierra ne comprit pas pourquoi sur-le-champ. Elle le regarda se diriger vers la rivière, sans doute pour s'occuper de ses besoins personnels. Pour sa part, elle rejoignit Messinée, qui était en train de préparer le repas de sa sous-division. Apollonia avait divisé ses soldats par groupe de quarante-cinq dans chaque clairière et quinze en ce qui concernait la préparation des repas. Le nord de ce pays était couvert de forêts, de rivières, de collines et de vallons. Chaque unité bénéficiait même de sa propre source. N'eut été la menace constante des Aculéos, ce coin du monde aurait été un véritable paradis.

Sierra prit place près de Messinée et la regarda préparer des gaufres à la farine de maïs sur lesquelles elle faisait fondre du fromage.

– Pourquoi les hommes-scorpions ont-ils tous convergé à Hadar, selon toi ? demanda la Manticore à brûle-pourpoint. Il n'y a pas plus d'usines là-bas que par ici.

– Ça n'a rien à voir avec les usines.

– C'est devenu personnel, alors ? C'est toi qu'ils cherchent ?

Elle tendit la première écuelle à Sierra, qui décida d'attendre que son contenu refroidisse un peu avant de risquer une bouchée.

– C'est devenu personnel, en effet, mais ce n'est pas moi qu'ils cherchent.

– Tu ne veux pas en parler ?

– Tôt ou tard, vous finirez bien par l'apprendre, alors tu seras la première à qui je le dirai.

– Je suis honorée de ta confiance, Sierra.

– Je sais que toi, tu ne répéteras pas mes paroles de travers, plaisanta la commandante.

– Dis-moi donc ce qui motive nos chères machines à tuer, cette fois.

– Elles en ont après Nemeroff.

– Les Aculéos veulent l'enlever et demander une rançon à sa famille royale ?

– Nous sommes les seuls à savoir qu'il est roi et, crois-moi, il n'y a aucune façon pour l'instant de communiquer avec son monde.

– Alors, pourquoi ?

– Parce qu'il est capable de se changer en dragon et qu'ils veulent le capturer pour se servir de lui contre nous.

Messinée arqua un sourcil.

– Qu'est-ce qu'un dragon ?

– C'est une bête fabuleuse aussi grande qu'une maison de trois étages, avec de longues ailes de chauve-souris et une gueule qui crache des flammes si intenses qu'elles incinèrent tout sur leur passage.

– Tu es hilarante, quand tu t'y mets, répliqua Messinée, amusée.

– Je n'invente rien. Il possède vraiment ce pouvoir et il est terrible quand il se métamorphose. Il nous a permis de survivre à une attaque menée par des milliers d'Aculéos.

– C'est donc un sorcier...

– Selon moi, oui, mais, tout comme Wellan, il préfère dire qu'il est magicien.

– En quoi Wellan se transforme-t-il ?

– Je n'en sais franchement rien. Jusqu'à présent, il a toujours combattu avec nous sous sa forme humaine.

– J'espère que tu te rends compte que mes soldats ne voudront pas croire à cette histoire abracadabrante.

– Jusqu'à ce qu'ils en soient témoins.

Les membres de la troupe de Messinée commencèrent à approcher en bâillant et en s'étirant. Céladonn, Dassos, Dholovirah, Lirick, Mactaris et Pavlek s'installèrent autour des deux feux qu'entretenait la guerrière. Puis, Apollonia, Baenrhée, Samara, Tanégrad et Téos arrivèrent à leur tour.

– Ça sent mon repas préféré ! s'égaya Samara.

– Je l'ai fait juste pour toi, dit Messinée en lui tendant une assiette.

Mactaris vint l'aider à distribuer les gaufres, puis s'assit près d'elle en humant la sienne.

– Aurons-nous le droit d'en manger plus qu'une ? demanda-t-elle avec un air suppliant de petite fille.

– Bien sûr. J'ai suffisamment de pâte pour en préparer une vingtaine d'autres.

Eanraig revint alors de la rivière. Mactaris lui fit une place près d'elle et s'empressa de lui tendre une écuelle. C'est à ce moment que Sierra crut apercevoir un échange de doux regards entre les deux jeunes gens. « Maintenant je comprends pourquoi il n'est pas pressé de repartir », songea-t-elle. Les règlements interdisaient les relations intimes durant la guerre, mais les Manticores interprétaient cette interdiction à leur convenance.

Sierra venait de terminer sa première gaufre lorsque Wellan et Nemeroff se décidèrent enfin à se joindre au groupe. Ils furent aussitôt servis par Samara.

– Pas de bière, ce matin ? blagua Wellan.

Le regard réprobateur de la grande commandante lui recommanda d'abandonner le sujet.

– Nous faisons sécher notre propre thé durant la belle saison, répondit innocemment Dassos, mais l'hiver, il faut nous contenter de celui que nous apportent les caravanes.

– Ça me va, approuva l'ancien Chevalier pour ne pas indisposer Sierra davantage.

– Toujours pas de morts chez les lugubres Basilics ? demanda alors Apollonia en tendant son assiette à Messinée pour obtenir une seconde portion.

– Aucun, confirma Sierra. Et ici ?

– Plus d'une centaine, surtout des recrues. Le premier combat a été meurtrier.

– Nous venions à peine d'arriver quand ils nous sont tombés dessus ici même, ajouta Baenrhée.

– Et puisque vous ne postez aucune sentinelle sur la colline, vous avez été pris de court, laissa tomber Wellan.

– Tu mets encore nos méthodes en doute, étranger ? regimba Apollonia.

– Pas du tout. Ce n'est qu'une remarque d'un stratège à un autre. Les Basilics en font bon usage.

– Au cas où tu ne l'aurais pas remarqué, nous ne sommes pas les Basilics.

– Doucement, tous les deux, intervint Sierra. Nous ne sommes pas ici pour faire des comparaisons. Chacune des quatre garnisons a sa propre façon de procéder dictée par les nécessités de son environnement.

– *Elle aurait dû embrasser une carrière politique,* commenta Nemeroff par télépathie.

– *Je suis d'accord, mais ce n'est certainement pas le temps de le lui faire remarquer,* répliqua Wellan.

– Moi, je les aime bien, les Basilics ! s'exclama Dholovirah. Ils sont vraiment drôles quand ils boivent du dholoblood.

– Rien d'autre à signaler à Arcturus ? s'empressa de demander Sierra pour éviter que la discussion se concentre sur le groupe de Chésemteh.

– Malheureusement, non, soupira Apollonia.

– Si je n'avais pas bâti le parcours d'obstacles, nous ne saurions pas comment tuer le temps, se vanta Baenrhée.

– Je leur ai offert d'aller chercher des aiguilles et de la laine dans la ville la plus proche pour qu'elles apprennent à tricoter, mais elles n'ont rien voulu savoir, intervint Pavlek.

Dholovirah lui donna une claque sur la nuque.

– Nous sommes des guerrières, pas des femmes d'intérieur ! le sermonna-t-elle.

– Ça, non, acquiesça Sierra, amusée.

– Nous avons même pensé à grimper sur la falaise pour aller attaquer les Aculéos chez eux, l'informa Tanégrad.

– Ce serait une grave erreur, les mit en garde Nemeroff.

– Bon, un autre qui ne sait pas se mêler de ses affaires, se hérissa Apollonia. Et qu'est-ce que tu en sais, monsieur le roi ?

– Les Aculéos vivent sous la terre, dans des milliers de kilomètres de tunnels creusés dans toutes les directions, qui comprennent un nombre incalculable de sorties partout sur leur territoire.

Les Manticores avaient arrêté de mastiquer pour bien entendre ce que Nemeroff leur révélait.

– Pire encore, ils sont des millions là-dedans, ajouta-t-il.

– Ne me dites pas que ces inélégants Basilics s'y sont risqués avant nous ? se fâcha Apollonia.

– Non, l'apaisa tout de suite Sierra. Personne n'est allé là-haut.

– Vous avez un informateur, alors ?

– Oui, et il est assis parmi vous.

Tous les regards convergèrent vers Eanraig.

– Non ! s'exclama-t-il. Ce n'est pas moi !

– Alors, qui c'est, nom d'un scorpion ? se fâcha Baenrhée.

– Nemeroff.

– Tu as eu le courage d'aller espionner les Aculéos ? s'effraya Samara.

– Pas physiquement.

– Qu'est-ce que ça veut dire ? s'étonna Apollonia.

– Nemeroff possède la faculté magique de scruter les alentours sans avoir à se déplacer, expliqua Sierra. Tout comme Wellan, d'ailleurs. Il a fait cette incursion en territoire ennemi avec son esprit pour nous rendre service.

– Des millions… on s'en doutait, soupira Pavlek, découragé par cette réalité. Il en restera vraiment encore des tas, même après ma mort.

– Mais tu te rends au moins compte que nous ne manquerons jamais de dholoblood ! se réjouit plutôt Dholovirah. Quelle bonne nouvelle !

« Et les Salamandres sont censées être plus cinglées que les Manticores ? » ne put s'empêcher de penser Wellan, surpris par sa propre réaction.

– Peux-tu nous dire s'il en viendra d'autres par ici ? demanda Apollonia. Mes cartes demeurent muettes sur le sujet.

– Je peux vous l'assurer, affirma Nemeroff.

– Et tu l'as lu aussi dans la tête des Aculéos ? l'interrogea Céladonn.

– En fait, non, intervint Sierra. La raison pour laquelle des milliers d'hommes-insectes sont descendus chez les Basilics, c'est qu'ils voulaient mettre la main sur Nemeroff.

– Je ne comprends plus rien, avoua Tanégrad.

– Dans ce cas, laissez-moi vous montrer ce que veulent les hommes-insectes, décida le jeune roi.

Il déposa son écuelle et recula vers le sentier qui menait à la clairière voisine, où il n'y avait aucun abri.

– Qu'est-ce qu'il fait ? s'inquiéta Apollonia.

Sans avertissement, Nemeroff se changea en un énorme dragon et ouvrit toutes grandes ses ailes.

Les Manticores prirent leurs jambes à leur cou. Seule Baenrhée resta sur place, ainsi que Sierra, Wellan et Eanraig, qui n'avait pas pu retenir Mactaris. Baenrhée s'avança vers la bête avec ses longs couteaux dans les mains.

– Approche que je te montre qui est le plus fort ! lança-t-elle.

Nemeroff reprit aussitôt sa forme humaine pour éviter l'affrontement. Les visages inquiets des Manticores se mirent à apparaître entre les arbres. Ce fut finalement Samara qui revint la première auprès de Sierra.

– Es-tu en train de nous dire sans aucune subtilité que tes prisonniers sont en fait des sorciers ? maugréa-t-elle.

– Non, en fait ce sont des…

– Des dieux, répondit Nemeroff en s'approchant.

Il passa à côté de Baenrhée sans lui accorder un seul regard et revint s'installer devant le feu.

– Des dieux ? répéta Apollonia, incrédule.

– Pas dans notre monde, mais dans le leur, précisa Sierra.

– Nous sommes coincés ici, mais nous ne désirons pas bouleverser votre évolution, ajouta Wellan.

– Vous êtes bien mal partis, leur fit remarquer Apollonia.

– Comment s'appelle la bête que tu deviens ? voulut savoir Samara.

– Un dragon.

– Y en a-t-il beaucoup dans ton monde ? demanda Messinée.

– Non. Seulement moi.

– Es-tu capable de te battre quand tu te transformes en dragon ? fit Téos, intéressé.

Pour mettre fin à cet interrogatoire en règle, Sierra s'empressa de répondre avant Nemeroff :

– Oui. Maintenant, je vous en prie, laissez-le tranquille.

Les Manticores terminèrent leur repas en jetant des coups d'œil inquiets au dieu-dragon. Agacé, celui-ci finit par s'éloigner en direction de son abri pour avoir la paix.

Avant de le rejoindre, Wellan annonça qu'il allait se laver les mains et le visage à la rivière. Sierra, qui le savait maintenant parfaitement capable de se défendre seul, ne le suivit pas. Elle continua plutôt de rassurer les Manticores sur les intentions de ses prisonniers.

Dassos, par contre, en profita pour s'esquiver, car il avait envie de passer un peu de temps seul avec cet homme qui le fascinait de plus en plus. Lorsqu'il arriva près de la rivière, le Chevalier constata que Wellan était agenouillé sur la berge et s'aspergeait le visage.

– Tu es très brave, laissa tomber Dassos.

– L'eau n'est pas aussi froide qu'elle le semble, répondit Wellan en se retournant.

– Puis-je bavarder avec toi ou préfères-tu être seul pour procéder à tes ablutions ?

– Évidemment que tu peux rester. Après tout, c'est moi l'intrus, ici.

Dassos s'assit en tailleur sur une grosse roche plate.

– Vous dites être des dieux, mais comment est-ce possible ? commença-t-il. J'ai été élevé par un mystagogue qui m'a appris tout ce qu'il savait et jamais il ne m'a parlé de divinités qui portaient vos noms.

– Sans doute ignorait-il que chaque univers a son propre panthéon. Vos divinités n'existent pas dans le nôtre.

– Mais si vous êtes vraiment des dieux, vous devriez être suffisamment puissants pour rentrer chez vous, non ?

– Malheureusement, la voie que nous avons empruntée pour arriver ici a été ouverte par le fils d'Achéron et nous ignorons quelle magie il a utilisée. Pendant que nous vous aidons à combattre les hommes-scorpions, nous cherchons aussi comment repartir. Arrête de t'inquiéter pour Nemeroff et pour moi. Nous finirons bien par rentrer chez nous. Dis-moi plutôt ce que tu sais sur ce pays. Pourquoi n'y fait-il pas aussi froid qu'à Hadar ?

– C'est en raison des courants marins et des vents qui remontent du sud. Il y a beaucoup d'orages ici l'été, mais

51

rarement l'hiver. Aussi, il n'y neige pas autant qu'ailleurs, ce qui n'est pas pour nous déplaire. Toutefois, durant la belle saison, il peut faire très, très chaud, surtout avec nos plastrons. Je ne vous souhaite pas d'être encore dans le coin à ce moment-là.

– À mon avis, nous serons partis bien avant le retour de la chaleur. Maintenant, parle-moi de toi, Dassos.

– Oui, je veux bien. Pour commencer, sache que je ne suis pas comme les autres Manticores. On me surnomme « le pacifique ». Je ne me suis d'ailleurs pas enrôlé pour faire la guerre, même si je suis très habile avec mes armes. J'ai eu une vision mystique de ma véritable mission dans cette vie, il y a quelques années.

– Mystique ?

– Il faut que tu comprennes que mon père m'a préparé pendant toute mon enfance à lui succéder. J'étais son seul enfant. Il m'astreignait à de longues périodes de jeûne et de méditation, seul dans une petite cellule du monastère près de chez moi. Puis, un jour, je me suis retrouvé enveloppé d'une magnifique lumière dorée. Une voix de femme m'a révélé que j'étais né pour faire régner la paix dans le monde, mais pas en tant que mystagogue et encore moins dans un temple. Elle m'a dit de quitter Koshobé et de semer la bonne entente et l'harmonie partout sur le continent. C'est donc ce que j'ai fait. Je suis tombé sur un groupe de jeunes gens qui se rendaient à Antarès. En route, ils m'ont appris à me battre. Je suis arrivé à la forteresse en plein répit, alors j'ai compris que c'était ma chance de mettre fin à ces incessantes guerres contre les hommes-scorpions et de persuader les Chevaliers de négocier un traité de paix avec eux. Je me suis donc mêlé aux recrues.

– Et comment un pacifiste s'est-il retrouvé chez les Manticores ? s'étonna Wellan.

– À cause de mon attitude amusante quand je me bats.

– J'ignorais que ça entrait dans les critères de sélection d'Apollonia.

– Il y a plusieurs éléments qu'elle considère, pas juste le potentiel meurtrier de ses guerriers, si tu vois ce que je veux dire. L'apparence physique et l'attrait qu'elle éprouve pour une recrue entre aussi en ligne de compte. Mais lorsqu'elle s'est aperçue que je ne coucherais jamais avec elle, il était trop tard : j'avais déjà été choisi pour faire partie des Manticores. En quittant Koshobé, j'ai dédié ma vie à Viatla et, pour l'honorer, je n'offrirai jamais mon corps à personne. Non seulement les relations amoureuses mettraient mon âme en péril, mais elles pourraient m'empêcher d'accomplir ma mission.

– Apollonia aurait pu te renvoyer, non ?

– Une fois qu'on devient Chevalier d'Antarès et qu'on nous envoie combattre pour une des quatre divisions, il n'y a que la mort qui nous permet de mettre fin à notre engagement.

– Je comprends.

– Ne te laisse pas impressionner par les airs bougons et les incessantes indisciplines de mes camarades Manticores. Au fond, ce sont de bonnes personnes.

– Je sais.

Pour ne pas inquiéter inutilement Sierra, car il était parti depuis un long moment, Wellan convia le jeune homme à marcher jusqu'au campement à ses côtés et en profita pour lui parler de son monde à lui. Dassos écouta avec attention tout ce qu'il lui raconta sur son propre panthéon.

SAMARA

De retour au campement, Dassos se précipita pour aller aider Messinée à laver la vaisselle. Wellan remarqua alors que Nemeroff était revenu s'asseoir devant l'un des feux désertés par les Manticores et buvait du thé, le regard perdu dans les flammes.

– Tu leur as encore fait peur? le taquina Wellan en s'assoyant près de lui.

– Ils sont allés s'entraîner sur leur parcours de fou.

– Personne ne t'y a convié?

– C'est une activité qui ne m'intéresse pas. Je suis resté ici pour réfléchir.

Dassos vint déposer un gobelet de thé dans la main de Wellan et retourna auprès de Messinée.

– Qu'est-ce qui te rend aussi songeur?

– Je sais qu'il est important pour toi de découvrir tout ce que tu peux sur ce continent étranger, mais je ne partage pas ta soif de connaissance. Moi, tout ce que je veux, c'est rentrer chez moi. En plus, je n'aime pas du tout les Manticores, qui manquent de tact et de savoir-vivre.

– Donne-leur au moins la chance de te prouver que ce n'est qu'une façade.

– Et tu voudras sans doute aussi voir ces fameuses Salamandres…

– Ce sont les seules que je ne connais pas et les échos qui me parviennent des autres membres de l'Ordre me donnent envie d'aller voir si elles sont aussi téméraires qu'on le prétend.

– L'entité de la caverne a été très claire, Wellan. Je ne pourrai pas retourner auprès de ma femme et de mes enfants avant d'avoir aidé les Deusalas à reprendre leur véritable place dans ce monde. Or je ne vois pas comment ma présence dans tous ces campements militaires qui n'ont aucune relation avec le panthéon d'Achéron va me permettre d'accomplir cette mission.

– Tu as raison, mais tu connais ma curiosité… Accorde-moi encore quelques semaines et je t'accompagnerai chez les dieux ailés. Ensemble, nous pourrons certainement entamer des négociations avec le dieu-rhinocéros.

– Après les Salamandres, c'est terminé, l'avertit Nemeroff.

– Je te le promets.

Puisque le jeune roi était d'humeur massacrante, Wellan le laissa seul et partit à la recherche des Manticores, son gobelet de thé à la main. « C'est dans ces moments-là que Nemeroff ressemble à son père », songea-t-il.

Il suivit le sentier où on l'avait mené la veille et entendit bientôt les cris d'encouragement des soldats. Wellan comprenait qu'ils avaient besoin de s'occuper l'esprit tout en gardant la forme, mais pendant qu'ils étaient concentrés sur la compétition, ils oubliaient qu'ils s'exposaient à une attaque-surprise des Aculéos. Les Chevaliers tapaient dans leurs mains et sifflaient pour encourager Pavlek qui entamait le parcours. Wellan repéra Apollonia parmi les eux. Sans se presser, il s'approcha d'elle.

– Y a-t-il des Aludriens parmi tes soldats ? demanda-t-il.

– J'en ai plus de deux cents, mais dans ce campement-ci, ils ne sont que quatre. Pourquoi ?

– Parce que les gens de ce pays me fascinent et que j'aimerais m'entretenir avec eux.

– Pas maintenant, parce que toute la troupe a besoin de faire de l'exercice, mais peut-être à la fin de la journée, si les hommes-scorpions s'entêtent à rester sur leur falaise.

Wellan scruta la région.

– Ils ne sont nulle part, assura-t-il.

Il aperçut alors Sierra en train d'encourager Pavlek en sautant dans les airs et en criant de tous ses poumons. C'était bon pour elle de se retremper dans l'atmosphère de sa propre guerre sans avoir à se préoccuper constamment de lui. Pour éviter qu'on lui propose un duel contre une des Manticores, Wellan décida de s'éclipser. Il poursuivit sa route et traversa la forêt. Il voulait surtout aller voir si le terrain qui séparait le campement d'Apollonia de la falaise était aussi montagneux que le prétendait Sierra. En progressant vers le nord, il n'arrêta pas de se surprendre de l'absence de guetteurs. Toutes les Manticores étaient en train de se mesurer les unes aux autres comme si aucun danger ne les menaçait.

Lorsque Wellan atteignit enfin l'orée des bois, il se retrouva au sommet d'une colline qui surplombait une majestueuse vallée. Tout au fond coulait une rivière sinueuse. Sa rive nord était couverte de sapins, au milieu desquels se trouvait une large bande sans arbres qui s'étendait jusqu'au pied de la falaise. « C'est sans doute la route qu'empruntent les hommes-scorpions », devina-t-il. La rive sud n'était somme toute qu'une vaste prairie. Même de cette distance, Wellan pouvait apercevoir les ruines de plusieurs villes sur le bord du cours d'eau. « Les premières à avoir été dévastées », comprit-il.

– C'est beau, n'est-ce pas ? fit la voix de Sierra derrière lui.

Wellan avait été si absorbé par son observation des lieux qu'il n'avait même pas senti son approche.

– En fait, c'est absolument saisissant, avoua-t-il tandis qu'elle se campait près de lui. Mais c'est aussi très triste pour les gens qui ont perdu la vie ici.

– La première ville vers l'ouest, c'était la mienne.

– Sierra, je suis vraiment désolé…

– C'est de l'histoire ancienne.

– Mais je capte tout de même de la tristesse en toi.

– J'aurais aimé que mes parents survivent. Je ne me rappelle même plus leur visage.

– Est-ce ici qu'Audax t'a trouvée ?

– Oui, au milieu des flammes… mais j'ai oublié beaucoup de détails de cet épisode de ma vie.

– C'est normal après un grand choc émotionnel.

– Tout ça s'est produit il y a de nombreuses années, mais j'ai toujours un pincement au cœur quand je reviens à Arcturus.

– Es-tu retournée dans les ruines de ta maison ?

– J'en suis incapable…

– Tu pourrais y retrouver des souvenirs importants.

– De très mauvais souvenirs peut-être… Tout ce qui me reste de mon enfance, c'est cette pierre que je porte au cou.

Sierra sortit la chaînette de son plastron en cuir pour la montrer à Wellan.

– On dirait un diamant.

– Je ne sais pas ce que c'est et je n'en connais pas la valeur marchande, mais chaque fois que j'ai besoin de me rassurer, je frotte doucement cette pierre entre mes doigts.

– Peut-être est-ce la source de la magie que je flaire en toi.

– Je serais très étonnée de posséder des pouvoirs comme les tiens, parce que mes parents étaient des gens tout à fait ordinaires.

– Mais étaient-ils tes véritables parents ?

– Qu'entends-tu par là ?

– Ce n'est qu'une hypothèse qui expliquerait pourquoi je sens une curieuse énergie dans ton corps et pourquoi tu es la seule humaine que les Aculéos ont épargnée le jour du massacre.

– Je pense plutôt que c'est parce que je me suis cachée. N'oublie pas que je n'avais que cinq ans.

– Tu as probablement raison.

Sierra était bouleversée à l'idée de ne pas être la personne qu'elle croyait être, mais elle choisit de ne pas le laisser paraître.

– Captes-tu quelque chose sur la falaise ? demanda-t-elle pour changer de sujet.

– Je sens du mouvement à l'intérieur de la paroi rocheuse, mais ce n'est pas de l'activité militaire.

– La vie quotidienne des hommes-scorpions, quoi ?

– J'aimerais pouvoir l'étudier davantage, mais toute incursion télépathique dans leur monde souterrain me rend vulnérable à une attaque d'un sorcier ou d'un dieu malveillant.

– Je ne te le demanderai pas non plus. Je me moque de l'emploi du temps de ces monstres.

Les deux soldats respirèrent l'air frais sans se parler pendant quelques minutes.

– Quand j'ai quitté le parcours d'obstacles tout à l'heure, tu étais en train de t'amuser avec les Manticores, fit Wellan en rompant le silence.

– Je t'ai vu t'enfoncer dans la forêt, alors j'ai jugé plus prudent de te suivre. C'est dommage que ce soit l'hiver, car je te ferais découvrir les plus belles chutes de tout Alnilam.

– J'avoue qu'une bonne douche me ferait le plus grand bien.

– À ce temps-ci de l'année, l'eau est un peu trop froide, même pour un Chevalier d'Antarès.

– Un jour…

Elle hocha doucement la tête.

– Dis-moi, pourquoi les Manticores n'instaurent-elles pas un système de surveillance comme le font les autres divisions ?

– Parce qu'elles n'aiment pas faire la même chose que tout le monde, ironisa Sierra.

– C'est toi, la grande commandante. Tu pourrais leur faire comprendre l'importance de poster des sentinelles et même leur ordonner d'en placer un peu partout.

– La situation d'Arcturus est différente de celle des autres frontières que nous patrouillons, mais Apollonia envoie tout de même quelqu'un jusqu'ici une fois par jour. Il est difficile d'évaluer les distances à partir de ce promontoire, mais entre la falaise et la rivière, il y a au moins une demi-journée de marche. Si une Manticore y aperçoit les Aculéos, elle a amplement le temps de revenir au campement pour alerter les autres. Les Chevaliers se précipitent alors dans la vallée pour y affronter les hommes-scorpions de l'autre côté de la rivière. Jusqu'à présent, elles ne les ont jamais laissés traverser les ponts. Il y a beaucoup trop de grandes villes industrielles à une centaine de kilomètres au sud. Il est primordial que les Aculéos ne les atteignent jamais.

– Je comprends.

– Ne descends pas jusqu'à la rivière.

– Pourquoi ?

– C'est juste une intuition. Reste sur la colline.

– Bien compris, commandante.

Elle tourna les talons et s'enfonça dans la forêt. Wellan ne la suivit pas : il avait déjà compris qu'elle désirait être seule pour maîtriser le flot d'émotions qui remontaient dans son cœur.

Sierra ne retourna pas au parcours d'obstacles où les compétitions se poursuivaient. Elle marcha plutôt en direction du campement en se demandant si Wellan avait raison. «Si je pouvais au moins me rappeler une seule conversation entre mes parents…» se dit-elle, désemparée. Non seulement avait-elle été la seule blonde dans sa famille, mais ses frères étaient déjà adultes quand elle était encore toute petite… «Ai-je été adoptée ?» Sa ville avait été rasée par le feu. Comment le savoir, maintenant ?

Pour sa part, Wellan continua à admirer le paysage en se promettant de se lever tôt un matin pour aller explorer les vestiges près du cours d'eau. Il n'aurait qu'à utiliser son vortex pour revenir au campement à une heure raisonnable.

Mais avant de se concentrer sur l'étude de la région, il voulait d'abord en avoir le cœur net au sujet du potentiel magique des Aludriens.

Ce soir-là, avec la permission d'Apollonia, il isola les quatre Chevaliers de cette origine dans une clairière où ils pourraient discuter en paix. Dragomir, Koulia, Priène et Samara suivirent l'étranger en se demandant ce qu'il pouvait bien avoir en tête. Pour commencer, Wellan leur fit apparaître des bancs en provenance du hall d'Antarès. Sans cacher leur admiration, ils prirent place en cercle.

– Surtout, ne soyez pas inquiets, commença-t-il. Mon but, aujourd'hui, c'est de mieux comprendre les Aludriens.

– Nous ne sommes pas différents des autres, se défendit aussitôt Dragomir.

– On m'a pourtant laissé entendre que vos mains pouvaient soigner les plantes.

– Celles de mes parents et de mes grands-parents, oui. Mais les miennes ne savent que tenir une épée.

– Il a raison, confirma Koulia. Il y a de moins en moins de jeunes qui s'intéressent à l'agriculture.

– Vous n'avez jamais ressenti de l'énergie dans vos mains ? insista Wellan.

– Moi, oui, affirma Samara.

– Alors, tu es bien la seule, commenta Priène.

– Aimeriez-vous développer votre plein potentiel magique ? demanda Wellan.

La seule qui hocha la tête avec enthousiasme fut Samara, alors il laissa partir les autres, qui commençaient à trop se méfier de lui.

– C'est par curiosité ou par bravoure que tu es restée ? voulut savoir l'ancien Chevalier.

– Un peu des deux, avoua la jeune femme.

Elle avait de longs cheveux noirs ondulés dont les pointes étaient aussi rouges que la chevelure de Mactaris. Ses yeux gris étaient perçants.

– En fait, ajouta-t-elle, je pense qu'au moins un de nous devrait apprendre à soigner les blessures.

– C'est pour cette raison que je veux évaluer ta puissance.

– Je suis prête !

– Commence par essayer d'allumer tes mains comme je le fais.

Wellan fit jaillir une douce lumière de ses paumes.

– J'ai manifesté mon don très jeune, quand ma grand-mère me gardait pendant que mes frères et mes sœurs allaient déjà à l'école. Je pouvais rendre la vie à n'importe quelle plante en train de mourir et j'accélérais la croissance des tomates, parce que j'aimais en manger. Je n'ai jamais pensé, par contre, que je pourrais l'utiliser sur des humains.

– C'est exactement la même chose.

– En es-tu sûr ?

– Selon toi, d'où part cette belle énergie qui sort de tes doigts ?

– Je ne l'ai pas utilisée depuis longtemps, mais il me semble que mon ventre devenait tout chaud avant que la lumière s'y manifeste.

– Et voilà.

Wellan sortit son poignard de sa ceinture et s'entailla légèrement le bras.

– Mais qu'est-ce que tu fais ? s'étonna Samara.

– Je te mets à l'épreuve.

– Qu'est-ce que je dois faire ?

– Fais semblant que je suis une plante, plaisanta Wellan.

– Ça pourrait peut-être fonctionner…

– Arrête le sang et referme la coupure.

Samara ralentit instinctivement sa respiration et frotta ses mains ensemble. Sans doute était-ce ainsi que procédaient les Aludriens. Dans tous les cas, ce n'était pas le moment de la déconcentrer. Une belle lueur verte se mit à briller entre ses doigts. Avec douceur, elle plaça une de ses paumes sur la coupure. Wellan ressentit aussitôt une bienfaisante chaleur. Au bout de quelques secondes, elle la retira : la blessure avait disparu.

– J'y arrive ! s'enthousiasma Samara.

– Bravo, la félicita Wellan.

– Mais il y a une différence entre une égratignure et un bras cassé…

– C'est exactement la même chose.

– Tu ne vas pas te briser un os juste pour voir si je peux le réparer, n'est-ce pas ?

– Je ne suis pas masochiste à ce point, mais je suis certain que tu auras l'occasion de t'exercer sur un de tes compagnons d'armes lorsque les Aculéos descendront de la falaise.

– Voudrais-tu me montrer autre chose ?

– Pas aujourd'hui. La magie n'est pas quelque chose que l'on peut hâter.

– Merci de croire en moi, Wellan.

– Pendant que nous sommes un peu seuls, pourquoi ne me parles-tu pas de toi ?

– Que veux-tu savoir ?

– Tout ce que tu peux me dire.

– Bon, alors je commence du début. Je suis née sur le bord de la mer, à Aludra. Mes parents possèdent des installations de pisciculture. J'ai quatre frères et deux sœurs, qui travaillent maintenant dans l'entreprise familiale. Moi, je n'ai jamais vraiment aimé le poisson. J'ai plutôt étudié le dessin et la peinture.

– Tu dessines encore ?

– Bien sûr. Je te montrerai mes croquis.

– Mais dis-moi, comment es-tu passée du pinceau à l'épée ?

– Je n'en ai peut-être pas l'air, mais je suis une rebelle dans l'âme. Alors il a suffi que mon père dise, lors d'un repas familial, qu'il ne voulait pas qu'un de ses enfants parte à la guerre contre les monstres du Nord pour que je formule le désir d'y aller.

– Il t'a laissée partir ?

– Pas du tout. J'ai dû m'enfuir et me rendre par mes propres moyens jusqu'à Antarès.

– Savais-tu au moins te battre ?

– Seulement pour me défendre contre mes frères, mais je n'avais jamais vu une épée avant de rencontrer d'autres jeunes gens qui caressaient le même rêve que moi. Durant le trajet à pied jusqu'à la forteresse de la haute-reine, ils m'ont enseigné tout ce qu'ils savaient.

– Pourquoi Apollonia t'a-t-elle recrutée, selon toi ?

– Parce que je déborde d'énergie et que je ne connais pas la peur. J'ai vite découvert que je suis assez barbare en duel, mais la guerre me fait aussi faire d'horribles cauchemars. C'est à n'y rien comprendre.

– Quel âge as-tu, Samara ?

– J'ai l'âge d'aller à la guerre.

– Tu me parais bien jeune.

– Ne te fie pas à tes yeux.

Elle quitta son siège et s'approcha de Wellan avec l'intention de l'embrasser. L'ancien soldat lui saisit les poignets pour l'immobiliser.

– Tu n'aimes pas les femmes ? s'étonna-t-elle.

– Bien sûr que si, mais j'ai besoin d'être amoureux avant d'accepter les avances d'une femme.

– Et pour qui ton cœur bat-il ? Pour une déesse dans ton monde ou pour notre belle commandante ?

– C'est mon secret.

– J'adore les mystères et je réussis toujours à les élucider.

– Retournons au campement, maintenant.

– Ça ne m'empêchera pas de mener mon enquête.

Samara gambada devant Wellan, ce qui acheva de le persuader qu'elle avait sans doute menti aux Chevaliers d'Antarès quant à son âge afin de pouvoir s'enrôler.

LE DHOLOBLOOD

Après avoir partagé avec les Manticores le repas préparé par Céladonn et admiré les dessins de Samara, Wellan s'était retiré dans son abri, où Nemeroff se réchauffait déjà devant son feu magique. Le temps s'était grandement rafraîchi. Les deux hommes s'appuyèrent le dos contre le mur de pierres et gardèrent d'abord le silence, prisonniers de leurs pensées.

– Je suis étonné que les Aculéos n'aient pas encore tenté de me capturer depuis que nous sommes chez les Manticores, laissa finalement tomber Nemeroff.

– Je me disais justement la même chose, répliqua Wellan. Peut-être ont-ils compris qu'ils n'y arriveront jamais ?

– Combien de temps encore resterons-nous ici ?

– Dès que nous aurons gagné la confiance d'Apollonia, nous irons chercher les antennes et nous les installerons à Arcturus. Nemeroff, je te jure que j'accélérerai les choses tout en contentant ma curiosité afin que nous puissions quitter un jour cet univers.

– Tu as finalement décidé de partir ?

– À moins que le destin m'indique clairement que ma place est ici, il me faudra bien rentrer à la maison.

– C'est parce que rien ne t'y attend que tu hésites autant ?

– Peut-être bien…

– Rien ne t'empêche de te remarier à Enkidiev.

– C'est vrai, mais j'ai déjà eu une femme et une fille. Je désire mener une vie différente, cette fois-ci. J'ai toujours eu l'âme d'un historien et pour rédiger des traités valables, je dois me rendre en différents lieux pour en étudier le passé. Crois-moi, ce n'est pas le genre d'existence dont rêve une épouse.

– À moins qu'elle soit historienne elle aussi.

– Tu as raison, mais je n'ai pas envie de me mettre à la recherche d'une telle perle.

Les Émériens se couchèrent sur leur cape.

– Nemeroff, même si tu ressembles physiquement à ton père, tu as ta propre personnalité et elle est très plaisante.

– Je retiens le compliment.

– J'aime beaucoup Onyx, mais il n'est pas toujours facile à vivre.

– C'est ce que dit aussi ma mère. Malheureusement, je n'ai pas eu le bonheur de le côtoyer très longtemps.

– Tu auras bientôt l'occasion de le faire.

Cette nuit-là, leur sommeil ne fut nullement troublé par le mauvais temps. Au contraire, les deux hommes dormirent profondément. Au matin, Wellan fut le premier à quitter l'abri. Il s'étira en remplissant ses poumons d'air frais et s'étonna de ne voir que quelques Manticores devant les feux, dont Apollonia, en train de boire du thé. Il s'approcha d'elle afin de se montrer courtois.

– Les Chevaliers sont-ils déjà en train de s'entraîner au parcours d'obstacles ? demanda-t-il.

– Pas ce matin. Ils dorment encore.

– À cette heure ?

– Chaque division fait les choses à sa façon. Pour notre part, nous alternons entre des périodes intenses d'exercice physique et des périodes de repos bien mérité.

– Vous devez rester sur vos gardes tant que Nemeroff est parmi vous. Les Aculéos en ont après lui.

– Mais ils ne sont pas encore là et il ne se passe rien qui pourrait nous empêcher de dormir un peu. Si tu veux manger, c'est Dholovirah qui prépare le repas, plus loin là-bas.

Quelque peu découragé par l'attitude désinvolte d'Apollonia, Wellan se leva en se gardant de faire un commentaire. Il se rendit plutôt jusqu'au feu où Dholovirah était en train de préparer une bouillie de flocons d'avoine dans une grande marmite.

– Puis-je t'aider ? offrit-il.

– Ça cuit tout seul, grommela la femme Chevalier.

– Je pourrais sans doute t'être utile autrement ?

– C'est certain, dès que tu auras mangé.

Elle plaqua une écuelle de porridge dans les mains de l'ancien soldat puis s'éloigna pour aller en porter à Apollonia, à Dassos et à Tanégrad.

Intrigué par la mauvaise humeur générale des Manticores, Wellan prit place devant les flammes. Il adorait cette nouvelle expérience dans le monde parallèle, mais songea à ce que ses proches devaient imaginer sur sa situation. La plupart savaient qu'il était débrouillard et capable de survivre n'importe où. « Sont-ils en train de s'organiser pour venir à ma recherche ? » se demanda-t-il. Cependant, comment se rendraient-ils dans cet univers dans lequel Nemeroff et lui étaient arrivés par accident ? Onyx et Kira se creuseraient certainement l'esprit afin de trouver une solution.

– Est-ce bon ? demanda Sierra en s'installant près de lui.

– Ça ne goûte rien du tout, avoua-t-il.

Nemeroff prit place de l'autre côté du feu. Sierra lui servit une écuelle de porridge en y ajoutant une pincée de cannelle. Elle en saupoudra aussi sur la bouillie de Wellan.

– C'est mieux ?

L'ancien soldat en avala une cuillerée et hocha la tête avec satisfaction.

– Une fois que tu t'es informée des besoins et des doléances d'une garnison, est-ce que tu es prête à repartir ? s'enquit Nemeroff.

– Habituellement, oui, répondit Sierra. Mais certains soldats mettent plus de temps que d'autres à se confier à moi, surtout les plus jeunes. Je dois m'assurer que tout va bien avant de me rendre à la garnison suivante. Je suis certaine que tu trouveras une façon de t'occuper en attendant.

– Tu pourrais te mesurer aux Manticores sur le parcours d'obstacles, suggéra Wellan.

– Très peu pour moi. Il y a d'autres façons moins exténuantes de garder la forme. J'ai promis à Trébréka de continuer à m'entraîner au tir à l'arc. Je me mettrai plutôt à la recherche d'un endroit tranquille pour m'y exercer tout à l'heure.

– Vous êtes libres de faire ce que vous voulez, mais moi, je dois m'entretenir en privé avec Apollonia. Si vous sentez l'approche des Aculéos, n'hésitez pas à donner l'alarme.

– Nous n'y manquerons pas, promit Wellan.

La grande commandante emporta son repas jusqu'au feu où était assise le chef des Manticores. Pendant que Nemeroff se dirigeait vers une clairière isolée avec son arc et son carquois rempli de flèches, Wellan décida d'aller affronter une fois de plus le circuit construit par Baenrhée. Elle s'y trouvait déjà en compagnie de Pavlek.

– Es-tu venu pour t'entraîner ? lui demanda Baenrhée.

– Oui, mais pas contre quelqu'un en particulier.

– L'utilisation du chronometrum est obligatoire.

– Alors, soit.

Wellan suspendit sa cape à une branche et se plaça sur la ligne de départ, s'étirant les muscles comme il avait vu Eanraig le faire lors de leurs premières compétitions. « D'ailleurs, où est-il passé celui-là ? » s'étonna l'ancien soldat.

– Vas-y ! lança Baenrhée.

Il cessa de penser au jeune Hadarais et fonça sur le mur en se concentrant uniquement sur le parcours. Il franchit tous les obstacles avec plus d'agilité que la première fois, mais battit à peine son propre record de temps.

– Bel essai, le complimenta Baenrhée avec un sourire moqueur.

Wellan souffla un peu avant de décrocher sa cape. C'est alors que Dholovirah se planta devant lui. Elle avait la moitié de sa taille, des cheveux brun foncé très raides qui s'arrêtaient sur ses épaules et de grands yeux bleus.

– Suis-moi, lui ordonna-t-elle.

L'ancien soldat lui emboîta le pas en se disant qu'il allait enfin savoir ce qui la mettait de si mauvaise humeur. Ils traversèrent la forêt vers l'ouest, là où il n'avait pas encore poussé son exploration, et aboutirent devant d'énormes chênes. Aux branches, les cadavres desséchés d'une centaine d'Aculéos étaient suspendus par les pieds.

– Mais qu'est-ce que c'est que ça ? s'horrifia Wellan.

– Où prenons-nous le sang d'hommes-scorpions nécessaire à la fabrication du dholoblood, selon toi ? répliqua Dholovirah.

– Tu ne m'as pas demandé de venir jusqu'ici pour t'aider à les saigner, au moins ?

– Oh non. Les veines de ceux-là sont complètement à sec. J'aimerais plutôt que tu m'aides à les descendre de là, puisque personne ne veut le faire.

– Et après ?

– Une fois qu'ils seront tous sur le sol, il faudra les traîner dans la forêt pour que les animaux sauvages puissent s'en régaler.

– Les corps en décomposition, surtout en très grand nombre, peuvent engendrer des maladies.

– Jusqu'à présent, nous n'en avons contracté aucune.

– Pour éviter une épidémie, je suggère d'en disposer d'une façon plus sanitaire.

– Tu sais, moi, du moment qu'ils disparaissent, ça m'est bien égal.

À l'aide d'un mince rayon ardent s'échappant de sa paume, Wellan coupa tous les liens qui retenaient les Aculéos dans les airs en faisant bien attention de ne pas endommager les chênes. Un par un, les cadavres s'écrasèrent sur le sol.

– Waouh! C'est efficace! s'exclama Dholovirah, impressionnée. Et moins long que de grimper là-haut pour trancher ces cordes avec nos poignards.

– Comment les hissez-vous jusque-là?

– Grâce aux chevaux et à de solides cordes.

À l'aide de son pouvoir de lévitation, Wellan empila les hommes-scorpions et les fit brûler.

– Bravo! J'espère que tu resteras avec les Manticores jusqu'au répit!

– Malheureusement, je devrai suivre la grande commandante quand elle décidera de partir.

– Dommage…

Dholovirah laissa Wellan planté devant le bûcher et retourna vers le campement. Ce dernier regarda se consumer les ennemis jurés des Chevaliers d'Antarès, incapable d'effacer de son esprit le spectacle de leurs corps qui se balançaient dans le vide. Une fois que les Aculéos eurent été réduits en cendres, il partit à la recherche de Nemeroff et le trouva dans une autre clairière, en train de tirer des flèches dans des balles de foin. Habiles archers eux-mêmes, Lirick, Téos et Dassos lui donnaient des conseils. Wellan prit donc place sur le tronc d'un arbre déraciné et observa les jeunes gens sans intervenir.

Pendant ce temps, Sierra s'entretenait avec Apollonia des besoins particuliers de sa garnison, comme elle le faisait avec tous ses commandants.

– Ici, tout va très bien, assura le chef des Manticores. Il y a seulement Dholovirah qui s'inquiète de sa production de dholoblood si les Aculéos s'entêtent à rester là-haut.

– S'ils découvrent que Nemeroff est ici, ils viendront.

– Autrement, nous sommes régulièrement ravitaillés par les caravanes des souverains d'Arcturus, ce qui ne semble pas être le cas des autres divisions.

– En effet, soupira Sierra.

– Les Manticores gardent la forme et le moral, même les recrues.

– Tu continues de circuler entre tes quatre groupes ?

– Toutes les trois semaines environ. Je prends toujours un de mes Chevaliers avec moi pour plus de sûreté.

– J'approuve.

– En fait, Sierra, tout va tellement bien pour nous que si tu veux repartir plus tôt, ne te gêne pas.

– En d'autres mots, tu veux te débarrasser de Nemeroff ? la taquina la grande commandante.

– Malgré les espérances de Dholovirah, je préférerais ne pas affronter des milliers d'Aculéos sur un seul champ de bataille, alors, oui, j'aimerais qu'il aille voir ailleurs si nous y sommes.

– Sois patiente. Je mettrai bientôt le cap sur le campement des Salamandres.

– Je m'en réjouis.

Sierra se leva.

– Je vais aller m'entretenir avec les petits nouveaux pour m'assurer qu'ils tiennent le coup.

– Ce sont des Manticores, commandante. Ils n'ont pas les jambes molles.

C'est en riant que Sierra la quitta, mais Apollonia ne resta pas seule bien longtemps. Mactaris attendit que la grande commandante se soit éloignée avant de s'approcher de son chef.

– On te voit de moins en moins souvent, toi, lui reprocha Apollonia.

– Je m'entraîne, comme tu nous l'as demandé.

– À faire quoi ?

– Est-ce que tu pourrais me tirer les cartes ?

– Bien sûr, mais pas ici, répondit la cartomancienne, qui avait bien hâte de connaître les petits secrets de son soldat aux cheveux rouges.

Elle prit les devants et la conduisit dans son abri, mais ne mit pas le morceau de tôle devant la porte afin d'y laisser entrer la lumière du jour. Mactaris s'installa devant Apollonia tandis que celle-ci retirait ses cartes de leur boursette de soie.

– Que veux-tu savoir ?

– Eanraig possède-t-il le potentiel de devenir une Manticore ?

– Tu demandes ça au tarot plutôt qu'à moi ?

– C'est seulement ma première question…

– Nous allons voir ce qu'en pense le jeu, puis je te donnerai mon opinion personnelle.

Apollonia battit les cartes et en ouvrit dix en les déposant en forme de croix sur le sol.

– Très intéressant…

– Ne me fais pas languir, la supplia Mactaris.

– Apparemment, Eanraig restera avec nous pendant un long moment, mais pas parce qu'il a envie de se battre contre les Aculéos. Il s'est plutôt entiché d'un de mes Chevaliers… et je vois que c'est toi, petite coquine.

– Restera-t-il fou de moi ?

– On dirait bien que tu l'as ensorcelé.

– Mais je ne suis pas une sorcière ! se défendit Mactaris.

– C'était juste une façon de parler.

– Tu ne t'opposeras pas à notre passion, Apollonia ?

– Si tu étais une Chimère, Ilo te ferait sans doute fouetter pour ça, et si tu étais une Basilic, tu ne m'en aurais jamais parlé. Mais puisque tu es une fière Manticore, alors, pourquoi pas ?

La commandante battit les cartes une deuxième fois.

– Mais qu'est-ce que nous avons là ? murmura-t-elle, inquiète, cette fois.

– Si tu vois sa mort, dis-le-moi pour que je m'y prépare.

– Eanraig n'est pas un homme ordinaire…

– Ça, j'aurais pu te le dire moi-même.

– Il nous cache quelque chose…

– Il est marié et il a des enfants ?

– C'est encore plus mystérieux que ça, Mactaris. Je vois une force étrange autour de lui… un destin tragique…

Apollonia déposa deux autres cartes sur les premières.

– Quelqu'un le cherche…

Un coup de vent s'engouffra dans l'abri et fit voler toutes les cartes dans les airs.

– Ce n'est pas bon signe, s'alarma Mactaris.

– En sais-tu assez ?

– Oui. Je vais profiter de ce qu'Eanraig a à m'offrir tandis qu'il est encore vivant ! Merci, Apollonia.

La jeune femme s'empressa de sortir du refuge pendant que la commandante récupérait ses cartes. Elle n'avait pas voulu effrayer son soldat, mais ce que son tarot lui montrait était alarmant. Elle effectua un dernier tirage afin de vérifier ses soupçons.

– Par tous les dieux… s'étrangla-t-elle en retournant la première carte. Ce n'est pas la guerre qui va s'abattre sur nous, c'est la fin du monde !

Ébranlée, elle laissa le tarot sur le sol et recula jusqu'à ce que son dos heurte le mur.

L'OBSESSION

Après que Wellan fut venu chercher les tours à la forteresse d'Antarès, Skaïe s'était évertué à reproduire le vortex que cet homme d'un autre monde avait utilisé pour se déplacer entre deux pays. Il avait commencé par calibrer tous les instruments de détection que possédait le laboratoire afin d'isoler des traces de cette merveilleuse énergie et tenter de les analyser. Les machines avaient décelé un tourbillon d'atomes et de molécules, mais ils tournaient si rapidement qu'elles ne parvenaient pas à les analyser.

Frustré, il se creusa les méninges pour inventer un instrument plus performant qui pourrait le renseigner davantage sur le type d'énergie qu'utilisait Wellan pour disparaître et réapparaître ailleurs. Il laissa donc en plan tous ses autres projets. Bien sûr, la mistraille, une fois mise au point, apporterait un avantage certain aux Chevaliers d'Antarès sur le champ de bataille… mais le pouvoir de se téléporter n'importe où et n'importe quand était plus important encore à ses yeux !

Puisque Wellan ne comprenait pas lui-même comment fonctionnait son vortex et qu'il ne connaissait que la façon de s'en servir, Skaïe installa les capteurs de son nouveau dispositif tout autour de l'endroit où l'ancien soldat se placerait pour repartir sur le front avec les movibilis. Il ignorait évidemment quand Wellan reviendrait pour en prendre livraison, alors il travaillait d'arrache-pied pour que tout soit prêt le plus rapidement possible.

Il était si absorbé par le nouvel aménagement de sa pièce de travail qu'il ne remarqua pas la présence d'Odranoel, planté sur le seuil. Le savant tentait de saisir le but de l'activité de son nouvel apprenti.

– Je possède un esprit perceptif, mais là, je suis dans le noir, laissa-t-il tomber.

Skaïe sursauta et l'outil qu'il tenait à la main lui échappa.

– Pourquoi es-tu si nerveux ? Travailles-tu sur un projet secret ?

– Non, pas secret, mais difficilement réalisable, avoua Skaïe.

– C'est pour cette raison que tu ne m'en as pas parlé ?

– Je craignais surtout que tu me prennes pour un fou.

– Le génie frôle la folie, dit-on. Explique-moi ce que tu es en train de faire.

– J'essaie de découvrir la façon de recréer un vortex.

– Où ai-je déjà entendu ce mot ?

– C'est un moyen magique de se déplacer.

– Ah oui… Wellan. Tu veux le renvoyer chez lui ?

– Il y a plusieurs types de vortex. Celui qui l'a précipité à Alnilam n'est pas le même que celui qui lui a permis de venir chercher les tours ici même à Antarès.

– Je pensais que tu avais dépêché des techniciens dans le Nord pour les y installer.

– Eh bien, non. Ça aurait d'ailleurs été parfaitement inutile en raison des fortes chutes de neige là-bas. Wellan sait qu'il est pressant de faire fonctionner les movibilis, alors il a accéléré les choses.

– Comment est-il arrivé ici ?

– Il est apparu de nulle part, puis il a mis la main sur les structures et il est disparu avec elles.

– As-tu vu ce fameux vortex ?

– Non, car il est apparemment composé d'une énergie invisible qui se meut en cercle à la vitesse de la lumière.

– Comment comptes-tu en recréer un s'il est imperceptible ?

– Grâce à sa signature énergétique. Une fois que j'aurai bien compris son fonctionnement, il me faudra alors fabriquer une machine capable de reproduire les mêmes conditions à volonté.

Odranoel arqua un sourcil avec scepticisme.

– Je n'ai pas dit que ce serait facile, ajouta Skaïe.

– Quelles en seraient les applications ?

– Les Chevaliers d'Antarès pourraient se déplacer instantanément là où on a le plus besoin d'eux.

– Mais tant que Wellan voyage avec Sierra, ils n'ont pas besoin qu'on leur invente un vortex. Ils n'ont qu'à utiliser le sien.

– Oui, tu as raison, mais le vortex pourrait aussi servir à évacuer des populations en danger, à mettre les familles royales en sûreté, à…

– En d'autres mots, tu joues au sorcier, le coupa Odranoel.

– Tiens, je n'avais pas pensé à ça.

– Skaïe, je préférerais que tu travailles sur quelque chose de plus utile et, surtout, de plus réalisable.

– Je l'avais déjà compris.

– Alors, mets-toi au travail.

Sans rien ajouter, Odranoel tourna les talons et quitta la pièce. Skaïe soupira avec résignation. Il rangea ses outils et se rendit dans la salle où les apprentis étaient en train de construire sa mistraille à culasse circulaire. Il les observa pendant un moment sans arriver à se concentrer, car il continuait d'être obsédé par le vortex. « Peut-être qu'Odranoel ne désire pas que je réussisse à en créer un, car ce serait la plus grande invention de tous les temps… » songea-t-il.

Dès que tout le monde eut quitté les laboratoires, à la fin de la journée, le jeune inventeur retourna dans la pièce où il avait commencé à installer ses capteurs. « Je ne vais pas passer outre cette chance de faire avancer la science », se dit-il en continuant de les calibrer. Il s'y affaira pendant une heure, puis s'arrêta net en se rappelant qu'il avait un rendez-vous galant. Il sortit sa montre de gousset de la poche de son pantalon.

— Je suis en retard !

Comme il n'avait plus le temps d'aller se changer, Skaïe enleva sa blouse de travail, se lava les mains et fila comme une comète jusqu'aux jardins intérieurs du palais. À cette heure du soir, ils n'étaient éclairés que par quelques lampadaires et puisqu'ils étaient immenses, il n'était pas facile d'y retrouver quelqu'un. Il se dirigea donc tout droit à la balancelle, mais sa tendre amie ne s'y trouvait pas. « J'espère qu'elle n'a pas décidé de partir », se désespéra-t-il. Il parcourut plusieurs allées, jusqu'à ce qu'il aperçoive une ombrelle écrue qui se baladait au-dessus d'une haie. Prudemment, il en fit le tour et aperçut enfin Kharla.

La jeune femme portait une longue robe en dentelle de la même couleur que son ombrelle, serrée par un corset en brocart cerise. Elle marchait en regardant ses pieds enserrés dans des chaussures à talons aiguilles lacées jusqu'à ses chevilles. « Elle est encore plus belle quand elle est songeuse », se dit Skaïe.

— Je suis désolé de ne pas être arrivé à temps, lança-t-il.

— Mais au moins, vous êtes là.

Il s'empressa de la rejoindre derrière la haie, où ils s'embrassèrent pendant un long moment.

— Le rouge vous va à merveille, trouva-t-il à dire après les baisers.

— J'adore cette couleur. Mais, à ce que je vois, vous ne vous êtes pas fait beau pour moi.

— J'aurais préféré que vous ne le remarquiez pas, mais j'avoue ne pas avoir vu le temps passer au laboratoire.

– C'est le prix de la passion, j'imagine.

– Je dirais plutôt, de l'obsession, mais ça veut sans doute dire la même chose.

– Marchons un peu, si vous voulez bien.

Kharla lui prit la main et l'entraîna sur le sentier qui suivait le pourtour des jardins.

– Je croyais que c'était moi, votre obsession, fit-elle pour le taquiner.

– Oh mais vous êtes l'une de mes deux idées fixes !

– La première ou la seconde ?

– Décidément la première.

– Qui est ma rivale ? Une invention, je présume ?

– Pas encore. Pour l'instant, c'est encore une idée en gestation. Les inventeurs font des découvertes fantastiques de deux façons : par erreur ou en y réfléchissant pendant des années.

– Et vous avez choisi de vous casser la tête ?

– Ouais... c'est plutôt mon genre.

Comme toutes les fois qu'ils se rencontraient dans le joli parc royal, les amoureux s'installèrent sur une balancelle. Ils s'assurèrent d'être seuls et recommencèrent à s'embrasser avant de se bercer en écoutant couler l'eau de la fontaine.

– Nous finissons toujours dans mon appartement, fit alors Skaïe. Quand dormirons-nous chez vous ?

– Croyez-moi, c'est beaucoup mieux ainsi.

Pour éviter d'autres questions auxquelles elle ne voulait pas répondre, elle changea de sujet.

– Que pensez-vous de l'incident du barrage qui a failli céder et tous nous inonder ?

– Un trucage, rien de plus, grommela-t-il. Odranoel s'est rendu le lendemain sur les lieux et il n'a trouvé aucun signe de détérioration à la surface de la digue. Il a même mesuré la pression d'eau sans y détecter quoi que ce soit d'anormal.

– Comment un prêtre a-t-il pu réussir une illusion d'une telle ampleur ?

– À mon avis, c'était de la sorcellerie pure et simple.

– Selon les journalistes, il n'y avait qu'Antos sur place. Ils n'ont vu aucun sorcier. Le peuple est persuadé que grâce à lui, les villes riveraines ont été sauvées.

– Tout de suite après qu'il nous a menacés de subir la colère du ciel ici même au château ? À mon avis, il s'agit d'un coup monté pour donner du poids à ses paroles.

– Antos serait donc de mèche avec un sorcier.

– C'est la seule explication.

– Il ne peut pas avoir agi ainsi pour de l'argent, puisque c'est la haute-reine qui finance le temple et qu'il ne manque de rien.

– Son geste était motivé par l'appât du pouvoir, mademoiselle. C'est bien plus grisant que la fortune.

– Cette situation est très inquiétante.

– Si j'arrivais à prouver cette collusion, peut-être la haute-reine nous débarrasserait-elle de ce culte ridicule pour toujours.

– N'en soyez pas aussi certain. La haute-reine est profondément dévote.

– Mais elle est aussi intelligente, non ? Si elle découvre que son grand-prêtre est un fraudeur, elle ne demeurera pas indifférente.

– À mon avis, elle en nommera un autre.

– Même si, historiquement, les mystagogues ont aidé les souverains à unir le peuple, dans le monde moderne, ils ne servent plus à rien.

– Vous n'avez pas besoin de m'en convaincre, monsieur Skaïe. Je l'ai compris il y a longtemps. Mais il s'agit d'une institution millénaire qui a de profondes racines. Elle ne sera pas facile à éradiquer.

– Ce n'est pas parce que quelque chose est difficile qu'on doit y renoncer.

– On dirait bien que votre haine pour la religion est très personnelle.

– Je déteste les profiteurs, peu importe leur profession. Notre monde serait tellement plus agréable si tout le monde était honnête et transparent.

– Et que faites-vous des Aculéos ? le taquina-t-elle.

– Je n'ai pas encore eu la chance de les étudier.

– Les Chevaliers les combattent depuis un demi-siècle et ils ne savent toujours rien d'eux.

– Ont-ils appliqué la méthode scientifique ? répliqua-t-il avec un sourire amusé.

– Vous pensez vraiment que la science peut tout expliquer ?

– Évidemment !

– Qu'en est-il des élans du cœur ?

– Les zones cérébrales sollicitées par l'amour ont été identifiées médicalement et ces mécanismes ressemblent à ceux provoqués par la…

Kharla ne le laissa pas terminer sa phrase. Elle plaqua ses lèvres contre les siennes pour le faire taire.

– Est-ce que tu viendras me rejoindre, cette nuit ? demanda-t-il après plusieurs longs baisers.

– Oui, mais pas avant minuit.

Elle l'embrassa une dernière fois et tenta d'ouvrir sa jolie ombrelle en dentelle. Comme une des baleines s'était bloquée, Kharla poussa doucement sur le tissu avec sa main. Elle le décoinça, souffla un baiser à son amant et s'éloigna.

– Mais oui ! s'exclama-t-il quelques secondes plus tard, après que son cerveau eut analysé ce qu'il venait de voir.

Il retourna aux laboratoires en courant et fouilla dans tous les tiroirs jusqu'à ce qu'il trouve des feuilles de papier à bulles, puis alla confectionner deux rectangles avec des bouts de bois dans l'atelier. Il fixa ensuite les membranes transparentes sur les cadres de fortune et les immobilisa dans dès étaux cloués sur la table, à une dizaine de centimètres l'un de l'autre.

Assis sur un tabouret, le jeune savant observa pendant un long moment les deux feuilles qui se faisaient face, comme s'il assimilait toutes les données qu'elles lui renvoyaient. Avec une infinie douceur, il imita le geste de Kharla et exerça une pression avec sa main gauche dans l'un des cadres et fit le même geste dans l'autre avec sa main droite. Les minces cloisons s'étirèrent en sens inverse jusqu'à ce que les paumes de Skaïe se touchent et les déchirent.

— C'est ainsi que fonctionne un vortex ! s'exclama-t-il, fou de joie. Il se produit un mouvement rotatoire des atomes à une vitesse si effarante qu'il arrive à créer une distorsion dans l'espace !

Il se mit à danser sur place avec la même fureur qu'une Salamandre en poussant des cris de victoire, puis s'arrêta net.

— Mais quel en est le déclencheur ? se demanda-t-il. Qu'est-ce qui met initialement les atomes en mouvement ?

Il retourna s'asseoir sur le tabouret et s'accouda à la table en observant les feuilles de papier à bulles déchirées. Wellan lui avait dit qu'il n'avait qu'à désirer aller quelque part pour que son vortex l'y emmène.

— C'est donc une pulsion cérébrale…

Les plus grands médecins d'Alnilam commençaient à peine à comprendre le fonctionnement du cerveau. Comment un inventeur comme lui allait-il arriver à isoler un tel phénomène ? Il resta longtemps immobile à se torturer l'esprit sans trouver de réponse, puis jeta un œil à sa montre. Minuit ! Il décolla en direction de la porte et courut jusqu'à l'ascensum. Impatient, il pressa le bouton à plusieurs reprises, ce qui n'accéléra nullement l'arrivée de la cage. « Il faut que je remédie à ça », maugréa-t-il intérieurement.

Lorsqu'il arriva dans le couloir qui menait à son appartement, il aperçut l'ombrelle fermée suspendue à la poignée de sa porte.

– Oh non… se chagrina-t-il.

Il la décrocha, glissa la clé dans la serrure et poussa la porte. À sa grande surprise, il trouva sa maîtresse allongée sur son lit en tenue de nuit très aguichante.

– Comment êtes-vous entrée chez moi ? fit-il, étonné.

– Je suis peut-être une sorcière qui peut s'infiltrer n'importe où…

– Il est vrai que vous avez réussi à m'ensorceler. Avez-vous soudoyé le concierge ?

– Je ne vous le dirai pas même si vous me torturez.

– C'est de la provocation ?

Skaïe se débarrassa de ses vêtements et sauta dans le lit. Les amants échangèrent de brûlants baisers, mais le jeune savant n'y tenait plus :

– Votre ombrelle a illuminé mon esprit ! lança-t-il, pétulant.

– Quoi ?

– Un simple geste de votre main a réussi à me faire comprendre ce que je ne voyais pas !

– Êtes-vous en train d'essayer de faire de la poésie ?

– Grâce à vous, je vais transporter les gens d'une façon révolutionnaire !

– Mais de quoi parlez-vous, à la fin ?

Il se redressa et s'assit devant elle, les yeux chargés d'étoiles.

– Ce soir, vous m'avez permis de saisir le fonctionnement des vortex.

– Des quoi ?

– Ce sont des singularités dans l'espace qui permettent à une personne de se déplacer instantanément d'un endroit à un autre dans un univers donné.

– Des singularités ?

– Mais elles ne peuvent pas rester actives en permanence en raison du caractère instable des fluctuations quantiques.

– Je ne comprends rien à ce que vous racontez, avoua-t-elle en riant.

– Il s'agit probablement d'énergie quantique ou d'anti-matière qui maintient l'ouverture…

Kharla se jeta sur lui et l'écrasa sur le matelas pour le faire taire.

– Ce sera la plus grande percée technologique de…

Elle l'empêcha de continuer en l'embrassant, même si elle avait surtout envie de rire aux éclats. Jamais de toute sa vie elle n'avait rencontré un homme aussi rafraîchissant que Skaïe. « Un enfant dans un corps d'homme », se dit-elle en le séduisant à nouveau. L'amour fit oublier au savant ses atomes, ses singularités et ses vortex pendant quelques heures, jusqu'à ce qu'il s'endorme dans les bras de sa maîtresse.

LES MENACES

K harla regarda dormir son amant pendant de longues minutes avant de se décider à quitter son lit et à s'habiller.

Depuis qu'elle le fréquentait, elle avait fait bien attention à ce que leur relation demeure secrète. Il lui faudrait bien en parler à ses parents un jour, mais rien ne pressait. Cette aventure amoureuse à la sauvette, qui lui permettait d'échapper à ses responsabilités pendant quelques heures par semaine, lui plaisait de plus en plus.

Pour ne pas faire claquer ses talons sur le plancher de bois du couloir qui menait à sa chambre, Kharla avait enlevé ses chaussures et les tenait dans ses mains. Sur la pointe des pieds, elle pénétra dans la pièce et, dans le noir, déposa ses affaires sur une bergère. Elle poursuivit sa route vers son lit, mais avant qu'elle puisse l'atteindre, une lampe s'alluma et l'aveugla.

— Il n'y a donc pas que ton frère qui couvre cette famille de honte ? tonna sa mère.

Kharla battit des paupières pour habituer ses yeux à la lumière et distingua les traits courroucés de la Haute-Reine Agafia.

— Ce n'est pas du tout la même chose, protesta-t-elle. Lavrenti couchait avec tout le monde. Moi, je n'ai qu'un seul amant.

— Tu es la future haute-reine d'Antarès, Kharlampia.

– N'avez-vous jamais été amoureuse avant d'être forcée d'épouser mon père ?

– À ce qu'il semble, à mon époque, les souverains comprenaient leur place dans la société d'Alnilam et agissaient en conséquence.

– Autre temps, autres mœurs…

– Les règles n'ont pas changé. Qui est ce jeune homme qui met ton avenir en péril ?

La princesse baissa la tête en conservant un silence obstiné.

– Si tu ne me révèles pas volontairement son identité, je lancerai une enquête et je finirai par l'apprendre. Et pour décourager tous les autres roturiers de s'intéresser à toi, je le ferai pendre au milieu de la cour.

– Non ! s'horrifia Kharla. Il ne mérite pas ça ! Vous n'avez pas fait assassiner toutes les femmes qui ont couché avec mon frère !

– Parce qu'il n'était pas appelé à s'asseoir sur mon trône.

– Je vous en prie, ne soyez pas injuste. Ce n'est pas mon prétendant qui m'a fait des avances, mais le contraire. Si quelqu'un mérite la mort, c'est moi.

– Et tu le défends, en plus ?

– Parce qu'il n'est coupable de rien. Il ne sait même pas qui je suis ! Depuis quand condamne-t-on les innocents, à Antarès ?

– À partir de maintenant, tu es confinée au palais, Kharlampia.

– Mais…

– Si tu ne veux pas assumer ton futur rôle de ton plein gré, alors je t'y forcerai.

Agafia sortit de la chambre en serrant les poings pour maîtriser sa colère. Kharla avait toujours entretenu de bons rapports avec sa mère. C'était la première fois qu'elles se querellaient. La jeune femme s'assit sur son lit afin de réfléchir à ce qui lui arrivait. Elle trouvait incompréhensible que son frère ait défié leurs parents pendant des années et que pour tout châtiment, il ait été exilé à Einath pour y épouser une princesse !

« Où est-il écrit que les dirigeants d'un pays sont obligés de choisir leur conjoint parmi les familles royales d'Alnilam ? » se demanda-t-elle, au bord des larmes. Jadis, tous les habitants du continent étaient sur le même pied d'égalité. Qui avait décidé que certains d'entre eux pouvaient s'élever au-dessus des autres et s'enfermer dans leur tour d'ivoire ? Pourquoi les membres de la royauté ne pouvaient-ils pas connaître le véritable amour ?

Pendant que Kharla réfléchissait à ses obligations, Agafia venait de réintégrer sa section du palais d'un pas furieux.

Le Roi Dobromir partageait la chambre de la haute-reine, mais les époux couchaient chacun dans leur lit depuis plusieurs années.

– Nous aurions dû en avoir une dizaine et nous débarrasser des plus faibles ! hurla Agafia.

Son mari se redressa d'un seul coup en tressaillant.

– De quoi parles-tu ?

– De nos enfants ! Ce pays est le plus important d'Alnilam. Sa souveraine se doit d'être entièrement dévouée au bien du continent.

– N'est-ce pas ce que tu fais déjà ?

– Je fais référence à ma succession.

– Tu en as après Kharla, maintenant ?

– Le comportement de Lavrenti était une véritable humiliation pour notre famille, mais celui de notre fille est encore plus intolérable.

– Calme-toi et raconte-moi ce qui se passe.

Agafia alla d'abord se verser une rasade d'alcool dans un verre en cristal, qu'elle vida d'un seul trait.

– Nous les dorlotons. Nous leur fournissons la meilleure éducation qui soit. Nous leur transmettons de belles valeurs. Et que font-ils ? Ils nous déshonorent dès qu'ils échappent à notre surveillance.

– Mais de quelle façon nous a-t-elle mis dans l'embarras ?

– Elle est tombée amoureuse d'un manant !

– Pas Kharla… C'est une enfant sage qui a le même sens du devoir que toi.

– Détrompe-toi. Elle sait pourtant que c'est un prince qu'elle devra épouser.

– S'est-elle amourachée d'un palefrenier ?

– Je n'en sais rien. Elle refuse de me dire qui c'est. Mais je vais m'adresser au chef de la sécurité. Quelqu'un a sûrement vu Kharlampia en compagnie de cet homme. Il paiera son audace de sa vie.

– Moi, je suis sûr qu'au matin, ta colère sera tombée et tu comprendras que notre fille, même si elle sera un jour appelée à diriger ce pays, éprouve les mêmes désirs que les autres femmes de son âge.

– Les hautes-reines n'ont pas le droit d'avoir des faiblesses, Dobromir.

Le roi quitta son lit et alla serrer Agafia dans ses bras.

– Je sais que l'attitude de Kharla t'a déçue, mais au lieu de réagir comme une souveraine, essaie de faire preuve envers elle de la compréhension d'une mère. Elle a toujours été raisonnable, alors nous lui parlerons ensemble et nous lui ferons comprendre son erreur. Aussi, au lieu de faire mourir ce pauvre homme qui n'a fait que céder devant les charmes de notre fille, tu pourrais peut-être l'exiler.

– Je suis tellement en colère que je n'arrive pas à penser clairement.

– Cette nuit, vide-toi l'esprit.

L'alcool aidant, Agafia finit par s'assoupir, mais sa frustration ne s'envola pas pour autant.

Le lendemain matin, elle laissa ses servantes la préparer pour le premier repas de la journée et se rendit à la salle à manger. Dobromir s'y trouvait déjà en compagnie de leur fille. Kharla gardait les yeux baissés sur l'assiette qu'on venait de déposer devant elle.

– J'espère que la nuit t'a porté conseil, laissa tomber la haute-reine.

– Au lieu de dormir, je suis allée consulter les édits d'Antarès au sujet des mariages royaux.

Le visage d'Agafia s'empourpra.

– Tu me défies, Kharlampia ?

– Non, mère, affirma la princesse en relevant fièrement la tête. Je me renseigne, car en étudiant l'histoire, j'ai souvent constaté que les hommes adoptaient parfois des comportements qui n'avaient aucun fondement légal.

– Qu'as-tu trouvé, ma chérie ? intervint Dobromir pour éviter une autre querelle.

– Une simple recommandation de la part d'un grand-prêtre qui remonte à plus de mille ans. Aucune loi n'oblige une personne de sang royal à épouser un de ses pairs.

– C'est une convention destinée à protéger le peuple qui pourrait être mal dirigé par un mauvais choix, répliqua Agafia sur un ton cinglant.

– Croyez-vous vraiment que je m'éprendrais d'un idiot ?

– Probablement pas, mais j'aimerais te rappeler qu'il faut être formé pendant de longues années pour exercer le pouvoir.

– Ce n'est pas lui qui dirigera Antarès, mais moi, mère.

– Il est vrai que mon rôle n'est pas de prendre des décisions, plaisanta Dobromir.

– Ne te mêle pas de ça, l'avertit la haute-reine.

Elle planta un regard meurtrier dans celui de sa fille.

– Dis-moi son nom.

– Jamais.

– Ta mère n'a pas l'intention de le faire tuer, ma puce, tenta de la rassurer le roi.

– La haute-reine peut agir à sa guise et personne ne peut l'en empêcher, père. Alors, je protégerai l'homme que j'aime en le gardant dans l'ombre jusqu'à mon couronnement.

– C'en est assez ! s'écria Agafia.

– Veuillez m'excuser. Je n'ai plus faim.

– Ne t'avise pas de quitter le palais, Kharlampia, même pas pour aller prendre l'air. À partir de maintenant, tu seras sous surveillance à tout instant de la journée.

La jeune femme quitta la table en retenant ses larmes. Elle se rendit directement à sa chambre et demanda qu'on lui apporte du thé. Debout devant la fenêtre, elle regarda tomber les duveteux flocons de neige. « Skaïe ne comprendra pas pourquoi je ne serai plus dans les jardins… » se désola-t-elle. « Je dois trouver une façon de le prévenir de ce qui se passe pour qu'il ne parte pas à ma recherche. Ma mère aurait tôt fait de deviner qu'il est mon amant. »

– Je ne veux pas vous déranger, Votre Altesse, fit alors une voix aiguë.

Kharla se retourna et aperçut une fillette d'une dizaine d'années, aussi blonde qu'elle.

– C'est habituellement ma mère qui vient vous porter vos belles robes quand elles ont été lavées, mais elle est indisposée aujourd'hui.

– Tu es la fille de Franceza ?

– Oui, madame. Je m'appelle Camryn.

– Es-tu libre d'aller où bon te semble ?

– Absolument partout, car j'aime rendre service. Mais un jour, je serai un Chevalier.

– Tu es encore bien jeune pour prendre une telle décision, Camryn.

– Mon cœur sait déjà ce qu'il veut.

– Viens t'asseoir. J'aimerais te confier une mission.

– Une mission ? s'enthousiasma la fillette. À moi ?

– Mais avant, tu dois me promettre que tu n'en parleras à personne.

– Même pas à ma mère ?

– Absolument personne. Ma vie en dépend.

– Êtes-vous en danger de mort ? s'effraya Camryn.

– J'ai des ennemis, en effet.

– Dites-moi quoi faire et je vous prouverai que j'ai l'étoffe d'un soldat d'Antarès.

– J'aimerais que tu livres un message pour moi.

– Ce n'est pas difficile ! Je fais ça tout le temps !

– Peux-tu attendre quelques minutes que je l'écrive ?

– Bien sûr !

Réconfortée à l'idée de pouvoir au moins informer Skaïe de ce qui se passait, Kharla s'assit à son secrétaire et composa rapidement une courte lettre. Elle la termina par la promesse de continuer à lui écrire, puis la cacheta. Elle fouilla dans un des tiroirs de sa commode et en retira un statère avant de revenir vers l'enfant.

– J'ai écrit l'adresse sur l'enveloppe. Ta mission est de la glisser sous cette porte sans que personne te voie le faire.

– D'accord.

– Et j'aimerais que tu reviennes ici au moins deux fois par semaine, car j'aurai sans doute d'autres missives à te faire livrer.

– J'aime bien cette mission.

Kharla déposa le statère dans la main de l'enfant avant de lui remettre la lettre.

– Pour moi ? s'étonna Camryn en écarquillant les yeux.

– C'est pour m'assurer que tu gardes le silence sur notre entente.

– Je l'aurais fait même si vous ne m'aviez pas donné cette pièce…

– J'y tiens. Allez, file et rappelle-toi que personne ne doit savoir.

– Personne.

Camryn cacha l'enveloppe à l'intérieur de son chemisier et gambada jusqu'à la porte. Dès qu'elle fut partie, Kharla essuya les larmes qu'elle avait réussi à retenir et décida de s'occuper constructivement en attendant la suite des événements.

Encouragée par la confiance que lui témoignait la princesse, Camryn déambula dans le palais jusqu'à ce qu'elle trouve le numéro de porte qu'elle avait pris soin de mémoriser avant de cacher la lettre. C'était un appartement plutôt bien, dans la nouvelle section qui servait à loger le personnel plus qualifié du château. Camryn aurait bien aimé savoir qui habitait là, mais il n'y avait aucun nom sur la missive. Comme Kharlampia le lui avait demandé, elle s'assura qu'il n'y avait personne dans le couloir et la glissa sous la porte.

Ayant accompli sa mission, l'enfant recula et contempla la grosse pièce d'or au creux de sa main. Elle n'avait jamais vu de statères auparavant, mais elle savait qu'ils valaient très cher. « Je ne pourrai jamais le montrer à ma mère, sinon elle me questionnera pendant des jours pour savoir où je l'ai eu », soupira intérieurement Camryn. Elle décida donc d'aller le cacher dans sa chambre en se disant qu'un jour, il pourrait bien lui permettre d'acheter son premier destrier pour suivre les Chevaliers d'Antarès dans le Nord.

Afin d'apprendre l'identité de l'amant de sa fille, après le repas, Agafia avait rencontré le chef de la sécurité de la forteresse. Il écouta sa requête en silence, puis lui promit de visionner tous les enregistrements de sécurité, jusqu'à ce qu'il trouve quelque chose. Dès qu'il fut parti, la haute-reine décida de vider le reste de sa colère ailleurs. Sierra, la commandante de ses

Chevaliers, lui avait mentionné que les savants d'Antarès ne la prenaient pas au sérieux lorsqu'elle leur demandait de mettre leur cerveau au service de l'armée.

– C'est ce matin que tout va changer, décida Agafia en quittant le palais.

Son garde du corps lui emboîta aussitôt le pas.

– Réunis tout le monde dans une seule salle, ordonna-t-elle au premier homme en chemise blanche qu'elle croisa en entrant aux laboratoires.

Impressionné de se retrouver nez à nez avec la souveraine, l'apprenti s'en trouva paralysé et incapable de prononcer le moindre mot.

– Qu'attends-tu ? le pressa Agafia.

Puisqu'il ne bougeait pas, elle le poussa à l'intérieur et attendit son retour en examinant les nombreuses étagères autour d'elle. Durant ses jeunes années, elle avait caressé le rêve de devenir un inventeur, mais ses parents lui avaient rapidement fait comprendre que ce n'était pas son destin.

– Par ici, Votre Majesté, lui dit alors une jeune femme, qui remplaçait l'apprenti toujours sous le choc d'avoir rencontré la reine en personne.

Elle conduisit Agafia dans le plus grand des laboratoires, où l'attendaient une centaine de personnes, Odranoel en tête. Étant donné qu'il était le dernier arrivé dans l'équipe, Skaïe s'était plutôt mêlé aux techniciens.

– Je n'ai pas besoin de vous dire qui je suis, commença la haute-reine.

Tous se courbèrent avec respect.

– Si je suis ici, ce matin, c'est pour vous avertir de laisser tomber tous vos projets qui ne sont pas destinés à venir en aide aux Chevaliers d'Antarès. Ce qui importe dorénavant, ce n'est pas de mettre au point d'autres inventions qui nous faciliteront la vie, mais de sauver Alnilam. Comprenez-vous ce que je vous dis ?

– Nous avons fabriqué des appareils de communication dont les commandants pourront bientôt se servir, l'informa Odranoel, et nous travaillons déjà sur une arme qui permettra aux Chevaliers de tuer encore plus d'hommes-scorpions.

– Une seule arme, Odranoel ? Sierra t'en réclame depuis de nombreuses années. À partir de maintenant, je veux que tu trouves la façon d'empêcher une fois pour toutes ces monstres de descendre sur nos terres. Je me moque de ce que ça coûtera. Je veux des résultats.

Les joues cramoisies, Agafia quitta les laboratoires, son garde du corps sur les talons. Pendant quelques minutes, le silence régna dans la vaste salle. Odranoel comprit que c'était à lui de remonter le moral des troupes.

– Mais qu'est-ce qui lui prend, ce matin ? plaisanta-t-il.

– Elle n'a pas tout à fait tort, répliqua Skaïe, très sérieux. Si nous ne réagissons pas rapidement, ces bestioles finiront par se rendre jusqu'ici et elles saccageront toutes nos installations.

Les apprentis murmurèrent entre eux avec appréhension.

– Nous devons utiliser notre matière grise pour que les Chevaliers d'Antarès ne soient plus les seuls à défendre Alnilam, continua Skaïe.

Se sentant personnellement visé par la critique du jeune savant, Odranoel retourna dans son bureau, dont il fit violemment claquer la porte. Skaïe crut donc plus productif d'aller poursuivre le perfectionnement de la mistraille à culasse circulaire.

Assis sur un tabouret, il se demanda si les vortex pourraient représenter un réel avantage pour la population. « Autrement que pour fuir lors d'une invasion d'Aculéos… » se dit-il. Il leva les yeux sur la carte géographique d'Alnilam fixée au plus grand mur de la pièce. « Comment pourrions-nous persuader cet envahisseur de rester sur sa falaise ? »

Lorsqu'il rentra finalement chez lui, après avoir pris quelques fruits à la cuisine, Skaïe n'avait eu aucune idée brillante pour sauver le monde. Il poussa la porte de son appartement et vit l'enveloppe sur le sol. Il la ramassa en humant son délicat parfum et la décacheta. « Pourquoi Kharla m'écrit-elle, tout à coup ? » se demanda-t-il en apercevant sa signature. Il parcourut le message rapidement, puis le relut pour bien le comprendre.

> *Skaïe, vous êtes la plus belle chose qui me soit arrivée de toute ma vie, mais j'ai de la difficulté à le faire comprendre à ma famille. On me défend de vous revoir et on me menace de vous faire du mal si vous tentez de vous approcher de moi. Je vous en prie, soyez patient. Je continuerai de vous écrire jusqu'à ce que cette situation soit résolue.*
>
> *Kharla*

– Mais c'est quoi, ce délire ? s'étonna-t-il. Comment pourrais-je m'approcher d'elle quand je ne sais même pas où elle habite ? Et puis, elle a certainement l'âge de choisir elle-même ses fréquentations !

Kharla était-elle venue porter la lettre sous sa porte ou avait-elle envoyé un messager ? Il n'y avait qu'une seule façon de le savoir. Skaïe retourna aux laboratoires afin d'y prendre l'équipement qui lui permettrait d'installer une caméra de surveillance au-dessus de la porte de son appartement.

LANCES EMPOISONNÉES

Alarmée par ce qu'elle avait vu dans ses cartes de tarot, Apollonia rassembla tous les membres de sa garnison dans la clairière, mais leur présence ne parvint pas à chasser la peur qui s'était emparée d'elle. Les Manticores pouvaient même la percevoir sur son visage habituellement moqueur. Sierra avait fait la même constatation, mais elle voulait entendre ce qu'elle avait à dire avant de la prendre à part.

— J'ai consulté mes cartes, commença Apollonia. Ce n'est pas la guerre qui nous attend, c'est la fin du monde !

Sierra arqua un sourcil avec surprise.

— Est-ce que tu pourrais être plus explicite ? se risqua Dholovirah.

— Ce ne sont pas des milliers de guerriers qui fonceront sur nous, mais des millions !

— C'est exactement ce que je vous ai dit, intervint Nemeroff.

— Laisse-la parler, chuchota Wellan près de lui. Il s'agit peut-être d'autre chose.

— Les Aculéos vont tous sortir de leurs trous en même temps pour nous attaquer ? s'étonna Tanégrad.

— S'ils font ça, c'est certain qu'ils s'empareront d'Alnilam, prédit Pavlek, pessimiste.

— Qui sont ces ennemis que tu as vus ? demanda plutôt Sierra.

— Je n'en sais rien, murmura Apollonia, mais ils obscurciront le firmament…

– C'est plutôt vague, laissa échapper Nemeroff.

– Quand doit avoir lieu cette attaque monstre ? continua de la questionner Sierra.

– C'est la première carte que j'ai retournée, alors elle est très certainement imminente.

Apollonia ordonna aux recrues de partir à cheval afin d'aller avertir ses trois autres détachements du danger qui les guettait, puis elle envoya Tanégrad, Baenrhée et Pavlek sur la colline pour monter la garde.

– Ne regardez pas seulement du côté de la falaise, ajouta-t-elle. J'enverrai des Chevaliers vous relayer dans six heures.

Les trois soldats partirent sur-le-champ. Pendant que tout le monde paniquait, Wellan avait plutôt pris le temps de scruter le pays, puis tout le nord du continent. Il n'y percevait pourtant aucune menace. Même chez les Aculéos, il ne se passait rien du tout.

– Elle se fie à ses talents de divination pour prédire les attaques ? murmura-t-il finalement à Sierra.

– Habituellement, elle ne se trompe pas, mais là, je trouve qu'elle exagère, rétorqua la grande commandante. Toi, qu'en penses-tu ?

– La fin du monde n'est pas une impossibilité en soi, mais à moins que le ciel nous tombe sur la tête, je ne vois pas comment tout le continent pourrait être anéanti.

Sierra se tourna vers Nemeroff.

– Un dieu courroucé pourrait certainement détruire une planète, commenta-t-il.

– Mais elle a parlé de millions de guerriers, lui rappela la femme Chevalier.

– Qui sait combien Achéron en a à sa solde ?

– Nous pouvons certes mener une guerre contre les hommes-scorpions, mais pas contre d'hypothétiques soldats en provenance de la cité céleste.

– Ça vaudrait peut-être le coup de suggérer à Apollonia de vérifier ce qu'elle a vu dans son tarot, proposa Wellan.

– C'est la seule idée qui me semble logique.

Sierra attendit que le chef des Manticores ait fini de donner ses ordres et s'approcha d'elle.

– Apollonia, j'aimerais que tu me tires les cartes, fit Sierra, le plus sérieusement du monde.

– Maintenant ?

– Compte tenu de ce que tu y as vu, je pense qu'une confirmation s'impose.

– Habituellement, tu ne mets jamais en doute mes prédictions.

– Parce que tu n'annonces pas de cataclysmes aussi importants.

Les deux femmes s'isolèrent dans l'abri d'Apollonia. D'aussi loin que cette dernière se rappelait, la grande commandante ne lui avait jamais demandé de lui prédire l'avenir. Elle battit les cartes en calmant sa respiration.

– Dis-moi exactement ce qui nous guette, exigea Sierra.

Apollonia déposa les dix cartes en retenant son souffle.

– Tu vois encore notre anéantissement ?

– Oui… mais pas au même endroit.

– Je ne suis pas cartomancienne, alors tu vas devoir me donner un peu plus d'explications.

– Quand je suis tombée sur la carte de la destruction massive, c'était au début d'un tirage. Je ne suis pas allée plus loin.

– Et là ?

– Cet événement s'est déplacé dans le temps.

– C'est possible, ça ?

– L'avenir est toujours en mouvement, Sierra. Mais si la fin du monde est repoussée de quelques mois, je vois par contre une autre attaque imminente.

– Où ?

– Ici…

Au même moment, Wellan venait de s'asseoir devant un feu avec Nemeroff.

– Je capte un mouvement au nord, fit le jeune roi.

Wellan avait pourtant effectué un balayage complet de la région quelques minutes plus tôt. Il ferma les yeux et lança son esprit vers la falaise. Un important détachement d'hommes-scorpions venait d'arriver sur le bord du précipice.

– Tu as raison et si on en juge par leur nombre, c'est encore toi qu'ils cherchent.

– Je devrais partir pour cesser de les attirer, mais je ne peux pas non plus laisser ces soldats sans défense. Ils seront tous massacrés si je ne m'en mêle pas.

– Je suis d'accord.

– Pour le bien des Chevaliers d'Antarès, je devrai retourner chez les Deusalas après cet affrontement.

– Nous en reparlerons plus tard, si tu veux bien.

Tanégrad, Baenrhée et Pavlek venaient tout juste d'arriver à leur poste de guet lorsqu'ils s'aperçurent que la crête de la falaise était noire d'Aculéos.

– Nom d'un scorpion… s'étrangla Baenrhée.

– C'est ça, la fin du monde ? s'étonna Tanégrad.

– Il n'y en a pas des millions, remarqua Pavlek.

– Mais certainement des milliers, fit Baenrhée.

Les trois Chevaliers tournèrent les talons et foncèrent en direction du campement.

– Ils sont là ! hurlèrent-ils en sortant de la forêt.

Les Manticores coururent chercher leurs armes tandis que Sierra et Apollonia se précipitaient à l'extérieur de l'abri en oubliant les cartes.

Dans le désordre le plus total, les Chevaliers s'engouffraient dans la forêt au fur et à mesure qu'ils étaient prêts à se battre. Même Eanraig, armé d'une épée que lui avait procurée Mactaris, les suivit. Wellan et Nemeroff rejoignirent plutôt Sierra, qui se préparait elle aussi au combat.

– Venez, leur ordonna-t-elle en prenant les devants.

Les Émériens rejoignirent les Manticores qui formaient une longue ligne sur la colline. Immobiles, ils observaient au loin les milliers d'hommes-scorpions qui descendaient de la falaise comme une invasion d'araignées.

– Jamais de toute mon existence j'ai pensé que je verrais un jour une chose pareille, souffla Apollonia.

– Ce n'était pas dans tes cartes ? la piqua Nemeroff.

– Waouh ! s'exclama Dholovirah. Nous allons avoir du dholoblood pendant des années !

Sierra lui jeta un regard découragé.

– Nous chargeons avant qu'ils atteignent la rivière ? demanda Messinée.

– Vous devez commencer par vous y rendre, leur fit remarquer Wellan. Et il semble que ça pourrait prendre des heures.

– Pas si nous intervenons, offrit Nemeroff. Si je t'emmène à tire-d'aile jusqu'à la rivière, tu pourras revenir chercher tout le monde avec ton vortex.

– C'est une bonne idée.

– Depuis quand ce sont les prisonniers qui prennent les décisions pour les Chevaliers d'Antarès ? se hérissa Apollonia.

– Ils savent ce qu'ils font, lui dit Sierra sur un ton autoritaire.

– Vous n'aurez qu'à faucher ceux que j'aurai manqués, fit Nemeroff à l'intention de la commandante des Manticores.

– Un seul homme contre tous ces Aculéos ?

– Non… un seul dragon.

Nemeroff sortit des rangs et descendit jusqu'au milieu de la colline avant de se changer en une bête fabuleuse aux écailles bleu nuit et aux larges ailes de chauve-souris.

– Wellan, qu'est-ce que tu attends ?

– Je suis toujours captivé par tes métamorphoses.

Il grimpa sur le cou du dragon en arrachant des commentaires admiratifs aux Manticores. D'un bond, le dragon s'éleva dans les airs, puis il se mit à planer jusqu'au fond de la vallée. Il se posa près d'un des ponts et laissa descendre Wellan avant de reprendre son envol. Celui-ci utilisa son vortex pour retourner devant les Manticores. Sa soudaine apparition en fit sursauter plusieurs.

– Suivez-moi ! lança-t-il.

– Où ça ? se méfia Baenrhée.

Pour que les Chevaliers comprennent bien ce qu'il voulait dire, il rendit son vortex visible. Un grand cercle se forma, à l'intérieur duquel tourbillonnait une énergie brillante.

– Dans ça ? bredouilla Mactaris.

– À moins que vous préfériez marcher, répliqua Wellan.

Pour motiver ses troupes, Apollonia fut la première à s'en approcher.

– Admettons que j'accepte d'entrer là-dedans, que m'arrivera-t-il ?

– En deux secondes, tu seras rendue sur le bord de la rivière, exactement là où Nemeroff s'est posé il y a un instant.

– Manticores, avec moi ! hurla la commandante.

Elle se précipita dans le maelstrom, aussitôt suivie de Baenrhée et des mille autres membres de sa garnison. Wellan resta sur place, à maintenir sa magie, jusqu'à ce qu'il voie approcher le dernier Chevalier. C'était Sierra.

– Tu es vraiment un homme fascinant, lui dit-elle en passant devant lui.

Elle se retrouva instantanément sur la berge de la rivière. Les Aculéos continuaient de dévaler la paroi rocheuse et un grand nombre d'entre eux couraient déjà dans le large passage entre les sapins. Apollonia dispersa ses troupes entre les différents ponts pour qu'elles puissent aller se positionner de l'autre côté de la rivière. Sierra préféra attendre avant de les suivre. Elle observa plutôt le vol du dragon.

Après avoir évalué la situation, Nemeroff rasa la longue muraille de pierre en lançant un jet de feu sur les hommes-scorpions. Ils se mirent à tomber au pied de la falaise, carbonisés.

Son intervention sembla refroidir l'ardeur de ceux qui se trouvaient encore tout en haut. « Je m'occuperai d'eux plus tard », se dit le jeune roi en piquant sur les Aculéos qui se rapprochaient de la rivière.

– Mais qu'est-ce qu'il fait là ? explosa Dholovirah, furieuse.

– Ne t'inquiète pas, Dholo, l'apaisa Messinée. Je suis certaine qu'il nous en laissera quelques centaines.

Nemeroff allait incinérer les coureurs lorsqu'il reçut une volée de lances en provenance de la forêt de sapins. Celles qui l'atteignirent rebondirent sur ses écailles. Il changea de cap en se demandant comment obliger les Aculéos à sortir de leur cachette sans faire brûler les arbres. Il fut aussitôt attaqué par des lances en provenance de l'autre côté de la brèche.

– Ils l'empêchent d'utiliser ses flammes, laissa tomber Sierra.

– Et il risque d'être atteint mortellement par ces lances, ajouta Apollonia.

– Ses écailles ne peuvent pas être transpercées, affirma Wellan.

– Et ses ailes ? demanda Tanégrad.

« Elle a raison », comprit l'ancien soldat.

– *Nemeroff, ne les laisse pas atteindre tes ailes !* l'avertit-il par télépathie.

– Je pourrais quand même voler, même si elles étaient pleines de trous, Wellan, c'est ma magie qui me garde dans les airs. Mais ce serait une bonne idée que vous me débarrassiez de ces tireurs qui se cachent entre les arbres.

Wellan répéta ses paroles aux commandantes.

– À nous de jouer, alors, décida Apollonia. Manticores ! Sous le ciel ! Sur la terre ! La ferveur au cœur !

En répétant ses paroles, les Chevaliers foncèrent vers la forêt. Il ne leur serait pas facile de combattre entre les sapins, mais ils perdraient trop de temps à repousser les hommes-scorpions dans la large bande dénudée entre les deux forêts, où Nemeroff pourrait les incinérer. Sierra, Wellan et même Eanraig se jetèrent dans la mêlée. Au lieu de laisser leurs adversaires se rapprocher de la rivière, les Manticores les affrontèrent à mi-chemin de la falaise. Tout en lançant des rayons incandescents sur les Aculéos qui surgissaient devant lui, Wellan jeta un coup d'œil à la paroi rocheuse. Pendant que leurs congénères occupaient le dragon au-dessus du passage, d'autres guerriers se dépêchaient de descendre dans la vallée.

Sans relâche, Nemeroff éliminait tous les hommes-scorpions qui surgissaient en terrain découvert, mais il en arrivait sans cesse. Les lances continuaient de noircir le ciel tant sur sa droite que sur sa gauche. Il vit les Manticores s'enfoncer dans la forêt et ne comprit qu'elles commençaient à avoir du succès que lorsque le barrage de projectiles diminua d'intensité.

Au sol, Baenrhée était surexcitée. Elle sautillait autour de ses adversaires en leur plantant ses longs couteaux partout, évitant habilement leur dard et leurs pinces. Rien ne plaisait autant à cette guerrière que les combats singuliers. Puisqu'elle possédait une énergie intarissable, lors d'un affrontement, elle pouvait facilement faucher des centaines d'Aculéos avant de succomber à la fatigue.

– C'est fou ce que vous êtes laids ! cria-t-elle, en transe.

Elle contourna l'homme-scorpion et s'accrocha à sa queue tandis qu'il la relevait de façon menaçante en tournant sur lui-même pour attraper la femme qui lui faisait la vie dure. Baenrhée fut hissée dans les airs jusqu'aux épaules du colosse. Tout en s'agrippant fermement à l'appendice avec un bras, elle étira l'autre devant son visage et lui trancha la gorge d'un seul coup. L'Aculéos tressaillit de tous ses membres. Debout sur son dos, la guerrière lâcha sa queue, qui retomba sur le sol.

– Suivant ! hurla-t-elle en chargeant un autre ennemi.

Comme la plupart des autres Manticores, Dholovirah travaillait en équipe avec deux de ses camarades. Pendant qu'elle attirait l'attention de l'Aculéos, Tanégrad et Samara se positionnaient derrière lui pour lui trancher la queue. Elles passaient ensuite sous les pinces meurtrières de leur adversaire lorsqu'il se retournait pour les frapper. Dholovirah en profitait alors pour planter son épée dans son dos et l'enfoncer jusqu'à son cœur.

– Numéro dix ! s'exclama-t-elle joyeusement. Trouvez-m'en un autre !

Même si Mactaris était parfaitement capable de combattre seule, elle s'était jointe à Téos et Céladonn pour exterminer plus rapidement les hommes-scorpions qui leur fonçaient dessus.

À ses côtés, Eanraig apprenait à la dure à affronter ces redoutables ennemis. La femme Chevalier aux cheveux rouges était si rapide que le pauvre Hadarais avait du mal à la suivre. Elle esquivait habilement les pinces de l'Aculéos qui se refermaient sans arrêt au-dessus de sa tête avec des claquements secs. Chaque fois que le monstre manquait le cou de sa proie, il poussait des cris de rage. Pendant que Mactaris l'occupait, ses deux frères d'armes se chargeaient de neutraliser son dard et de lui transpercer le dos de façon à atteindre le plus d'organes vitaux possible.

Pour sa part, Apollonia luttait en compagnie de Pavlek et de Messinée. Elle combattait à l'orée de la forêt, mais elle était également aux prises avec les lances que les Aculéos s'entêtaient à projeter sur le dragon chaque fois qu'il volait au-dessus de la trouée. En plus d'éviter les pinces de son adversaire, Apollonia devait également prendre garde de ne pas être atteinte par les javelots égarés.

Non loin d'elle, Lirick s'évertuait à garder Dassos en vie, car le jeune homme était persuadé qu'avec des paroles de paix, il pourrait convaincre les Aculéos de négocier avec les humains plutôt que de les massacrer. Étant donné qu'aucun des hommes-scorpions n'avait l'intention de s'arrêter pour discuter avec Dassos, Lirick était forcé de bousculer violemment son compagnon d'un côté et de l'autre pour qu'il ne se fasse pas décapiter. En même temps, il lui fallait braver les pinces et les dards de ses adversaires pour leur planter son poignard dans la gorge et repartir au secours de Dassos.

Grâce à sa magie, Wellan avait plus de succès que la plupart des Chevaliers. Au lieu d'utiliser son épée, il bombardait inlassablement les Aculéos avec des faisceaux brûlants, leur perforant la poitrine ou leur arrachant carrément la tête. Il commençait par contre à s'épuiser et espérait que Nemeroff accélère le rythme et les débarrasse du reste de leurs ennemis. Utilisant autant ses armes que de solides coups de pied, Sierra combattait près de l'ancien soldat, fauchant les monstres qui tentaient de le prendre de revers.

Au lieu d'anéantir les hommes-scorpions dans le passage entre les forêts de sapins, le roi d'Émeraude avait décidé d'empêcher leurs congénères de descendre de la falaise. En bravant la pluie de lances que ceux-ci projetaient sur lui, le dragon rasa le haut de l'à-pic avec ses flammes. Il ne se tourna vers la vallée qu'une fois qu'il n'eut plus personne à incinérer dans les hauteurs. Il revint vers les Manticores et, en quelques passages, il réduisit considérablement le nombre des Aculéos qu'elles auraient à affronter.

Lorsque la bataille prit fin, quelques heures plus tard, la majorité des hommes-scorpions n'étaient plus que des tas de cendres.

Épuisé, Nemeroff se posa près de la rivière et s'écroula sur le sol. Wellan accourut pour le protéger pendant qu'il rechargeait sa force vitale.

– J'ai fait tout ce que j'ai pu… souffla le jeune roi.

– Tu es un magnifique guerrier, comme ton père. Il serait fier de toi.

Nemeroff ferma les yeux tandis qu'un cocon lumineux se formait autour de lui. Wellan resta à ses côtés en observant ce qui se passait sur le champ de bataille. Plusieurs Chevaliers avaient été touchés par les lances ennemies. Même ceux qui n'avaient été qu'éraflés avaient péri. Il vit Sierra ramasser un javelot et en humer la pointe acérée.

– Elle est empoisonnée, laissa-t-elle tomber.

– Où les Aculéos ont-ils trouvé du poison ? s'inquiéta Téos.

– Où ont-ils trouvé des lances, plutôt ? fit Samara.

– Ce sont d'anciennes armes, les informa Sierra. Elles ont appartenu aux lanciers d'Aciari.

– Comment le sais-tu ? s'étonna Baenrhée.

– Elles portent ses armoiries.

Les Manticores retirèrent leurs morts de la forêt et les alignèrent sur la berge. Avec tristesse, Sierra contempla les visages de ces braves soldats qui avaient perdu la vie pour protéger le continent.

– Nous allons les ramener au campement pour les rites funéraires, déclara Apollonia.

Wellan interrogea Sierra du regard.

– Tu peux y aller, acquiesça-t-elle. Je vais rester auprès de Nemeroff jusqu'à ton retour.

L'ancien soldat fit donc entrer les Chevaliers dans son vortex et attendit patiemment que tous en ressortent près du campement. Il ne fut pas surpris de voir Dholovirah revenir vers lui en tenant six chevaux par la bride.

– Laisse-moi deviner… soupira Wellan.

– Je n'ai pas de magie, moi, alors c'est ma façon de traîner les Aculéos jusqu'aux grands chênes. Mais ça m'épargnerait beaucoup de temps si tu pouvais me ramener là-bas avec mes bêtes.

Wellan fit réapparaître son vortex.

– Je n'en prendrai qu'une centaine parmi ceux qui n'ont pas perdu trop de sang, annonça Dholovirah en réapparaissant près de la rivière. Tu pourras faire brûler les autres.

– Amuse-toi.

L'Émérien retourna auprès de son compagnon inconscient.

– Tu es d'accord avec cette pratique barbare de saigner les cadavres ennemis ? demanda-t-il à Sierra.

– Même si je le voulais, je ne pourrais pas y mettre fin. Comme tu l'as sans doute remarqué depuis ton arrivée à Arcturus, les Manticores ont la tête dure.

– Tu es la grande commandante.

– Ouais… c'est un beau titre.

– Repose-toi. En attendant que Nemeroff revienne à lui, je vais commencer à incinérer les Aculéos.

– Mais tu es fatigué, toi aussi.

– Je suis habitué de me rendre au bout de mes forces, répliqua-t-il avec un sourire aimable.

Il s'éloigna en regrettant d'être le seul à posséder des facultés magiques, car il restait un grand nombre de corps et ils étaient éparpillés partout dans la forêt.

LE CHAMP DE BATAILLE

Afin de se réchauffer, pendant qu'il veillait seul sur Nemeroff, Wellan avait allumé un feu magique. Les bûchers fumaient encore derrière lui et ses dernières vérifications de la falaise lui avaient appris que les Aculéos ne semblaient pas prêts d'envoyer d'autres guerriers dans la vallée. « J'espère qu'ils ont enfin compris qu'ils ne captureront jamais le dragon », songea-t-il.

Les hommes-scorpions ignoraient sans doute qu'il se transformait en humain après les raids. Avaient-ils appris par Salocin que la bête légendaire se manifestait partout où se rendait Sierra ? « Ce serait désastreux, parce que les Chevaliers ne pourraient pas survivre à de telles attaques massives sans l'aide de Nemeroff… »

Wellan entendit le claquement de sabots sur le pont. Il tourna la tête et aperçut Sierra qui approchait en compagnie de Samara, Baenrhée et Téos. Les Manticores mirent pied à terre en même temps que la grande commandante et vinrent s'asseoir autour du feu. Sierra déposa deux écuelles de nourriture devant Wellan.

– Le ragoût s'est refroidi en cours de route, mais je sais que tu pourras le réchauffer. Une fois que tu auras mangé, accepterais-tu de jeter un œil aux blessures de Baé et de Téos ? Elles sont trop profondes pour que nous puissions les traiter de la façon conventionnelle et la dernière chose que je veux, c'est de devoir les amputer.

– Mieux vaut mourir, grommela Baenrhée.

– Je préférerais les examiner avant de me sustenter, si tu n'y vois pas d'inconvénients. Et puisque mon apprentie est ici, je vais en profiter pour lui faire acquérir un peu d'expérience.

– Ton apprentie ? répéta Sierra, intriguée.

– C'est de moi qu'il parle, l'informa Samara.

– J'aimerais bien qu'après mon départ, l'une des Manticores puisse agir comme guérisseuse.

Puisque les deux soldats perdaient beaucoup de sang, Sierra remit ses questions à plus tard. Wellan examina d'abord le bras de Baenrhée, qui avait été entaillé par une pince d'Aculéos juste au-dessus du coude. La guerrière gardait la tête haute, par fierté, mais sa peau était de plus en plus pâle. Wellan alluma sa main et commença par évaluer l'ampleur des dommages. La blessure était profonde et nécessitait une intervention immédiate. Il décida donc de stopper l'hémorragie interne, de réparer les muscles et de refermer la peau lui-même, opération qui nécessita tout au plus une dizaine de minutes.

– C'est guéri, mais ne fais aucun effort inutile durant les prochains jours afin de reprendre des forces.

– Pas de parcours d'obstacles, donc ? se désola-t-elle.

– Je dirais même que c'est le moment idéal pour reprendre le sommeil perdu.

– C'est rare que je dis ça, mais merci.

– Il est tout naturel de s'entraider, entre Chevaliers.

Wellan se tourna ensuite vers Téos. Il l'avait vu traîner sa jambe et demander l'aide de Samara pour marcher. Le soldat enleva ses bottes et son pantalon malgré le froid pour que l'Émérien puisse mieux voir sa blessure. Contrairement à Baenrhée, il n'avait pas été tailladé par l'ennemi. La pince qui l'avait frappé sur le revers lui avait plutôt cassé le tibia.

– Je pense que ce sera ton premier cas, Samara, annonça Wellan en lui faisant signe de s'approcher.

– Mais il n'y a pas de sang, s'étonna la jeune femme en inspectant le membre.

– Toutes les blessures ne sont pas apparentes. Allume tes paumes et sonde profondément sa chair. Je veux que tu me dises ce que tu y détectes.

– Tu me fais confiance, Téos ?

– C'est sûr, fit-il en forçant un sourire.

De toute façon, Wellan avait l'intention d'effectuer une vérification après le traitement de la Manticore. À la grande surprise de Sierra, Samara fit jaillir de la lumière de ses mains et les passa au-dessus de la jambe de son frère d'armes.

– Oh ! s'exclama l'Aludrienne, étonnée.

– C'est grave ? s'inquiéta Téos.

– J'ai vu dans mon esprit que l'os est cassé.

– Bravo, la félicita Wellan.

– Et comment fait-on pour réparer ça ? s'enquit Samara.

– De la même façon qu'on referme une plaie. Commence par visualiser ce que tu dois faire, puis commande à l'énergie qui circule en toi de faire le travail.

– Et si je manque mon coup ?

– J'en doute, mais si ça arrive, j'interviendrai.

– Merci, chuchota Téos.

– Je t'ai entendu, se vexa Samara. Maintenant, tais-toi et laisse-moi me concentrer.

Elle ralluma ses paumes et les plaça à l'endroit où elle avait perçu la fracture. Elle plissa le front, comme si elle faisait un grand effort.

– Je pense que ça y est, annonça-t-elle.

– Laisse-moi voir, la pria Wellan.

Il refit un second examen et fut agréablement surpris par l'excellent travail de guérison de la Manticore.

– Bravo, mademoiselle.

– J'ai réussi ?

– Haut la main.

Pour s'assurer qu'ils disaient vrai tous les deux, Téos se releva et esquissa quelques pas.

– Ce n'est pas croyable ! s'exclama-t-il, ravi. Ce serait vraiment bien que toutes les garnisons aient une Samara !

– Hé là, attention ! répliqua-t-elle en riant. Je suis unique.

– Jusqu'à ce que Wellan forme d'autres Aludriens, lui fit remarquer Sierra. Rentrez au campement, tous les trois. Je vous y verrai plus tard.

– Tu es bien certaine de ne pas avoir besoin de gardes du corps ? voulut s'assurer Baenrhée.

– Je suis en compagnie d'un soldat magicien et d'un dragon, Baé. Que pourrait-il bien m'arriver ?

– Tu as raison, concéda Téos. Allez, venez, les Manticores.

Les trois Chevaliers remontèrent à cheval et reprirent le chemin du campement avant qu'il fasse nuit. Wellan choisit l'une des deux écuelles et utilisa sa magie pour en réchauffer le contenu. Il mangea lentement en observant le visage soucieux de Sierra.

– Le potentiel magique de Samara est immense, laissa-t-il finalement tomber. Si nous restons ici encore quelques semaines, je l'aiderai à développer davantage ses talents de guérison.

– Pourquoi elle et pas les autres ?

– Si j'ai bien compris, les Aludriens ont été contaminés par une île magique sur les côtes de leur pays.

– Gaellans.

– S'il n'y avait pas cette guerre, j'irais vérifier leurs dires.

– Peut-être pourrons-nous y aller durant le répit, si nous survivons jusque-là.

– Ça me plairait beaucoup.

Le soleil avait commencé sa descente dans le ciel et un vent frais se mit à souffler de l'ouest. Sierra se frotta les bras, puisqu'elle n'avait pas apporté sa cape au combat. Wellan augmenta l'intensité du feu pour la réchauffer.

– Parle-moi de ta vie à Arcturus, fit-il, curieux.

– Pour que tu puisses l'écrire dans ton nouveau journal?

– Entre autres.

– Mes souvenirs en sont de plus en plus vagues, mais je me rappelle qu'il ne fait jamais plus froid qu'en ce moment pendant l'hiver. Mes parents me défendaient d'aller marcher sur la rivière, parce que la glace qui s'y formait parfois n'était jamais assez épaisse. Ils avaient peur que je me noie.

La commandante demeura silencieuse un moment. Wellan comprit qu'elle était à la recherche de ses souvenirs.

– J'ai eu un chien, aussi… Je ne sais pas ce qui lui est arrivé…

– Tu ressemblais à ton père ou à ta mère?

– À ni l'un ni l'autre, en fait.

– Te rappelles-tu leurs noms?

Elle secoua la tête avec tristesse.

– Je ne me souviens de presque rien avant l'incendie.

Pour ne pas lui causer de chagrin, Wellan décida de lui parler d'autre chose.

– Les Aculéos ont donc volé un nombre considérable de lances aux premiers Chevaliers d'Antarès.

– C'est bien ce qu'il semble. Je demanderai aux Manticores de passer le champ de bataille au peigne fin afin de toutes les ramasser. Je ne veux pas qu'elles retombent entre les mains de l'ennemi.

– Et ils savent fabriquer un poison mortel.

– Leur société n'est peut-être pas aussi primitive que nous l'avons d'abord cru, conclut Sierra.

– Si mes observations sont exactes, ces javelots n'étaient pas destinés aux Chevaliers, mais uniquement au dragon.

– Donc, ils ne veulent plus le capturer, mais le tuer.

– C'est ce que je pense aussi. Sans doute ont-ils compris qu'il est invincible.

– Tu m'as dit que vous étiez des dieux, tous les deux. Si Nemeroff se transforme en dragon, ça veut donc dire que tu peux te transformer aussi.

– Ça m'est arrivé à quelques reprises, dans mon propre monde.

– Pourquoi ne le fais-tu pas ici ?

– C'est un pouvoir que je ne maîtrise pas encore.

– Es-tu un dragon, toi aussi ?

– Pas tout à fait… Je suis une bête ailée, mais beaucoup moins gracieuse.

Sierra réprima un sourire amusé.

– Montre-moi.

– Mon journal et mon stylo sont au fond de mes sacoches, prétendit-il pour se dérober.

Elle sortit son poignard de son étui et le lui tendit.

– Dessine-le dans la boue, insista-t-elle.

Wellan rappela à son esprit son apparence animale, qu'il n'avait aperçue qu'une fois en volant au-dessus d'un fleuve.

– Je vais faire encore mieux que ça.

Il retourna sa paume et, se servant de la magie que lui avait enseignée Onyx, fit apparaître la reproduction miniature d'un ptérodactyle les ailes ouvertes, comme s'il était en plein vol.

– Te moques-tu de moi ? s'étonna la commandante.

La créature ressemblait à un oiseau, mais son long bec était armé d'une multitude de dents pointues. Ses ailes n'étaient pas recouvertes de plumes. Elles semblaient plutôt consister en des membranes tendues entre certaines parties de son corps. En plus d'avoir des pattes arrière, elle possédait aussi des pattes avant.

– C'est très impressionnant, avoua-t-elle. Es-tu de la même taille que Nemeroff quand tu te transformes ?

– Je suis dix fois plus gros que lui ! plaisanta-t-il.

– Tu sèmerais la terreur chez les Aculéos !

– Sauf que je ne suis pas couvert d'écailles impénétrables comme mon jeune ami. Ils auraient tôt fait de me tuer.

– Cette faculté de vous changer en bête est fascinante. Tous les dieux la possèdent-ils ?

– En réalité, ils sont tous des entités animales qui aiment adopter une forme humaine.

– Donc, ce que je vois de toi, ce n'est pas vraiment toi ?

– C'est une facette de moi. Tu ne l'aurais jamais deviné le premier jour où tu m'as observé entre les barreaux de mon cachot, n'est-ce pas ?

– Jamais.

Voyant que Sierra frissonnait encore dans le vent de plus en plus froid, Wellan fit apparaître un cercle de feu autour d'eux pour les tenir davantage au chaud.

– Merci, murmura-t-elle en s'allongeant sur le dos.

Puisque Nemeroff ne semblait pas vouloir reprendre conscience, l'ancien soldat imita la commandante.

– Y a-t-il des étoiles, dans ton monde ? demanda-t-elle.

– Oui et, curieusement, elles sont placées exactement au même endroit que les vôtres. Nous les regroupons en constellations auxquelles nous donnons des noms selon l'image qu'elles nous inspirent.

– Nous aussi, mais durant mon apprentissage, je ne me suis intéressée qu'à celles qui me permettent de m'orienter.

– C'est en effet l'une de leurs utilisations principales.

– Quelles sont les autres ?

– Elles nous permettent de rêver et d'écrire de belles chansons.

– Tu es poète en plus d'être soldat ? le taquina-t-elle.

– À mes heures.

La lumière qui enveloppait Nemeroff disparut d'un seul coup. Revigoré, le jeune homme se redressa et regarda autour de lui. Ses gardiens s'assirent aussitôt.

– Comment te sens-tu ? s'informa Wellan.

– Physiquement, en pleine forme, mais moralement, ça ne va pas du tout. Il est devenu évident que ma présence dans n'importe quel campement des Chevaliers d'Antarès met tout le monde en danger.

– Nous sommes formés pour y faire face, lui fit remarquer Sierra.

– Si je n'avais pas été là, aujourd'hui, il ne resterait plus une seule Manticore.

Wellan réchauffa son écuelle et la lui tendit. Nemeroff mangea sans appétit.

– Je vais aller chercher les tours qui doivent être installées à Arcturus, je les fixerai dans le sol, puis je te laisserai te charger de celles qui sont destinées aux pays de l'Est.

– Tu as fait plus que ta part, mon ami, tenta de le réconforter Wellan.

– Y a-t-il eu beaucoup de morts ?

– Nous avons perdu plus d'une centaine de bons soldats, avoua Sierra.

– Je te promets que ça ne se reproduira plus.

– Ce n'est pas ta faute, Nemeroff.

– Désirez-vous retourner au campement afin de dormir dans votre abri ? demanda la commandante.

– Je préférerais dormir ici, si tu ne t'y opposes pas, réclama le jeune roi.

– Dans ce cas, nous resterons avec toi.

Pour rendre leur sommeil plus confortable, Wellan localisa leurs capes et les fit apparaître devant eux. Les trois compagnons les jetèrent sur leurs épaules et s'allongèrent sur le sol pour dormir.

Au matin, quand Wellan ouvrit l'œil, Sierra dormait encore, mais Nemeroff était déjà debout et regardait du côté de la falaise.

– Ne me dis pas qu'ils reviennent, s'alarma Wellan en se levant.

– Non, rassure-toi. Tout est calme là-haut… trop calme…

Nemeroff planta ses yeux bleu très pâle dans ceux de son ami. « Il prend de plus en plus de maturité depuis le début de cette aventure », constata Wellan. Leurs voix réveillèrent Sierra, qui s'étira avant de s'asseoir.

– Je ne comprends pas pourquoi mon père aimait la guerre, soupira le jeune roi, découragé.

– Il ne l'aimait pas plus que moi, Nemeroff, mais il tenait à défendre son continent et à empêcher les Tanieths de s'en prendre à sa famille. Il était fou de rage lorsqu'ils ont réussi à se rendre jusqu'à sa forteresse. Il s'est senti responsable de ta mort, parce qu'il n'a pas su empêcher Amecareth de détruire la tour du magicien. C'est pour cette raison qu'il a passé sa vie à chercher une façon de te ramener parmi les vivants.

– Je lui en suis très reconnaissant, même si mon retour ne s'est pas passé aussi bien que je l'aurais voulu. Je vais aller chercher les antennes restées à Hadar et Ian, s'il est disponible. Je m'acquitterai de ce travail beaucoup plus rapidement si je l'exécute avec quelqu'un qui l'a déjà fait avec moi.

Il salua Wellan de la tête et disparut d'un seul coup.

– Pas de belle roue lumineuse ? s'étonna Sierra.

– C'est libre à chacun. Je vais me délier les jambes en commençant à ramasser les lances.

Wellan éteignit d'un seul coup tous les feux magiques et marcha en direction de la plaine.

– Je devrais retourner au campement pour assister aux rites funéraires.

– Tu as raison.

– Sois prudent.

Sierra alla chercher son cheval qui broutait plus loin et grimpa en selle. En la regardant s'éloigner, Wellan s'aperçut qu'il avait cessé de voir Bridgess en elle. Son visage lui rappelait le sien, mais c'était leur seul point de ressemblance. Il brûlait dans le cœur de Sierra un feu qui n'avait jamais animé son ex-épouse.

Wellan ramassa les premières lances en se servant de la magie. Il y en avait presque un millier. Il sentit le vortex de Nemeroff se former quelques minutes plus tard et se réjouit de le voir en compagnie de son ami Basilic. Ian vint serrer le bras de l'ancien soldat et appuyer son front contre le sien.

– Content de te revoir, Wellan. Nous avons apporté les quatre tours qui doivent s'élever à Arcturus. Nous finirons par faire fonctionner ces movibilis !

– Quand je les aurai toutes installées, je reconduirai Ian à Hadar, je poursuivrai l'excavation du fossé au pied de la falaise, puis je retournerai chez les Deusalas, l'informa Nemeroff. Quand tu seras prêt à m'y rejoindre, tu n'auras qu'à me le faire savoir.

Les deux hommes s'étreignirent avec amitié.

– Ça ne tardera pas, lui promit Wellan.

– C'est par là, fit Ian en pointant la colline la plus éloignée du campement des Manticores, en tenant la carte géographique dans l'autre main.

– Allons-y, décida Nemeroff.

Il se changea en dragon et attendit que le jeune soldat soit assis sur son cou pour prendre son envol, une des tours entre les pattes.

LE PRISONNIER

Wellan passa toute la matinée à rassembler les lances en métal abandonnées sur le champ de bataille. Une fois qu'il eut nettoyé le passage entre les arbres qui menait jusqu'à la falaise, il entreprit de passer la forêt de l'ouest au peigne fin. Les javelots n'avaient pas pu y pénétrer très loin, alors il ne mettrait qu'une heure ou deux à les retrouver. Tout à coup, il sentit une présence à quelques mètres de lui. Il tendit l'oreille tout en scrutant les lieux avec ses sens invisibles. Dès qu'il eut repéré sa cible, il alluma ses paumes de façon défensive et s'avança vers elle. C'est alors qu'il aperçut entre les branches de sapins un Aculéos rampant péniblement en direction de la falaise. Son dos et ses longs cheveux verts, bleus et blancs étaient ensanglantés et ses jambes désarticulées l'obligeaient à utiliser ses pinces pour se traîner entre les arbres.

Au lieu de l'achever, Wellan choisit de le capturer. Il s'approcha prudemment du jeune mâle, mais une branche craqua sous ses pieds. Le blessé se retourna et parvint à s'asseoir.

– Je ne te veux aucun mal.

L'homme-scorpion lui montra les dents et releva son dard au-dessus de sa tête. Certes, Wellan voulait en apprendre davantage sur les Aculéos, mais sans risquer inutilement sa vie. Il lui transmit donc une puissante vague anesthésiante qui lui fit perdre conscience. À l'aide de ses pouvoirs de lévitation, Wellan ramena ensuite le blessé jusqu'au bord de la rivière, là où il avait passé la nuit. Il profita du fait que l'Aculéos était inconscient pour l'examiner. Son dos était perforé à de nombreux endroits, sans doute par des coups d'épée ou de poignard.

Wellan décida de refermer toutes les blessures puis se concentra sur les jambes du guerrier : elles étaient cassées à plusieurs endroits. « Les Manticores font du bon travail compte tenu de la taille et de la force musculaire de ces créatures », songea-t-il. Il ressouda les os, ce qui permettrait à l'Aculéos de marcher de nouveau, puis se rappela ce que Sierra lui avait raconté au sujet de Chésemteh. Il amputa donc l'homme-scorpion de sa queue et cautérisa prestement la plaie béante. Puis il fit la même chose avec ses bras qui se terminaient par des pinces. Ainsi, il ne représenterait aucun danger lors de son interrogatoire.

Puisque cet individu semblait jeune et vigoureux, Wellan décida qu'il serait plus prudent de le ligoter avant de le réanimer. Avec son esprit, il alla chercher de la corde au campement des Manticores et lui lia solidement les chevilles et les deux bras. C'est ainsi que Sierra trouva l'ancien soldat lorsqu'elle arriva avec son repas. Elle descendit de cheval, déposa l'écuelle sur le sol et s'approcha en dégainant son épée.

– Tu n'as rien à craindre de celui-là, la rassura Wellan.

– Est-il mort ?

– Non, il est bien vivant.

– Y en a-t-il d'autres ?

– C'est le seul.

– Où sont ses pinces et son dard ?

– Je les lui ai enlevés par mesure de précaution. Je n'ai pas eu le choix : il voulait m'attaquer.

« Audax m'a déjà dit la même chose en parlant de Chésemteh… » se rappela Sierra.

– Que comptes-tu en faire ? demanda-t-elle.

– Lui poser des questions afin d'en savoir plus sur cet ennemi dont vous ignorez tout.

– Alors, je te suggère de ne pas le ramener au campement pour procéder à cet interrogatoire, parce que les Manticores le mettraient en pièces pour venger leurs compagnons tombés au combat hier. Et comme tu le sais déjà, elles préfèrent les saigner plutôt que de bavarder avec eux.

– Je vais donc le transporter dans ces ruines là-bas, où elles ne pourront pas le voir à partir de la colline.

Sans donner le temps à Sierra de s'opposer à ses plans, Wellan souleva magiquement le prisonnier dans les airs et le poussa en direction des vestiges de la cité la plus proche. La commandante le suivit. Ils s'arrêtèrent dans ce qui restait d'une maison en briques rouges qui avait flambé avec toutes les autres lors des premières attaques des Aculéos, des années auparavant. On n'y trouvait plus que deux pans de murs et la cheminée encore bien droite. C'est là que Wellan déposa le guerrier, en position assise. Il fit apparaître une autre corde et l'attacha à l'âtre.

– Qu'est-ce qui te fait croire qu'il répondra à tes questions ? fit Sierra. Nous ne sommes même pas sûrs que ces bêtes parlent notre langue.

– Ché le fait.

– Parce qu'elle a été élevée parmi les humains et que son intelligence supérieure lui permet de tout assimiler rapidement.

– Je te ferai remarquer que c'est grâce à un sort d'interprétation que je suis capable de communiquer avec toi. Cette magie me permettra de saisir ce qu'il me dira, peu importe la langue qu'il parle.

– Même les grognements ?

– Si c'est sa langue, alors je devrais être en mesure de la déchiffrer.

– Tu ne cesseras jamais de m'étonner.

– Prépare-toi. Je vais le réanimer.

Sierra empoigna solidement son épée, prête à transpercer le cœur de l'Aculéos, car il avait certainement la force physique de se défaire des cordes qui le retenaient. Wellan dirigea une vague stimulante sur l'homme-scorpion. Celui-ci battit des paupières pendant quelques secondes, puis aperçut les humains. En poussant un cri de rage, il voulut foncer sur eux, mais n'alla pas plus loin que ses liens. Il se rendit compte qu'il était captif et se mit à hurler comme un forcené.

– Tu comprends ça, Wellan ? se moqua Sierra.

L'ancien soldat s'approcha davantage de l'homme-scorpion sans manifester la moindre crainte. Son geste étonna l'Aculéos, qui arrêta de crier et pencha la tête de côté.

– Je sais que tu peux parler, commença Wellan. Quel est ton nom ?

– Tu ne le sauras pas…

Sierra ne cacha pas sa surprise de découvrir que Chésemteh n'était pas la seule Aculéos à parler la langue des Alnilamiens. Pour briser l'obstination du prisonnier, Wellan décida d'aller chercher l'information directement dans sa tête.

– Tu t'appelles Piarrès, c'est bien ça ?

– Qui te l'a dit ? se méfia l'homme-scorpion.

– Je suis un grand sorcier.

Sierra arqua un sourcil en se demandant pourquoi Wellan lui mentait, mais se rappela qu'en temps de guerre, il fallait parfois avoir l'esprit créatif. Le mensonge semblait fonctionner, puisque l'Aculéos se recroquevillait contre la cheminée, effrayé.

– Mais il y a tout de même des choses qui m'échappent, continua Wellan. Dis-moi pourquoi vous vous entêtez à descendre sur ces terres pour attaquer les humains.

– C'est pour punir les dieux.

– Les punir ?

– Tu devrais le savoir. Ils créent des serviteurs puis ils s'en débarrassent. Ils ont fait pareil aux sorciers.

– Mais les dieux ne vivent pas dans ce monde.

– Leurs créatures préférées, oui.

– Je vois…

– Mais cette fois-ci, c'est la bête volante que le roi nous a demandé d'empoisonner. Il veut s'en emparer et lui faire boire l'antidote plus tard en échange de sa loyauté. Il ne veut pas comprendre qu'elle est toute-puissante.

– Tu as raison, Piarrès. Personne ne peut s'en emparer.

– Je t'ai dit tout ce que je sais.

– Je vais bientôt te laisser repartir sur la falaise pour que tu portes un message à ton roi de la part des Chevaliers d'Antarès.

Sierra n'était pas sûre que ce soit une bonne idée. Moins les Aculéos en savaient sur les humains, mieux ceux-ci s'en porteraient.

– Je veux rejoindre mes frères.

– Tu es le seul survivant de la dernière bataille.

Cette nouvelle affligea l'homme-scorpion. « Ils ont donc des émotions… » comprit Wellan.

– Avant que je te libère, dis-moi comment s'appelle ton roi.

– Zakhar.

– Alors, informe Zakhar que les Chevaliers ne laisseront jamais personne les déposséder de leur continent et encore moins mettre à mort des innocents. S'il continue à faire descendre des guerriers de ces falaises, votre civilisation finira par disparaître, car ils seront systématiquement éliminés.

Wellan se tourna vers Sierra pour voir si elle voulait ajouter quelque chose.

– Restez chez vous et vivons en paix, conclut-elle.

Piarrès lui montra les dents de façon menaçante.

– Les femelles n'ont pas le droit de parler aux mâles auxquels elles n'appartiennent pas !

– Celle-ci est la grande commandante des Chevaliers d'Antarès et elle a tous les droits, l'informa Wellan.

Sierra était inquiète de ce que ferait cet Aculéos une fois libéré, mais Wellan n'avait pas l'intention de le détacher complètement. Il le débarrassa de la corde qui le retenait à la cheminée et de celle qui lui retenait les chevilles, mais lui laissa les mains attachées dans le dos.

Piarrès fit quelques pas, surpris de pouvoir se tenir debout sur ses jambes.

– C'est moi qui t'ai soigné, lui apprit Wellan pour jeter encore plus d'épouvante dans son cœur.

Même si c'était un geste superflu pour sa magie, il leva doucement le bras droit devant lui en même temps qu'il soulevait le prisonnier dans les airs. Puis il l'expédia au sommet de la falaise. C'était maintenant à lui de se débrouiller pour livrer son message.

– C'est l'interrogatoire le plus court auquel j'ai assisté de toute ma vie, lâcha Sierra.

– J'aurais aimé en savoir plus, mais son quotient intellectuel n'était pas assez élevé pour répondre à toutes mes questions.

– Chésemteh va être heureuse d'apprendre qu'elle a été beaucoup mieux traitée à Antarès que chez les Aculéos, qui dénigrent les femmes.

– Sans doute parce que leurs femelles sont plus intelligentes qu'eux, avança Wellan.

– N'ouvre pas ce débat, qui pourrait rapidement devenir orageux.

L'ancien soldat pivota sur lui-même pour mieux voir où ils se trouvaient.

– Dans quelle ville sommes-nous ?

– À Paulbourg, ma ville de naissance.

– Tu as eu de la chance de grandir dans cette magnifique vallée.

– Je n'y ai passé que cinq ans de ma vie.

– Où se situait ta maison ?

– Il est difficile de s'orienter dans une cité rasée par le feu, mais Audax m'a déjà dit qu'elle s'élevait dans la deuxième rue qui menait au moulin.

– Je t'en prie, explorons l'endroit avant de retourner au campement.

– Pour me débarrasser de mes angoisses, c'est ça ? devina Sierra.

– En réalité, je veux surtout te réconcilier avec ton passé, mais si ça peut aussi t'apaiser, alors c'est encore mieux.

– Ma vie était si simple avant que je te rencontre…

Ils marchèrent donc dans ce qui avait jadis été Paulbourg. Wellan garda le silence, attendant patiemment que des souvenirs remontent d'eux-mêmes dans la mémoire de Sierra. Elle s'arrêta brusquement à une vingtaine de mètres de la rivière.

– Je pense que je vivais ici… murmura-t-elle.

Elle s'avança vers les ruines d'un escalier en pierre et mit le pied sur la première de trois marches. En une fraction de seconde, elle fut transportée dans le brasier qui lui avait arraché sa famille à tout jamais. Wellan la vit chanceler et lui saisit le bras pour l'empêcher de s'écrouler par terre. Sierra sursauta.

– Que s'est-il passé ? s'inquiéta-t-il.

– C'est comme si j'étais revenue des années en arrière. J'ai même senti la chaleur du feu sur mon visage.

– Le jour de l'attaque des Aculéos ?

Elle hocha vivement la tête, troublée.

– Ta maison se dressait donc bien ici. Veux-tu pousser plus loin ?

Sierra n'allait certainement pas lui avouer qu'elle avait peur, alors elle rassembla son courage et pénétra dans les ruines de sa demeure. Elle marcha dans ce qui semblait avoir été le couloir principal qui menait tout droit à la cuisine.

« Maman ! » cria une fillette dans sa tête. Les flammes jaillirent du plancher et au milieu d'elles, elle s'aperçut à genoux sur le sol près du corps de sa mère. Sierra ferma les yeux.

– Est-ce toi qui fais ça ? se fâcha-t-elle en se retournant brusquement vers Wellan.

– Qui fais quoi ?

– Qui plante toutes ces visions dans ma tête !

– Je te jure que non. Veux-tu m'en parler ?

Elle recula de quelques pas et vit le visage de Wellan se transformer jusqu'à devenir celui d'Audax. Il courut vers elle, la souleva dans ses bras et la sortit de la maison en feu.

Sierra battit des paupières et s'aperçut que Wellan venait de la déposer sur le sol à l'extérieur de la demeure.

– Qu'est-ce que je fais ici ? balbutia-t-elle.

– Tu t'es évanouie.

– Mais ça ne m'est jamais arrivé auparavant. Pourquoi ici ? Pourquoi maintenant ?

– À mon avis, le fait de revenir sur les lieux du plus gros choc de ta vie a réveillé de vieux souvenirs.

Il aida la guerrière à se remettre sur pied.

– Je pense que tu as raison…

– Tu veux retourner dans la maison ?

– Non.

– M'autorises-tu à y jeter un coup d'œil à mon tour ?

– Pour quelle raison ?

– Je pourrais peut-être y trouver quelque chose.

Elle accepta d'un mouvement sec de la tête en espérant qu'il n'y passerait pas le reste de la journée.

Pendant qu'il jouait au limier, Sierra marcha en direction de la rivière, où elle avait laissé son cheval et le repas de l'ancien soldat. D'autres images surgirent dans son esprit, mais sans la précipiter dans le passé. Wellan la rejoignit quelques minutes plus tard.

– J'ai trouvé ceci, annonça-t-il en lui tendant une boîte métallique de la taille d'un gros livre. Elle avait été cachée sous des tuiles du plancher qui ont brûlé.

– L'as-tu ouverte ?

– Pas sans ta permission.

– Mange pendant que je l'ouvre devant toi.

Wellan réchauffa la fricassée et la dévora avec appétit. Sierra ne se rappelait pas avoir déjà vu ce coffre gris, mais elle était si jeune à l'époque… Le feu avait déformé le métal, alors elle dut utiliser son poignard pour forcer le couvercle à s'ouvrir.

– Il contient des papiers et des réflexus, murmura-t-elle.

– Qu'est-ce qu'un réflexus ?

Sierra en sortit un de son coffre aux trésors et le lui montra. C'était le portrait miniature d'une fillette de cinq ans blonde comme les blés qui tenait un chien par le cou. Toutefois, ce portrait n'avait pas été fait avec de la peinture. L'image n'était pas plus épaisse qu'une feuille de papier et elle était en noir et blanc.

– C'est toi ?

– Avec mon chien… Fripouille…

Wellan lui redonna le réflexus. Sierra le rangea dans la boîte, qu'elle s'empressa de refermer.

– Je ne suis pas capable de regarder tout ça en ce moment, murmura-t-elle.

– Rien ne presse. Veux-tu retourner sur la colline ?

– Oui, je pense que ce serait préférable.

Elle prit son cheval par la bride et tendit la main à l'Émérien. En une fraction de seconde, ils se retrouvèrent à l'orée de la forêt qui séparait la vallée du campement des Manticores. C'est alors qu'ils assistèrent à un bien curieux spectacle : Nemeroff, qui avait sûrement terminé l'installation des tours avec Ian, avait décidé de poursuivre son travail d'excavation d'un large fossé destiné à décourager les assauts des Aculéos. Tandis que le dragon volait près de la falaise, le sol se crevassait sous lui comme si l'animal y traînait une immense charrue invisible qui faisait trembler la terre.

– Les hommes-scorpions savent-ils nager ? demanda Wellan.

– Je n'en sais rien.

Attirées par la poussière qu'elles voyaient s'élever au-dessus des arbres, les Manticores surgirent autour de la grande commandante et de l'ancien soldat.

– Avec qui se bat-il ? s'étonna Apollonia.

– Il est en train de creuser une nouvelle rivière, je crois, avança Sierra.

Elle se fraya un chemin entre les Chevaliers afin de retourner au campement. Elle voulait s'isoler pendant un moment pour réfléchir à ce qui venait de se passer.

LA TÊTE

Même s'il était le principe actif de son couple, Abussos pouvait aussi faire preuve d'autant de patience que son épouse lorsque la situation l'exigeait.

Après avoir transmis à Achéron sa requête de le rencontrer en terrain neutre, il s'était retiré dans sa forêt bien-aimée pour jouer de la flûte. La musique le détendait et lui permettait de réfléchir plus clairement. Aussi, les longues notes plaintives servaient à conserver à son univers la quiétude dont il avait besoin. Elles faisaient pousser les arbres, couler la rivière, souffler le vent…

En laissant errer ses pensées, il en vint à la conclusion qu'il n'aurait pas dû concevoir autant d'enfants avec Lessien Idril. S'ils s'étaient arrêtés après les dragons dorés, ils n'auraient pas eu à gérer autant de problèmes tant dans le monde des dieux que dans le monde des humains. Ses petits-enfants n'auraient pas existé ni créé le monde où Amecareth et Kimaati avaient semé la terreur. «Nous aurions joui de la paix éternelle», soupira-t-il intérieurement.

Au lieu de cela, deux de ses descendants venaient d'être happés par un vortex qui ne leur était pas destiné et le reste de la famille insistait pour qu'il les retrouve et qu'il les ramène au bercail. Mais les relations n'étaient pas simples entre les mondes dirigés par des panthéons différents.

— *Sa très importante Majesté Achéron est prête à vous recevoir*, fit alors une voix dans l'Éther.

Abussos cessa de jouer et se leva. Il accrocha sa flûte à sa ceinture et regagna son tipi sans se presser. Assise devant le feu, Lessien Idril le regarda approcher.

– Je l'ai entendu, l'informa-t-elle. Si quelqu'un peut persuader Achéron de nous rendre Wellan et Nemeroff, c'est bien toi. Pars-tu maintenant ?

– Plus vite je lui parlerai et plus vite cette situation sera réglée.

Lessien Idril l'embrassa sur les lèvres.

– Sois tout de même prudent. Tu sais qu'Achéron est aussi fourbe que ses enfants.

– Ne crains rien.

Abussos se transforma en petite étoile brillante et fila vers le ciel. Il se rendit jusqu'aux limites de son domaine céleste, puis se matérialisa devant les grandes portes qui le séparaient de celui du dieu-rhinocéros. Elles n'étaient pas gardées du côté d'Abussos. Il croisa ses bras musclés sur sa poitrine et attendit. Même chez les dieux, il existait des règles de courtoisie, mais apparemment, Achéron ne les connaissait pas. Sous sa forme humaine, celui-ci ne se présenta au rendez-vous, qu'il avait lui-même fixé, que quelques heures plus tard. Son comportement déplut au dieu-hippocampe, mais il décida de ne pas en parler, car il risquait de se faire éconduire avant d'avoir pu formuler sa demande.

– Pourquoi désires-tu encore me voir ? lâcha Achéron, visiblement contrarié. Tu as soudain eu envie de prendre le thé avec moi ?

– Je suis ici pour solliciter ton aide.

– Les deux enfants qu'il me reste n'ont pas quitté mon univers, alors ils ne sont sûrement pas en train de semer la destruction dans le tien.

– Je ne suis pas venu jusqu'ici pour te parler d'eux, mais de Kimaati.

– De Kimaati ? répéta Achéron, étonné. Non seulement tu l'as vu mourir en même temps que moi, mais je ne veux plus jamais entendre prononcer son nom.

– Il a été tué après que deux de mes descendants sont tombés dans le vortex qu'il a formé pour nous fuir.

– Malheureusement, j'ignore où le scélérat voulait se rendre.

– Je sais bien qu'il ne te l'aurait jamais révélé, mais ce souvenir se trouve peut-être encore dans sa mémoire.

– Si c'est ça que tu veux, pourquoi ne pas me l'avoir dit dès le départ ?

Achéron fit apparaître entre Abussos et lui la tête de Kimaati plantée sur une pique. Elle était en état avancé de décomposition. « Comment est-il possible qu'un dieu se putréfie ainsi ? » s'étonna le dieu-hippocampe.

– Au moment de sa mort, il portait un bracelet bien particulier, fit-il en s'efforçant de ne pas laisser paraître sa répugnance.

– Je l'ai récupéré et je l'ai remis dans mon coffre-fort.

– J'ai de bonnes raisons de croire que cet objet contient toujours les coordonnées de l'endroit où ton fils comptait aller.

– Détrompe-toi, Abussos. Une fois utilisées, les données contenues dans ces bracelets s'effacent. Ils ne possèdent aucune mémoire de stockage.

– Je vois…

– S'il n'y a rien d'autre que je puisse faire pour toi, alors je vais retourner m'occuper de mes propres affaires.

– Attends. Mon intuition me dit que ceux qui sont tombés dans le vortex se trouvent dans ton univers.

– C'est donc ça ! s'exclama Achéron. Il y a longtemps que tu rêves de mettre le pied chez moi pour voir comment je gère mon monde.

– Tout ce qui m'intéresse, c'est de reprendre ces deux hommes.

– Je suis vraiment désolé, Abussos, mais la planète sur laquelle je règne n'est pas sous l'emprise de la magie et je ne veux pas que ça change. Il n'est donc pas question que je te laisse t'y promener à ta guise.

– Dans ce cas, accepteras-tu d'y laisser pénétrer des humains qui ne possèdent aucun pouvoir ?

Achéron se gratta le menton en réfléchissant.

– Pas plus que deux et je déciderai plus tard pour combien de temps. Tu as donc intérêt à bien les choisir.

– Merci. Je reviendrai bientôt.

Le dieu-rhinocéros haussa insolemment les épaules, puis tourna les talons. Il franchit le seuil de son monde de son pas lourd et les grandes portes métalliques claquèrent derrière lui. Sans se presser, il retourna à son palais qui flottait au-dessus de la cité céleste. « J'ai des problèmes plus urgents que de retrouver ces deux idiots qui sont tombés dans le vortex », maugréa-t-il pour lui-même. L'image de Sappheiros tenant dans les mains l'épée enflammée avec laquelle il venait de tuer Kimaati continuait de hanter Achéron jour et nuit. Mais ce qui l'alarmait davantage, c'étaient les paroles du Deusalas qui l'accusait d'avoir massacré la bande de dieux ailés qui vivaient jadis sur l'île de Gaellans : *Sachez que les hommes-oiseaux sont des dieux au même titre que vous et qu'ils finiront par reprendre la place qui leur revient à Alnilam !*

Pour que Sappheiros ne puisse jamais exécuter cette menace, Achéron avait envoyé un de ses sorciers chauves-souris faire du repérage sur cette île maudite à l'est du continent des hommes… mais il n'était pas encore revenu.

Le dieu-rhinocéros s'enferma dans son grand salon et demanda à ce qu'on lui apporte un baril de bière. Toujours sous son apparence humaine, il se laissa tomber dans son fauteuil large et profond et vida une chope après l'autre.

Ses mages noirs l'avaient mis au courant de cette prophétie ridicule qu'ils avaient lue dans les étoiles. Au début, Achéron l'avait écartée du revers de la main, car il ne voyait pas comment une centaine de créatures ailées qui vivaient paisiblement sans utiliser la moindre magie pouvait menacer son empire. Mais son sorcier chauve-souris Réanouh et son fils Kimaati avaient insisté et l'avaient finalement convaincu de les exterminer avant qu'elles ne puissent lui faire du tort.

Le dieu-lion lui avait pourtant juré qu'il les avait tous tués, or Sappheiros était toujours vivant…

— Tatchey, je veux voir mon fils immédiatement ! hurla Achéron.

— Lequel, Votre Majesté ? demanda le toucan perché sur une des poutres du plafond.

— Tu te crois drôle, peut-être ?

— Vous en avez deux, Votre Infinie Grandeur.

— Qu'est-ce que j'aurais à dire à Rewain, selon toi ?

— Que vous l'aimez et que vous êtes fier de ses progrès ?

— Si tu veux conserver tes plumes, va me chercher Javad.

— Tout de suite, Votre Sérénissime Munificence.

L'oiseau multicolore prit son envol et fila par l'un des nombreux accès au salon.

En attendant l'arrivée de son fils préféré, Achéron continua de boire. Quelques minutes plus tard, les portes principales s'ouvrirent pour laisser passer le jeune rhinocéros. Comme son père était sous sa forme humaine, Javad se transforma également, par courtoisie.

— Vous m'avez fait appeler, père ?

— Viens boire avec moi.

Javad prit place dans le fauteuil près de celui d'Achéron et accepta le bock que celui-ci lui tendit.

— Ce que j'ai à te dire ne devra jamais sortir de cette pièce.

— Il en sera fait selon vos désirs.

L'attitude ouverte de son aîné et l'alcool aidèrent le dieu suprême à se détendre.

135

– Il y a plusieurs années, afin de mettre sa loyauté à l'épreuve, j'ai demandé à Kimaati de me débarrasser de mes principaux rivaux.

Javad avait déjà entendu cette histoire des dizaines de fois, mais il jugea plus prudent de ne pas interrompre son père.

– Eh bien, l'imbécile a été incapable de faire ce travail proprement, car il ne les a pas tous tués.

– En avez-vous la preuve ?

– J'en ai vu un de mes propres yeux ! Et il a osé me faire des menaces, en plus ! J'ai donc demandé à Réanouh d'envoyer son plus rapide collaborateur pour vérifier ce qu'il restait vraiment de la colonie. Il n'est jamais revenu.

Javad conserva un visage neutre, mais il ne pouvait s'empêcher de penser à ce que Maridz lui avait prédit.

– Qu'avez-vous l'intention de faire ?

– Te confier la même mission qu'à ton défunt frère.

– C'est un grand honneur.

– Pas question par contre que tu te précipites la tête baissée dans un guet-apens. Prépare bien ton attaque, utilise toutes mes ressources et, surtout, n'épargne personne lorsque tu retourneras sur cette île.

– Dites-moi où elle se situe.

– À l'est d'Alnilam. Ta mère possède plusieurs cartes du monde des hommes. Elles te seront sans doute utiles. Lorsque tu auras exterminé les Deusalas jusqu'au dernier, j'aurai une autre mission à te confier.

– Dont je m'acquitterai également avec brio.

– Va, Javad, et ne me déçois pas.

Le prince termina sa chope et la déposa durement sur le guéridon avant de quitter le salon.

En retournant à son étage du palais, il se demanda comment il pourrait jumeler le massacre des dieux ailés avec la déposition de son père. «C'est moi qui mérite de diriger cet univers, pas ce rustre…»

Abussos regagna son domaine en emportant la tête de Kimaati. Pour éviter que son épouse pose les yeux sur cette horreur, il ne retourna pas au tipi, mais réapparut plutôt sur le bord de la rivière, là où il fabriquait ses canots. Il planta la pique sur la berge et commença par une prière.

– Patris, toi qui as créé tout ce qui existe, répands ta sagesse et ta paix sur toute la galaxie pour que de telles atrocités ne se reproduisent plus jamais.

Il plaça ensuite les mains devant les tempes du défunt dieu-lion et ferma les yeux, lançant ses sens divins à la recherche des souvenirs du tyran. Comme il s'y attendait, Kimaati était mort depuis trop longtemps. Il ne restait plus rien dans son esprit.

– Qu'est-ce que c'est que ça? J'espère que tu n'en es pas responsable, fit alors la voix de Lessien Idril.

Ayant ressenti le retour de son époux, la déesse s'était empressée de partir à sa recherche. Elle l'avait trouvé debout devant une tête en décomposition!

– C'est Kimaati qui a été décapité par un dieu ailé à An-Anshar. Son père a planté sa tête sur une pique et l'a sans doute exhibée chez lui pour qu'elle serve d'avertissement à ses sujets.

– Pour instiller encore plus d'effroi dans leur cœur?

– Je suppose.

– J'imagine qu'ils n'oseront plus jamais lui désobéir. Mais pourquoi l'as-tu rapportée ici?

– Pour procéder à mon enquête le plus loin possible du monde d'Achéron.

– Tu pensais y trouver l'endroit où Kimaati voulait se rendre après son combat contre Onyx ?

– En effet, mais il est mort depuis bien trop longtemps. Tout s'est effacé.

D'un geste de la main, Abussos enflamma ce qui restait de Kimaati.

– En tant que dieu fondateur, tu as accès au hall des disparus, lui rappela Lessien Idril. Tu pourrais aller l'y questionner.

– Tu as raison, mais ce serait peine perdue. Kimaati est un rebelle et je représente l'autorité au même titre que son père. Il m'enverrait promener. Ou, pire encore, il me conduirait dans une chasse effrénée qui ne me mènerait nulle part.

– Es-tu en train de me dire que nous ne reverrons jamais Wellan et Nemeroff ? s'attrista la déesse.

– Ne perds pas espoir. J'ai tout de même obtenu d'Achéron la permission d'envoyer deux personnes à leur recherche dans son monde.

– Mais tu n'es pas sûr qu'ils s'y trouvent.

– Non, mais il faut bien commencer quelque part.

Lessien Idril glissa sa main dans celle de son mari et l'obligea à marcher près d'elle le long du cours d'eau.

– J'espère que tu choisiras Onyx, fit-elle, encouragée.

– Je ne peux pas. Achéron a été formel. Ces deux personnes ne doivent pas posséder de magie.

– Comment arriveront-elles à retrouver Wellan et Nemeroff sans pouvoir télépathique ?

– Il nous faudra choisir des gens très ingénieux.

– Tu n'as pas la moindre idée de qui ce pourrait être, n'est-ce pas ?

– Non et c'est pour ça que je laisserai Onyx les choisir lui-même. Je ne connais pas suffisamment les humains.

– Merci de ne pas abandonner les recherches, Abussos.

– Tu croyais vraiment que j'allais abandonner ?

– Compte tenu des sentiments que tu entretiens envers Nemeroff…

– Femme, tu as réussi à semer un doute dans mon cœur au sujet de la bonté dont il fait preuve depuis qu'il est revenu à la vie.

– Tout le monde peut être bon. Onyx et Napashni te l'ont déjà prouvé.

– Il ne se passe pas une seule journée où je ne remercie pas Patris de t'avoir choisie pour moi.

– Moi aussi…

Les dieux fondateurs s'embrassèrent un long moment.

– Mais nous n'aurons plus jamais d'autres enfants, ajouta-t-il avec un sourire moqueur.

– Je suis d'accord : nous en avons déjà plein les bras. Toutefois, avoue que notre vie dans ce paradis était devenue trop prévisible. Nos petits nous procurent le divertissement dont nous avions terriblement besoin.

– Le divertissement ?

Abussos éclata de rire, car depuis qu'il avait commencé à s'occuper de la vie de ses descendants, il n'avait que réparé leurs bêtises !

– Tu sais ce que je veux dire, le taquina Lessien Idril.

– Je vais aller informer Onyx des résultats de ma rencontre avec le dieu-rhinocéros.

– Ne sois pas long.

Ils échangèrent encore quelques baisers, puis Abussos se dématérialisa sous les yeux de sa femme.

JAVAD

En regagnant l'étage qu'il occupait dans le palais de son père, Javad avait pris le temps de réfléchir à ce que celui-ci exigeait maintenant de lui. Achéron n'était pas une créature particulièrement brillante, mais quand il s'agissait de se débarrasser de quelqu'un, il pouvait devenir plutôt perfide. Lui avait-il confié cette mission pour qu'il périsse aux mains des dieux ailés ?

Le prince se posta sur son balcon et laissa errer ses pensées. Quelques souvenirs refirent surface dans sa mémoire.

Quand Kimaati était revenu de cette expédition dans le monde des humains, qu'il qualifiait de victoire retentissante, Achéron avait paru déçu de le revoir. « L'avait-il envoyé à sa mort ? » se demanda Javad. « Mon père a-t-il eu vent de mon ambition de le détrôner ? Est-ce sa façon de me pousser à ma perte ? Pourquoi Kimaati n'a-t-il pas réussi à tuer tous les Deusalas. Sont-ils trop puissants ? »

Javad ne pouvait pas poser ces questions à l'entourage d'Achéron, car ils auraient tôt fait de rapporter son insécurité à leur maître. Il se devait d'afficher une très grande assurance au palais. Son frère Rewain ne représentait aucune menace pour lui, mais son père n'hésiterait pas un seul instant à se débarrasser de son aîné s'il venait à soupçonner sa trahison.

La seule personne qui pouvait répondre à toutes ses interrogations, c'était Maridz, mais il n'était pas facile de retrouver une sorcière dans la cité céleste où elle avait intérêt à ne laisser aucune trace. « Je n'ai pas le choix : je dois obtenir des réponses avant de me lancer dans cette expédition de nettoyage », décida-t-il.

Il ordonna à ses serviteurs de ne pas le déranger et revêtit ses vêtements de roturier.

Tout en suivant le passage secret qui menait à l'extérieur du palais, il se demanda où il pourrait trouver la sorcière, étant donné que les soldats-taureaux avaient effectué une descente dans sa maison. Mais le mieux, c'était tout de même de commencer ses recherches par là.

Le visage dissimulé sous sa capuche, Javad se rendit donc dans le quartier des artisans en jetant de furtifs coups d'œil autour de lui. Il découvrit que la porte de la demeure avait été placardée. Il savait très bien que quiconque oserait retirer ces planches serait mis à mort sans le moindre procès. Il poursuivit donc sa route jusqu'à la ruelle, qu'il remonta prudemment.

À son grand étonnement, les bovins n'avaient pas fait subir le même sort à la porte arrière. « À moins que quelqu'un ait eu l'audace de la forcer », songea-t-il.

Javad tourna la poignée. La porte n'était pas verrouillée, alors il la poussa très lentement pour éviter de tomber dans un guet-apens. Il aperçut tout de suite les planches appuyées contre le mur. Quelqu'un les avait bel et bien enlevées pour pénétrer dans la maison.

Une odeur de poisson lui chatouilla alors les narines. Il la suivit jusqu'à la cuisine. Sans la moindre inquiétude, Maridz était en train de manger à la lumière d'une unique bougie. Tous les volets de la façade étaient clos.

— Tu défies la loi en t'obstinant à rester ici, laissa tomber le prince.

— Je défie déjà la loi du seul fait que je respire encore, répliqua la sorcière en levant un regard agacé sur lui.

— Ne crains-tu pas que je te dénonce ?

– Non. Tu as bien trop besoin de moi. As-tu faim ?

Javad secoua la tête et prit place devant elle, de l'autre côté de la table.

– Comment as-tu échappé aux soldats ? demanda-t-il.

– Ça, c'est mon secret, mais j'avoue qu'ils ont bien failli te surprendre. Je me demande quel sort ton père t'aurait réservé… Mais tu lui aurais certainement menti pour sauver ta peau.

– Tu connais très mal Achéron. Il ne lui reste que deux fils et il tient à les garder.

– Deux fils pour lesquels il n'éprouve aucune affection. Qu'attends-tu de moi cette fois, Javad ?

– Nous avons été interrompus par les soldats et tu n'as pas eu le temps de me dire comment s'appelle mon propre fils.

– Pourquoi tiens-tu à le savoir ?

– Pour le retrouver et le persuader de prendre sa véritable place dans le monde.

– Tu penses vraiment que je vais croire ça ? Ne sais-tu pas à qui tu t'adresses ? Ce que je vois dans tes yeux, ce n'est pas de l'amour paternel. C'est de la cruauté pure et simple.

– Dis-moi ce que je veux savoir ! se fâcha Javad.

– Il s'appelle Eanraig et je ne sais pas où il se trouve actuellement. Toutefois, je peux t'assurer que vos chemins se croiseront avant la fin de l'année.

– Essaiera-t-il de me tuer ?

– Par tous les moyens.

– Réussira-t-il ?

– Ce n'est pas encore certain…

Le plaisir que prenait Maridz à faire paniquer le jeune dieu n'échappa pas à ce dernier.

– Tu n'es plus capable de voir l'avenir, sorcière ?

– Quelquefois il est clair, d'autres fois, non. Dans ton cas, ce n'est jamais noir ou blanc.

– Je ne possède pas tes dons de voyance, mais je peux te prédire dès cet instant que c'est moi qui lui arracherai le cœur, car je ne veux pas avoir de descendants.

– Par crainte qu'il te fasse ce que tu t'apprêtes à faire à ton propre père ?

Piqué au vif, Javad se pencha vivement par-dessus la table pour saisir la sorcière par le cou, mais ses doigts se refermèrent sur de l'air.

– Si tu refais ça, ce n'est pas ton fils qui causera ta perte, mais moi, gronda-t-elle en réapparaissant derrière lui.

Javad fit volte-face.

– Les sorciers ne peuvent pas tuer les dieux, la défia-t-il.

– N'en sois pas si sûr. Lorsqu'ils s'unissent, ils peuvent devenir aussi puissants qu'eux.

– Là, c'est toi qui mens.

– Les membres de ta famille ne sont pas les seules créatures divines de ce monde, Javad.

Maridz se dématérialisa et retourna s'asseoir magiquement devant son repas.

– Fais-tu référence aux dieux ailés ?

– Pourquoi ne poses-tu pas ces questions à tes dociles chauves-souris ?

– Tu sais très bien pourquoi.

– Oh oui… j'oubliais que tu as peur de ton père.

– Je n'ai peur de personne !

– Même pas de moi ?

Le dieu-rhinocéros garda un silence coupable.

– Quel sort me feras-tu subir quand tu auras obtenu ce que tu veux ? le piqua Maridz.

– Quand je serai victorieux, donc ?

– C'est en effet une des nombreuses possibilités de ton avenir.

– Je t'offrirai un sauf-conduit qui te permettra de circuler librement dans mon nouveau royaume.

Maridz éclata d'un rire cristallin.

– Tu mets ma parole en doute ? se hérissa Javad.

– Je ne vois pas clairement ton avenir, mais je connais le mien. Moi, je survivrai à tous ces terribles événements qui vont bientôt secouer notre monde. Pour les autres, je n'en suis pas aussi sûre.

Elle avala le dernier morceau de poisson cru et termina sa coupe de vin.

– Dis-moi ce que tu sais sur les dieux ailés, exigea Javad.

– Ils en ont assez de se cacher et ils se défendront la prochaine fois qu'on les attaquera.

– Mais nous les exterminerons jusqu'au dernier, n'est-ce pas ?

Maridz garda le silence, ce qui irrita profondément le prince.

– Je t'ordonne de parler !

– Tout ce que je peux te dire, c'est qu'il est grand temps que votre autorité soit contestée.

Elle s'éclipsa avec un sourire impénétrable.

– Sale chipie !

En réalité, Maridz s'était transformée en chatte fauve et avait prestement filé vers l'arrière de la maison pour s'évader par une fenêtre entrouverte. Comme tous les autres mages noirs créés par Achéron au début des temps, elle possédait le don de la métamorphose. La plupart des véritables sorciers étaient canins ou félins. Ceux qui n'arrivaient pas à se transformer, comme les chauves-souris, leur étaient inférieurs. Tout comme elle, Salocin et les autres fugitifs qui se cachaient à Alnilam n'utilisaient cette faculté que pour éviter d'être constamment traqués.

Grâce à sa petite taille de chatte, Maridz n'avait aucune difficulté à se faufiler où elle le désirait. Elle pouvait voler de la nourriture sans que personne la soupçonne, dormir sous les galeries et aller où bon lui semblait sans que les habitants de la ville se doutent de sa véritable identité. Mais si elle supportait depuis si longtemps cette vie d'errance, c'était parce qu'elle savait qu'un jour, Achéron perdrait son emprise sur le monde et que les sorciers pourraient enfin être libres.

Maridz avait choisi d'attendre son heure sous le nez du dieu suprême, car elle était persuadée qu'il ne l'y chercherait jamais. Après s'être échappée des laboratoires de Réanouh, elle avait d'abord séjourné sur la planète des hommes. Elle y avait même trouvé l'amour, mais il n'avait pas duré. Le cœur brisé, elle était retournée dans la cité céleste en laissant derrière elle ses désillusions.

La sorcière avait rencontré Javad par hasard, quelques années plus tôt. Intriguée par les efforts du jeune dieu pour dissimuler son identité sous un déguisement, elle avait bu un verre avec lui dans une taverne. Javad avait tout de suite deviné qui elle était, mais au lieu de la dénoncer aux autorités, il avait conclu un pacte avec elle : ses services de divination en échange de sa vie.

À force de fréquenter le rhinocéros, Maridz avait compris que ses semblables n'étaient pas aussi puissants qu'ils le prétendaient. Elle avait donc continué de le conseiller de temps à autre en lui arrachant subtilement des informations sur ce qui se passait dans les cieux. Elle ne partageait aucun lien de sang avec les autres sorciers qui vivaient parmi les humains, mais elle s'efforçait tout de même de les protéger d'Achéron.

L'estomac bien rempli, Maridz sauta sur un balcon, puis sur un autre, jusqu'à ce qu'elle atteigne le toit de la dernière maison qui s'élevait au bout de la rue. En ronronnant, elle s'allongea sur les tuiles encore chaudes et leva ses yeux bleus vers la place forte des dieux. Pour les serviteurs qui habitaient la cité, le palais d'Achéron ressemblait à un gros disque cuivré qui flottait juste au-dessus d'eux. La façon officielle d'y accéder et d'en sortir, c'était en empruntant une porte magique au sommet de la montagne sur laquelle la ville était construite. Javad avait trouvé une autre façon de s'évader de chez lui par des couloirs qu'il croyait secrets. « Comment les sorciers ont-ils réussi à fuir le massacre, selon lui ? » grommela intérieurement la chatte fauve.

Javad était encore plus cruel que son père, alors elle ferait tout pour l'empêcher de s'emparer du pouvoir. Son frère Kimaati, une véritable honte pour les félins, avait tenté de renverser Achéron et il avait fini par le payer de sa vie. Maridz avait passé de longues heures à regarder sa tête plantée sur une pique à l'entrée des domestiques. « Elle pourrait bientôt être remplacée par celle du fils aîné », songea-t-elle.

Elle avait vu dans l'avenir de ce prince prétentieux qu'il allait bientôt lever une grande armée pour s'en prendre encore une fois aux dieux ailés. « Ça ne doit jamais arriver », se dit-elle. Maridz s'était juré de ne jamais retourner sur la terre des hommes, mais pour sauver les Deusalas, elle était prête à faire une exception. « S'ils ont conservé leur don de divination, les autres sorciers doivent déjà être au courant de ce qui se prépare. Ont-ils l'intention d'intervenir, eux aussi ? » Ces rescapés n'entretenaient entre eux aucune communication qui aurait pu être captée par Réanouh, mais une fois à Alnilam, elle pourrait les réunir.

Ses pensées la ramenèrent alors à sa courte vie sur le continent. Il ne lui avait pas été difficile de se nourrir chez les humains, car ceux-ci aimaient les chats et leur offraient volontiers leurs restes, mais elle avait dû donner une bonne leçon à plusieurs chiens avant d'avoir enfin la paix. Une fois qu'elle eut bien compris les us et coutumes des habitants d'une jolie petite ville sur la côte ouest, Maridz s'était même risquée à adopter son apparence humaine afin de faire le tour

147

des boutiques, une expérience qu'elle n'oublierait jamais. Elle avait caressé les tissus des belles robes et en avait même placé quelques-unes devant elle pour s'admirer dans les grands miroirs. C'est dans ce bourg accueillant qu'elle avait rencontré Bréval.

Ce bel homme aux cheveux blonds comme les blés et aux yeux bleus encore plus pâles que les siens avait remarqué la fascination de l'étrangère pour la mode féminine alors qu'elle se pâmait devant une vitrine. Puisqu'il ne l'avait jamais vue auparavant à Paulbourg, il avait décidé de faire sa connaissance. Timide, Maridz avait finalement accepté son invitation à dîner. Il lui avait raconté toute sa vie dans un bel hôtel du centre-ville. Lorsqu'il avait voulu la reconduire chez elle, elle avait dû lui avouer qu'elle n'habitait nulle part. Bréval avait cru qu'elle venait sans doute d'arriver et n'avait pas eu le temps de trouver un logement. Il lui avait donc offert une chambre dans sa grande maison sur le bord de la rivière.

Maridz n'avait jamais eu de domicile fixe et encore moins de grand lit moelleux juste pour elle. Lorsqu'elle était prisonnière au palais, elle dormait sur une planche dans une cellule aux barreaux ensorcelés dont elle ne pouvait pas sortir. À son réveil, Bréval l'avait conviée à partager son repas du matin, qu'il avait préparé lui-même. Les semaines avaient passé et Maridz avait appris à faire confiance à cet homme qui pratiquait le droit. Sans lui avouer son essence profonde, la sorcière lui avait tout de même raconté qu'elle s'était enfuie d'un grand château où elle avait été maltraitée. Bréval n'avait eu aucune raison de ne pas la croire.

Le jour où il posa un genou en terre pour la demander en mariage, Maridz fut si surprise qu'elle ne sut quoi répondre. Bréval prit son silence et ses tremblements pour un acquiescement. Il poussa un cri de joie qui résonna dans toute la maison.

Sans comprendre ce qui lui arrivait, la sorcière devint son épouse. Elle tomba enceinte peu de temps après, mais un matin, à son réveil, une voisine vint lui annoncer une terrible nouvelle : Bréval avait perdu la vie en voulant aider son mari à réparer leur charrette. Le cric avait lâché et le véhicule était tombé sur lui.

Désorientée, Maridz assista aux funérailles de l'homme qui avait changé sa vie. Elle s'enferma ensuite dans sa maison, où elle ne voulut plus recevoir personne. Elle donna même naissance à sa fille sans aucune aide, mais ne sut pas quoi en faire. Elle emmaillota donc la petite et alla la déposer en pleine nuit à la porte d'une famille qui en prendrait soin mieux qu'elle. La sorcière était ensuite retournée dans la cité céleste et s'était juré de ne plus jamais s'attacher à qui que ce soit.

Lorsqu'il quitta la maison de Maridz, Javad était furieux. Habitué qu'on le serve dans la frayeur, il supportait de moins en moins l'impertinence de cette sorcière. « Pourquoi les mages ont-ils reçu le don de voir l'avenir et pas les dieux ? » ragea-t-il. Tout aurait été si simple s'il avait pu prévoir la réaction des hommes à plumes qu'il était sur le point d'attaquer. Il aurait aussi utilisé cette faculté pour frapper Achéron au bon moment, s'emparer de son trône et se débarrasser de son fils bâtard.

Il retourna au palais et alla se changer avant de se présenter chez sa mère. Les taureaux qui gardaient la porte de l'appartement de la reine se rangèrent pour le laisser passer. Javad trouva Viatla sous sa forme humaine, assise au milieu de ses servantes qui lui faisaient une manucure en même temps qu'une pédicure.

– Laissez-nous, ordonna la déesse-hippopotame devant l'air sérieux de son aîné.

Les brebis s'éloignèrent en vitesse, car elles connaissaient la réputation du prince.

— Est-ce que tu t'es encore querellé avec ton père ? se découragea Viatla.

— Non, mère. Au contraire, il m'a confié une très importante mission, mais pour m'en acquitter, j'ai besoin de consulter les cartes géographiques que vous collectionnez.

— C'est bien la première fois que tu t'y intéresses. Allez, suis-moi.

La déesse conduisit son fils dans une vaste pièce où des centaines de cartes de format géant étaient suspendues à tous les murs.

— Où est celle d'Alnilam ?

— Ce sont toutes des cartes d'Alnilam, mon trésor, mais dessinées par des artistes différents selon leur propre conception du monde des humains.

— Laquelle est la plus réaliste ?

Elle le mena jusqu'à la plus colorée d'entre toutes.

— Elle est beaucoup trop grande pour que je puisse l'apporter avec moi, soupira Javad.

— Je pourrais demander à mon meilleur illustrateur de t'en faire une copie plus transportable.

— Ça me conviendrait.

— En quoi consiste cette mission, Javad ?

— Père veut que je termine le travail dont mon frère Kimaati n'a pas su s'acquitter proprement.

— À Gaellans ?

— Exactement. Où est-ce ?

Avec son index, Viatla lui pointa la grande île rocheuse qui se dressait à quelques kilomètres de la côte d'Aludra.

— Ils ne peuvent pas être des milliers là-dessus, devina-t-il.

— En fait, ils n'étaient que quelques centaines lorsque Kimaati les a attaqués.

– Comment se fait-il qu'il y ait eu des survivants ?

– Ils s'étaient peut-être cachés dès les premières secondes de l'affrontement.

– Donc, il n'en reste sans doute qu'une poignée… Un jeu d'enfant…

Satisfait, Javad tourna les talons et quitta les quartiers de sa mère.

LA MARMITE

Même s'il avait confié à son fils préféré la mission d'anéantir les Deusalas une fois pour toutes, Achéron n'arrivait pas à chasser l'inquiétude qui le gagnait de plus en plus. Javad était certainement plus fiable que Kimaati qui, de son vivant, avait eu la fâcheuse habitude de bâcler tout ce qu'on lui demandait de faire. « Alors pourquoi ai-je l'impression qu'il prépare un sale coup ? »

Depuis quelque temps, Achéron était hanté par le regard défiant de Sappheiros. Pourquoi était-il toujours en vie ? Combien de Deusalas avaient survécu comme lui ? Constituaient-ils encore une menace à son règne sur cette partie de l'univers ? Possédaient-ils une armée désormais ? Avaient-ils recruté des alliés ? Entretenaient-ils des vues sur la cité céleste ?

« Les deux hommes que cherche Abussos ont-ils quelque chose à voir avec la réapparition de ces casse-pieds ? » se troubla Achéron. Il regretta aussitôt d'avoir consenti à la demande du dieu-hippocampe. « Je suis sûr qu'il a quelque chose à voir là-dedans ! » Toutefois, le rhinocéros ne pouvait pas reculer sans s'attirer les foudres de Patris, le dieu unique à qui il devrait rendre des comptes à la fin des temps. « Je ferai tuer ces deux étrangers et ceux qu'Abussos enverra pour les chercher, et je mettrai la faute sur les créatures ailées. Alors il comprendra que je n'ai aucun autre choix que de m'en débarrasser pour les venger ! »

Cette solution aurait dû rasséréner le dieu-rhinocéros, alors pourquoi continuait-il de ressentir un énorme poids sur ses épaules ? Comme chaque fois qu'il était tourmenté, Achéron se mit à galoper en rond dans la vaste pièce où il passait le plus clair de son temps. Lorsque ses serviteurs l'entendaient courir ainsi, ils évitaient à tout prix de circuler dans la salle du trône. Seul Tatchey était perché sur une poutre, prêt à répondre aux impossibles requêtes de son maître névrosé. Il avait commencé par se tordre le cou pour le suivre des yeux, puis avait abandonné. En attendant qu'il lui crie après, le toucan avait décidé de se lisser les plumes.

De plus en plus obsédé, Achéron s'arrêta net, faisant sursauter Tatchey. Celui-ci ouvrit les ailes, prêt à s'envoler pour porter un message ou aller lui chercher quelqu'un capable de le contenter, mais le rhinocéros demeura immobile un long moment. « Les dieux peuvent-ils succomber à une attaque cardiaque ? » se demanda le serviteur. Avant qu'il puisse ouvrir le bec, Achéron fonça vers les portes sans lui avoir demandé quoi que ce soit.

– Comme c'est étrange…

Incapable de trouver des réponses à ses angoissantes questions, le rhinocéros avait décidé d'aller les poser à une créature qui saurait sans doute y répondre. Il se rendit jusqu'aux quartiers des sorciers. Jadis, il grouillait de créatures animorphes qui lui rendaient d'innombrables services. Mais lorsque la plus grande partie d'entre elles s'étaient révoltées, il avait dû les détruire. Les seuls mages qui lui étaient restés fidèles, c'étaient les chauves-souris. Malgré leurs immenses pouvoirs, les pauvres bêtes n'avaient jamais été capables de se transformer en humains.

– Réanouh ! hurla Achéron en s'arrêtant au milieu de la pièce principale, où son serviteur aimait effectuer ses expériences.

À cette heure du jour, la noctule dormait, pendue au plafond. En entendant son nom, le sorcier ouvrit les yeux. Par précaution, car il savait que son maître se moquait des heures de sommeil de ses serviteurs, il faisait toujours fermer les volets avant d'aller s'accrocher à l'un des nombreux perchoirs qui pendaient de la voûte. Ainsi, lorsqu'il se laissa tomber sur le sol devant le rhinocéros, il ne fut pas complètement aveuglé par la lumière de l'ampoule unique qui éclairait l'endroit.

— À votre service, sire, fit-il en s'efforçant de ne pas lui bâiller au visage.

— Ton camarade sorcier est-il revenu ?

— Pas encore, mais puisque les ordres de Héamont étaient de ne faire qu'un survol de l'île et de rentrer à la cité, je crains qu'il ne soit perdu.

— Décédé, tu veux dire ?

— Il peut s'être passé une foule de choses, sire. Le monde des mortels n'est pas sans danger.

— C'est un sorcier !

— Comme vous le savez déjà, nous ne sommes pas à l'abri de la mort.

— Les humains ne peuvent pas vous tuer.

— Mais d'autres mages, si. Sans parler des dieux qui sont censés avoir survécu au massacre.

— Je veux que tu me dises ce qui lui est arrivé, Réanouh. Je dois savoir s'il a péri et surtout aux mains de qui.

— J'imagine que je pourrais tenter quelque chose…

— Tenter ? Je veux des résultats et je les veux maintenant !

Quand Achéron était dans cet état, il était préférable de ne pas le contrarier et il ne servait à rien de lui expliquer que la sorcellerie n'était pas une science qui procurait des résultats instantanés.

Sous l'œil scrutateur du rhinocéros, la chauve-souris se mit à fourrager sur les innombrables étagères qui couvraient tous les murs. Elle rassembla finalement une dizaine de bocaux en verre sur la table centrale de son antre, à côté d'un brasier au-dessus duquel pendait une marmite.

155

– Pourquoi as-tu besoin de tout ça ? s'exaspéra Achéron. Ne peux-tu pas utiliser tout simplement ton esprit pour le localiser ?

– Vos sorciers animorphes possédaient ce pouvoir grâce à leur nature demi-humaine, sire, mais vous vous en êtes débarrassé. Mes collègues et moi avons besoin de plusieurs ingrédients pour arriver aux mêmes résultats.

Le rhinocéros émit un grondement de déplaisir, mais Réanouh choisit de l'ignorer. Cette opération magique ne pouvait pas être exécutée en quelques secondes. Il était impossible d'y intégrer ses ingrédients d'un seul coup et ceux-ci mettaient aussi un certain temps à interagir. Le mage alluma d'abord le feu sous le chaudron, puis mit ses bocaux dans un ordre précis. Achéron l'observait en réprimant son désir de l'embrocher avec sa corne.

Réanouh attendit que le liquide noir entre en ébullition, puis y jeta une poudre et ensuite une autre. Il observa le résultat avant d'en saupoudrer une troisième.

– Je conserve toujours quelques poils de mes collaborateurs justement au cas où il deviendrait nécessaire de les localiser, expliqua-t-il.

– Alors, où est celui qui est allé espionner les dieux ailés ?

– Un peu de patience, sire.

Une fois que tous les ingrédients furent jetés dans la marmite, Réanouh y laissa tomber le poil de Héamont qu'il venait de retirer d'un pot avec une pince. Achéron s'approcha mais ne vit rien d'anormal à la surface du liquide.

– Pourquoi ne se passe-t-il rien ?

– J'ai bien peur que Héamont soit mort, sire.

– Dis-moi comment c'est arrivé.

– Cela nécessitera plus de temps.

– Combien de temps ?

– Sans doute quelques heures.

– Il n'est pas question que je reste planté là jusqu'à ce que tu me livres un résultat. J'attendrai cette information chez moi et je te suggère de me la fournir avant la nuit.

Réanouh se courba devant son maître et le regarda quitter son antre avant de procéder à l'opération suivante. « De toute façon, le chaudron ne m'aurait jamais parlé en sa présence », se dit la chauve-souris.

Achéron retourna dans la salle du trône, où il pourrait patienter en s'occupant autrement. Il y trouva sa femme hippopotame et son fils zèbre collé contre son flanc.

– Mais où étais-tu passé ? s'enquit Viatla.

– Je suis allé consulter mon bon à rien de sorcier.

– Rien de grave, j'espère.

– Je lui ai seulement demandé de retrouver quelqu'un.

– Tu me diras de quoi il s'agit vraiment plus tard, mon chéri. Nous ne voulons pas troubler Rewain.

– Viatla, il va falloir que tu le laisses vieillir, tôt ou tard.

– Rien ne presse, Achéron. Comme tu le sais, notre benjamin est un être très sensible.

– À qui tu ne donnes jamais l'occasion de s'endurcir.

– Si nous sommes ici maintenant, c'est pour t'annoncer une bonne nouvelle. Ce matin, Rewain a réussi à adopter une forme humaine pour la première fois.

– En quoi est-ce une bonne nouvelle ?

– Allez, mon trésor, montre à ton père ce que tu es capable de faire maintenant, l'encouragea Viatla en ignorant le commentaire de son mari.

Elle poussa Rewain à s'éloigner un peu d'elle. Au bout de quelques secondes, celui-ci se transforma en un beau jeune homme de vingt ans, grand et élancé. Contrairement à Achéron et à Javad, son crâne n'était pas dégarni et ses épaules étaient frêles. Son abondante chevelure brune bouclée recouvrait ses oreilles.

– C'est un garçon ou une fille ? ironisa le rhinocéros.

– Ne sois pas blessant. Rewain est le plus réussi de tous mes enfants.

– Parce qu'il a des cheveux qui ressemblent aux tiens ?

– Parce qu'il a une belle personnalité.

– Merci, mère, murmura le dieu-zèbre, qui avait hâte de s'en aller.

– Eh bien, ça alors ! s'exclama Achéron. Il parle !

– Ce n'est pas parce qu'il n'a rien à te dire qu'il est muet, le défendit Viatla.

– Est-ce tout ce que tu avais à me montrer ?

– Puisqu'il semble que tu ne sois pas d'humeur à apprécier les progrès de notre petit dernier, nous reviendrons un autre jour.

Rewain reprit sa forme animale et suivit sa mère en trottinant près d'elle. Furieuse contre son mari impoli, Viatla se promit de refuser de le revoir jusqu'à ce qu'il vienne lui demander pardon. Elle ramena son timide petit zèbre dans sa section du palais, le seul endroit où l'enfant réussissait à s'exprimer librement. Loin du regard incisif d'Achéron, Rewain reprit son apparence humaine.

– Pourquoi demande-t-il si je suis une fille ?

– Parce que tu n'es pas une grosse brute comme Javad. Mais, à mon avis, tu es le plus beau de mes quatre fils.

– Vous avez dû leur dire la même chose chacun à leur tour.

– Je te jure que non. Javad n'a aucune finesse. Quant à Amecareth, tu es probablement trop jeune pour te rappeler qu'il était violet de la tête aux pieds sous sa carapace noire et qu'il n'avait pas un seul poil sur le corps. Kimaati aurait pu être séduisant avec sa crinière blonde et ses magnifiques yeux bleus s'il n'avait pas été aussi imbu de lui-même. Toi, tu es tout simplement parfait.

– Je sais bien que non…

– Tout ce qui te manque, c'est un peu plus de confiance en toi, mais ça viendra, même si ce n'est pas une qualité facile à acquérir dans cette famille.

– Dites-moi comment m'y prendre.

– Il faudrait que tu passes de plus en plus de temps loin de moi, que tu prennes tes propres décisions et que tu commences à vivre de petites aventures pas trop dangereuses.

– Comme sortir de cet appartement? s'effraya Rewain.

– Ce pourrait être un premier pas. Tu n'as pas besoin d'aller loin, les premières fois. Profites-en maintenant, car je dois retourner hydrater ma peau.

– Oui, mère.

Viatla disparut dans le couloir qui menait à sa piscine. Rewain demeura immobile un long moment à fixer la porte qu'il n'avait jamais ouverte lui-même.

– Ils ont tous raison : je manque de courage…

Il prit une grande inspiration et s'approcha de la sortie. En tremblant, il serra les doigts sur le bouton et le tourna. Une petite poussée et la porte s'ouvrit.

– Je l'ai fait… s'étonna-t-il.

Devant lui s'étendait l'interminable corridor qui faisait tout le tour de l'étage. Il était percé de nombreuses fenêtres qui laissaient entrer la lumière du jour. Malgré la peur qui lui serrait l'estomac, Rewain fit un pas dehors, puis un autre. À la vitesse d'un escargot, il finit par s'approcher d'une de ces grandes ouvertures protégées par du verre épais. Il s'appuya sur l'allège et regarda en bas. On pouvait voir toute la cité céleste! Aucune des fenêtres des appartements intérieurs n'offrait une telle vue.

– C'est si grand…

Rewain se demanda s'il avait le droit d'aller s'y promener.

– Si j'en demande la permission à ma mère, je donnerai raison à mon père, soupira-t-il.

Des battements d'ailes le firent sursauter.

— Bien le bonjour, Prince Rewain! fit joyeusement le serviteur toucan d'Achéron en se posant sur le bord de la fenêtre. Quelle joie de vous voir prendre de l'assurance!

— Merci, Tatchey.

— C'est une magnifique cité, n'est-ce pas? Très bien ordonnée, comme le désirait votre mère.

— Peut-on s'y promener en toute sécurité?

— Bien sûr, Votre Altesse. Le taux de criminalité y est de zéro pour cent. Il faut dire que votre père a fait décapiter les quelques déviants qui ont osé y faire du grabuge, décourageant ainsi les autres.

— Quelle horreur.

— Achéron ne lésine jamais sur les moyens pour faire respecter l'harmonie dans son univers. Je vous souhaite une excellente journée.

L'oiseau s'envola en direction de la salle du trône. «Je n'acquerrai jamais de l'aplomb si je reste enfermé ici», tenta de s'enhardir Rewain. «Même si je suis mort de peur, je dois mettre le pied à l'extérieur, même si ce n'est qu'un instant.» Sans la protection de sa mère, il se sentait à la merci du monde. Toutefois, s'il ne faisait pas un effort pour s'affranchir d'elle, il serait la risée de la famille jusqu'à la fin des temps. Il se risqua donc dans le couloir, avançant d'une fenêtre à l'autre, faisant une pause devant chacune pour s'efforcer de se calmer. Lorsqu'il arriva enfin aux portes qui menaient à la terrasse extérieure, les soldats-taureaux qui les gardaient lui cédèrent aussitôt le passage. «Au moins, ils savent qui je suis», constata le prince.

Il sortit du palais pour la première fois de sa vie et sentit l'air frais jouer dans ses boucles. «Quelle merveilleuse sensation...» Il s'approcha de la balustrade et regarda au loin. «Comment fait-on pour aller dans la cité?» Il ne pouvait certainement pas le demander à sa mère, qui lui aurait assigné un garde du corps. Il retourna donc vers les gardiens bovins pour leur poser la question.

– Il y a plusieurs façons, certaines officielles, d'autres non, répondit l'un d'eux en le toisant des pieds à la tête, comme s'il ne le croyait pas capable d'aller aussi loin.

– La plus simple, je vous prie ? spécifia Rewain.

– C'est par ici.

Le soldat le mena jusqu'à une plateforme toute ronde qui semblait accrochée par un fil à la terrasse.

– Il suffit de se placer au centre et elle fera le reste.

– Merci mille fois.

Avant que le taureau puisse lui demander s'il avait besoin d'une escorte, Rewain fit trois pas jusqu'à l'endroit indiqué. D'un seul coup, le plancher de cuivre brillant se mit à descendre à une vitesse vertigineuse, lui coupant le souffle. Lorsqu'il s'arrêta finalement sur le grand balcon d'un immeuble, le prince s'empressa d'en descendre et s'appuya contre le mur pour calmer son affolement.

Du toit où elle se faisait chauffer au soleil, Maridz sentit aussitôt la présence d'un personnage divin. Elle s'approcha de la gouttière, persuadée d'apercevoir Javad déguisé en citadin. Quelle ne fut pas sa surprise de trouver à sa place un autre homme qui, lui, ne se gênait pas pour porter ses vêtements royaux. Intriguée, la chatte descendit jusque dans la rue et reprit sa forme humaine. La sorcière s'approcha de l'inconnu.

– Tu arrives du palais ? demanda-t-elle en se plantant devant lui.

– Oui… balbutia-t-il, mal à l'aise. Comment le savez-vous ?

– Personne ne s'habille comme ça, ici.

– Je suis désolé. Je ne voulais pas vous offenser.

– M'offenser ? répéta-t-elle, amusée. Qui es-tu ?

– Je m'appelle Rewain.

– Le Prince Rewain ?

Il hocha la tête en rougissant.

– Je suis Maridz.

– Enchanté de faire votre connaissance, mademoiselle.

« Il est bien trop bien élevé pour être un véritable membre de la famille d'Achéron », se dit la sorcière, sur ses gardes.

– Es-tu dans la cité par affaires ?

– Non… Je voulais seulement la voir de plus près.

– Puis-je t'inviter à prendre un verre ?

– De l'alcool ?

– À moins que tu préfères du thé. Nous avons ça, aussi.

Rewain se dit qu'il était temps pour lui d'apprendre à se conduire comme un homme.

– Je veux bien essayer l'alcool.

Elle le prit par la main, ce qui le fit sursauter.

– Je ne vais pas te manger, plaisanta-t-elle.

Le prince se laissa donc conduire jusqu'à une taverne sans faire attention à la route qu'ils empruntaient pour s'y rendre. Il prit place à une table dans un établissement où les clients étaient plus ou moins bien habillés.

– Qu'aimerais-tu boire ?

– N'importe quoi.

Se doutant qu'il ne buvait pas souvent, la sorcière commanda de la bière. Ils choquèrent leurs chopes et Rewain avala une gorgée prudente.

– C'est bon ! s'étonna-t-il.

– Pourquoi n'es-tu pas accompagné de tes gardes du corps ?

– Parce que j'ai eu envie d'un peu de liberté. D'ailleurs, je ne pourrai pas rester longtemps, car je n'ai dit à personne que j'étais parti.

– Est-ce que tu serais étonné d'apprendre que je vois l'avenir des gens ?

162

– En fait, tout m'étonne.

– Tu devras garder pour toi ce que je vais te dire et surtout prendre mes paroles très au sérieux.

– D'accord… murmura-t-il, incertain.

– De graves événements sont sur le point de se produire dans cet univers. Tu ne dois faire confiance à personne.

– Je ne comprends pas.

– Ta vie est en danger, Rewain. Méfie-toi surtout de Javad.

– Le voilà ! s'exclama un soldat-taureau.

Rewain vit plusieurs des gardes du palais bloquer la porte de la taverne.

– Votre Altesse, votre mère nous demande de vous ramener au palais, annonça le colosse.

Le prince se tourna vers Maridz pour s'excuser, mais elle avait disparu.

Au même moment, dans l'antre des sorciers, Réanouh psalmodiait des incantations devant sa marmite. À sa grande satisfaction, de la fumée noire commença à s'en élever.

– *Que veux-tu savoir ?*

– Où est le sorcier Héamont ?

– *Il a péri.*

– Dans quelles circonstances ?

– *On l'a tué avec des armes pointues.*

– Qui a fait ça ?

– *Un homme volant tandis que Héamont planait au-dessus d'une île.*

– Qu'a-t-il fait de son corps ?

– *Rien. Il a sombré dans l'océan.*

– Comment s'appelle le meurtrier ?

– *Tayaress.*

La mention de ce nom causa un si grand choc à Réanouh qu'il recula violemment, ce qui lui fit perdre le contact avec l'entité de la marmite. Sans hésiter, le sorcier parcourut le palais en frôlant les plafonds des couloirs et se posa devant la porte de la salle du trône. Les gardiens le laissèrent aussitôt passer. Achéron était paresseusement assis dans son fauteuil. En voyant arriver son sorcier, il déposa sa chope.

– Il était à peu près temps !

– Je suis porteur d'une très mauvaise nouvelle, Votre Majesté.

– Parle, Réanouh !

– Tandis qu'il espionnait les dieux ailés, Héamont a été tué par…

– Par qui ? hurla Achéron.

– Tayaress.

Renversé, le rhinocéros fut incapable de prononcer un autre mot. Il se souvenait évidemment de Tayaress, cet assassin magique qui s'était infiltré dans son palais sans qu'aucun de ses soldats n'arrive à l'arrêter. Il lui avait même offert de tuer Kimaati…

– C'était un dieu ailé ? réussit finalement à articuler Achéron.

– C'est ce qu'il semble, Votre Majesté. Et, grâce à Tayaress, ils savent comment se rendre jusqu'ici.

– Ils n'auront pas la chance de s'approcher du palais, car je vais les écraser une fois pour toutes !

Achéron lança sa chope à travers la pièce. Réanouh eut juste le temps de baisser la tête pour ne pas la recevoir sur le museau. Le récipient se fracassa contre le mur de métal, annonçant la fin de l'entretien.

BAENRHÉE

Pendant que les Manticores continuaient d'observer le travail d'excavation de Nemeroff sous sa forme de dragon au pied de la falaise, Sierra était retournée au campement pour aller cacher sa boîte de souvenirs dans ses sacoches de selle. « Quand je m'en sentirai le courage, je prendrai le temps d'examiner de plus près ce qu'elle contient », se dit-elle. Elle sortit ensuite de l'abri pour s'asseoir devant un des feux. « Pourquoi ai-je si peur de ce que je vais trouver dans ce coffre ? » se demanda-t-elle. Toute sa vie, elle s'était posé des questions sur son passé, sur ses parents, sur sa vie à Arcturus. Et maintenant que les réponses étaient à sa portée, elle reculait…

– Qu'est-ce qui se passe, commandante ? lui demanda Apollonia en s'assoyant à côté d'elle.

Même si la jeune femme était revenue au campement sans ses Manticores, Sierra décida de ne pas lui confier sa terreur.

– J'essaie de comprendre les Aculéos, fit-elle plutôt.

– Tiens donc, la taquina Apollonia en préparant du thé. Comme le reste du continent.

– Wellan a capturé un prisonnier plus tôt aujourd'hui.

– Quoi ?

Le chef des Manticores se redressa si brusquement qu'elle renversa l'eau chaude sur le sol.

– Pendant qu'il ramassait les lances. D'ailleurs, pour que les hommes-scorpions ne remettent pas la main dessus, il faudra que tu envoies tes Chevaliers les chercher et s'assurer qu'il n'en reste pas d'autres entre les arbres. Ils devront faire bien attention de ne pas toucher à leurs pointes, qui sont empoisonnées.

– Reviens au prisonnier, s'il te plaît.

– Wellan a capté un mouvement dans la forêt et il est allé voir ce que c'était.

– Un Aculéos vivant?

– Blessé, mais qui respirait encore. Il l'a endormi avec ses pouvoirs magiques, lui a coupé le dard et les pinces, puis l'a ramené dans les ruines de Paulbourg.

– S'y trouve-t-il encore?

– Non. Nous l'avons laissé partir.

– Avez-vous perdu la tête? Il informera les siens de tout ce qu'il a vu ici, y compris notre façon de nous battre.

– Ne t'inquiète pas, Apo. Même moi, je ne comprends rien à votre stratégie.

– Parce que nous n'en avons pas, bien sûr!

– Alors, que veux-tu que cet Aculéos raconte à ses congénères?

– Vous a-t-il appris quelque chose, au moins?

– Nous savons maintenant qu'ils parlent notre langue.

– Vraiment?

– Apparemment, ils nous attaquent pour punir les dieux, car selon eux, nous sommes leurs créatures préférées. Voyant qu'il ne pouvait pas capturer le dragon vivant, leur roi, qui s'appelle Zakhar, leur a demandé de l'empoisonner.

– Donc, si je comprends bien, quand le roi malcommode nous aura quittés, les Aculéos ne descendront plus par milliers dans la vallée.

– Je n'en sais franchement rien. Nous avons demandé au prisonnier d'informer son roi que les Chevaliers d'Antarès les élimineront s'ils s'entêtent à les attaquer, mais qu'ils sont prêts à cohabiter en paix s'ils restent chez eux.

– Ça va devenir drôlement monotone ici s'ils obtempèrent.

– Mais nous arrêterons d'éprouver du chagrin chaque fois que nous mettons de bons soldats en terre. Le but de cette guerre, Apollonia, ce n'est pas de nous battre jusqu'à la mort, mais d'en arriver un jour à une solution de paix permanente. C'est ce qu'Audax a toujours voulu et c'est la mission qu'il m'a transmise.

Le cœur gros, Sierra la quitta pour aller marcher dans la forêt. Comprenant ce qu'elle ressentait, Apollonia ne la suivit pas. Sierra était si concentrée sur ses émotions qu'elle ne vit même pas Baenrhée lorsqu'elle passa devant elle.

La Manticore, qui revenait vers le camp, la suivit des yeux. La grande commandante était inattentive, mais lorsque les Aculéos restaient sur leurs falaises, les forêts d'Arcturus n'étaient pas dangereuses.

Baenrhée aussi avait passé un moment perdue dans ses pensées. Elle regardait son bras que Wellan avait soigné, incapable de comprendre comment il avait pu guérir une blessure aussi grave. Il n'y apparaissait qu'une fine cicatrice, alors que la veille, elle avait bien failli le perdre. La Manticore avait déjà vu des Chevaliers se faire amputer parce que leur plaie trop profonde s'était infectée. Ils avaient tous fini par perdre la vie. « Mais Wellan ne sera pas toujours là », se dit-elle. « Il repartira avec Sierra et qui sait, peut-être finira-t-il par retrouver le chemin pour rentrer dans son propre monde. » Elle aurait dû se sentir rassurée que Samara possède elle aussi des pouvoirs de guérison, mais la jeune femme n'était qu'une néophyte. « Elle pourrait faire des erreurs qui coûteront la vie à certaines Manticores », se méfia Baenrhée.

La guerrière à la longue natte platine n'était pas la plus prudente des Chevaliers d'Antarès. Elle se lançait toujours tête première dans la bataille dans l'unique but de tuer le plus grand nombre possible d'ennemis. Ainsi, les Aculéos qui gisaient dans leur sang ne pouvaient plus faire de mal à ses compagnons d'armes.

Baenrhée se rendit au parcours d'obstacles, mais pour la première fois depuis qu'il avait été construit, elle n'eut pas envie de s'y mesurer. « Est-ce que la magie de Wellan m'a changée à ce point ? » s'effraya-t-elle.

Avant que ses amis décident de venir la rejoindre sur le circuit et qu'ils se rendent compte qu'elle était morose, elle s'éloigna dans la forêt, hors des sentiers qu'empruntaient habituellement les Manticores. Elle ne voulait pas qu'ils voient sa soudaine faiblesse. Baenrhée finit par atteindre la colline du haut de laquelle on dominait toute la région. Le nouveau cours d'eau que le dragon venait de creuser au pied de la falaise était au moins cinq fois plus large que la rivière qui serpentait au fond de la vallée.

— Je me demande s'il suffira à empêcher ces monstres de descendre de leur perchoir… murmura-t-elle.

— Seulement s'ils ne savent pas nager, répliqua une voix devenue familière.

La femme Chevalier se tourna vers Wellan qui s'approchait.

— Depuis que je me bats avec les Manticores, nous les avons toujours affrontés de l'autre côté de la rivière, l'informa-t-elle. Mais j'imagine qu'ils doivent se débrouiller dans l'eau, puisqu'ils attaquent les Salamandres qui sont postées au-delà du fleuve Caléana.

— Ils utilisent peut-être des embarcations.

— Je n'en sais rien et pourtant, je suis née à Altaïr.

— Si vous aviez démoli les ponts sur la rivière ici même et que vous étiez restés sur la rive sud, vous auriez pu savoir s'ils coulent comme des pierres.

— C'est vrai, mais Apollonia était d'avis que c'était une mauvaise idée, parce que nous voulions pouvoir nous en servir nous-mêmes. Dans tous les cas, nous n'allons certainement pas construire des ponts par-dessus ce nouveau cours d'eau auquel il faudra donner un nom.

– Vous pourriez l'appeler le fleuve Nemeroff, plaisanta Wellan.

– Si son intervention peut sauver des vies à Alnilam, pourquoi pas ?

– Je croyais que tu allais plutôt protester parce que vous finirez par manquer de dholoblood.

– Nous savons bien que ça arrivera un jour. Il faudra nous y faire.

– Je t'ai observée pendant les combats, avoua Wellan. Tu es très téméraire.

– Ce n'est pas ma faute : je perds la raison quand je me jette dans la mêlée. La seule pensée qui m'anime, ce n'est pas d'être prudente, mais d'empêcher ces saletés d'Aculéos de s'en prendre aux membres de ma division.

– J'avoue que tu es plutôt efficace.

– Sauf quand ma hardiesse m'occasionne des blessures. Si un dard m'avait frappé au lieu d'une pince, je ne serais même pas ici en train de te parler.

– Heureusement, Samara pourra vous soigner, désormais. Mais ce serait tout de même une bonne idée de ne pas courir de risques inutiles, car personne ne possède le pouvoir de ressusciter les morts.

– Ouais… j'y avais déjà pensé.

Pour lui changer les idées, Wellan décida de la questionner sur d'autres aspects de la stratégie des Manticores :

– Sierra m'a dit qu'Apollonia divisait ses Chevaliers en quatre troupes, c'est bien ça ?

– Les trois autres sont postées plus à l'ouest, pour que nous puissions couvrir les quatre endroits où les hommes-scorpions peuvent descendre de la falaise. Quand vous êtes arrivés, Eanraig, Nemeroff et toi, Apollonia s'apprêtait à partir pour faire sa ronde entre ses troupes. Vous avez retardé ses plans.

– J'espère que ce n'était pas une mauvaise chose.

– Pas avec l'assaut que nous avons subi. Elle s'en serait voulu d'avoir manqué ça.

– Si je comprends bien, les quatre groupes sont indépendants ?

– Apollonia a nommé pour chacun un lieutenant qui peut donner des ordres et mener les soldats au combat. Ici, c'est moi, quand elle n'est pas là. On n'apprend ce qu'ont fait les autres Manticores qu'au retour de notre commandante.

– Aimerais-tu aller voir de plus près le travail de Nemeroff ? demanda-t-il.

– Ça prendrait bien trop de temps pour aller jusque-là.

– Pas avec moi.

Il lui fit un clin d'œil et lui prit la main malgré sa méfiance. Ils se retrouvèrent instantanément dans les ruines de la ville où Wellan avait interrogé Piarrès.

– Es-tu le seul à faire des miracles, dans ton monde ? demanda-t-elle.

– Toute mon armée possédait des pouvoirs magiques, mais seuls quelques-uns de mes soldats pouvaient former un vortex

– J'ai eu très froid pendant quelques secondes.

– C'est normal, mais cette sensation se dissipe.

À partir de Paulbourg, ils mirent très peu de temps à se rendre jusqu'au fossé géant que le roi d'Émeraude avait creusé. Il s'était rapidement rempli car il débouchait sur l'océan à l'ouest.

– C'est impressionnant quand on se tient sur la berge, avoua Baenrhée. Je ne vois pas comment les Aculéos vont pouvoir traverser ce cours d'eau, mais est-ce que ça les empêchera de continuer à semer la destruction chez nous ?

– Ils trouveront sans doute une autre façon de quitter leur falaise ou ils descendront ailleurs.

La jeune femme s'assit sur une grosse pierre plate pendant que Wellan s'approchait de la rive. Il profita du silence méditatif de Baenrhée pour s'agenouiller et étudier la situation du point de vue écologique. Il trempa l'index dans l'eau et le porta à sa bouche : elle était salée. « Si l'eau de mer pénètre dans ses nouveaux affluents vers le sud, elle causera des dommages irréparables à la faune et à la flore », comprit-il.

– *Nemeroff, où es-tu ?*

– *En train de poursuivre mon travail d'excavation qui obligera les hommes-scorpions à rester chez eux.*

– *Arrête tout de suite et viens me rejoindre dans la vallée où nous avons combattu à Arcturus. Je dois t'expliquer quelque chose de façon urgente.*

– *Tu ne peux pas le faire à distance ? Je t'entends très bien.*

– *Malheureusement, non. J'ai un plan à te montrer.*

Nemeroff apparut sur le champ de bataille des Manticores et repéra aussitôt son ami grâce à ses sens invisibles.

– Tu n'aimes pas la taille de mon fleuve ? fit-il en s'avançant vers lui.

Baenrhée ne fit que lui jeter un œil et décida de ne pas se mêler de leur conversation.

– Il est parfait, Nemeroff, sauf qu'il pourrait gravement menacer l'environnement des trois pays où il passe.

– Comment cela ?

– Cette eau provient de l'océan, alors elle contaminera l'eau potable des Alnilamiens, qu'ils puisent dans les rivières et les ruisseaux.

Wellan déplia une des cartes que lui avait remises Skaïe pour mieux faire comprendre ses appréhensions au jeune monarque.

– Je vois…

– Nous devons trouver une façon de séparer ce nouveau fleuve de tous les cours d'eau qui descendent vers le sud.

– Je pourrais certainement lui jeter un sort.

– Je préférerais une solution qui durera après notre départ.

– Alors, j'ai une autre idée.

Une fois encore, Nemeroff se tourna vers la falaise. Il découpa une énorme dalle en forme de U qu'il fit voler vers lui. Baenrhée écarquilla les yeux : il y avait une sacrée différence entre les petits blocs que le jeune homme avait arrachés à la paroi pour former des abris et ce grand morceau de roc.

– Si tu continues à gruger la pierre comme ça, tu finiras par te rendre jusqu'aux terriers des Aculéos, le taquina Wellan.

Même en riant, Nemeroff conserva la maîtrise de l'objet volant. Lorsqu'il fut au-dessus du canal, il l'y fit descendre, créant une section de bassin artificiel où l'eau de mer pourrait couler sans toucher à la terre.

– C'est brillant, le félicita Wellan. Mais comment fabriquer une semblable structure sans aucune fissure qui irait d'un bout à l'autre du continent ?

– Ça tombe bien, parce que j'ai eu l'occasion de faire de nombreuses expériences avec mes pouvoirs de construction à Enkidiev. Regarde ça.

Nemeroff se concentra profondément. Wellan sentit s'échapper de lui une énergie semblable à celle que son père dégageait lorsqu'il accomplissait un miracle. Sous les yeux de l'ancien soldat et de la Manticore, le moule en pierre se mit à s'allonger tant vers l'est que vers l'ouest.

– Waouh ! s'exclama Baenrhée.

– Maintenant que le phénomène est enclenché, je dois retourner creuser le canal à Antarès avant que la pierre l'atteigne, annonça Nemeroff, puis je retournerai à Gaellans.

– Tu n'as pas besoin de le refermer à l'est, puisque le grand fleuve d'Altaïr est déjà un bras de mer.

– Bien compris.

Le jeune roi se dématérialisa.

– Tout le monde est-il aussi puissant que lui par chez toi ? laissa tomber Baenrhée, stupéfaite.

– Non, la rassura Wellan. Mais Nemeroff est l'un des enfants du dieu fondateur.

Il alla s'asseoir à côté d'elle.

– As-tu faim ?

– Un peu… mais je suis capable d'attendre que nous soyons de retour sur la colline.

Wellan fit apparaître deux assiettes de viande et de légumes qu'il avait trouvées à Antarès.

– Du bœuf ? se réjouit Baenrhée. Ça ne provient sûrement pas du campement !

– En effet.

La guerrière mangea avec appétit, puis s'arrêta net.

– Je ne sais toujours pas comment te remercier pour mon bras.

– Ce n'est pas nécessaire. Je l'ai fait sans aucune arrière-pensée.

– Ici, tout a un prix.

– Mais je ne suis pas d'ici.

– Oui, c'est vrai.

Elle poursuivit son repas d'un cœur plus léger.

– Pendant que nous avons le temps de bavarder en toute tranquillité, j'aimerais que tu me parles de toi, fit alors Wellan.

– De moi ? Pourquoi ?

– La vie des gens m'intéresse. Mais si tu ne veux rien me dire, je comprendrai.

– Je n'ai rien à cacher, mais ma vie n'est pas vraiment passionnante. Ma mère est morte quand j'étais petite et mon père, un forgeron, ne s'est jamais remarié. Il m'a élevée seul et m'a appris à travailler le métal, à boire comme un trou et à résoudre mes différends avec mes poings.

– Savait-il que tu étais une fille, au moins ?

– Peut-être, mais apparemment, il avait davantage besoin d'un fils.

– Et l'armée, dans tout ça ?

– Quand mon père est décédé, je venais juste d'atteindre l'âge adulte. Je n'ai pas été capable de tenir le rythme de sa forge, alors je l'ai vendue. Ça m'a permis de m'acheter un bon cheval et de quitter mon village avec mes épées et mes poignards préférés. Sur la route, j'ai rencontré un groupe de jeunes gens qui se rendaient chez un maître d'armes pour apprendre à se battre. Je me défendais déjà plutôt bien, mais je les ai suivis pour voir si cet homme pourrait m'apprendre quelque chose de nouveau. Je ne l'ai pas regretté. J'ai étudié auprès de lui pendant deux ans avant de prendre le chemin d'Antarès. Mon style sauvage a tout de suite plu à Apollonia. Depuis, c'est la seule existence que je connais.

– Tu me sembles éviter constamment de te mêler aux autres. Ai-je raison ?

– Je préfère ma propre compagnie. En fait, les seules personnes à qui je me confie, ce sont Apollonia et Sierra, parce qu'elles ont une plus grande expérience de la vie.

– Puis-je me montrer indiscret et te demander si tu as des favoris parmi les beaux mâles de l'Ordre ?

– Aucun. Je ne suis pas une croqueuse d'hommes, contrairement à certaines de mes compagnes, et je n'aime pas non plus me montrer faible devant qui que ce soit. Je préfère passer mon temps à m'entraîner plutôt qu'à flirter. D'ailleurs, tu aurais intérêt à te mesurer à notre parcours au moins une fois par jour jusqu'à ton départ. Tu te fies trop à cette énergie qui sort de tes mains et tu oublies que tu as des muscles.

– Tu as raison.

– J'aimerais que tu ne parles à personne de cette conversation, d'accord ? J'ai une réputation à soutenir.

– Ça va de soi, promit Wellan en réprimant un sourire.

Dès qu'ils eurent terminé leur assiette, le soldat magicien les retourna à Antarès. La Manticore l'incita à rentrer au campement à pied plutôt qu'à l'aide du vortex pour commencer son entraînement. Wellan obtempéra en se disant qu'il pourrait toujours soulager magiquement les muscles de ses jambes une fois dans son abri.

MACTARIS

Dès le lendemain, Baenrhée obligea Wellan à retourner au parcours d'obstacles. La guerrière le chronométra elle-même, ravie de le voir prendre son entraînement au sérieux. Encouragé par sa première performance, l'ancien soldat accepta de courir contre Céladonn, puis contre Téos. Il était trempé par la sueur de la tête aux pieds lorsque Pavlek l'invita à se mesurer à lui, mais il releva le défi. Même s'il n'arrivait pas à égaler le temps des Manticores sur le circuit, il s'entêtait à retourner à la ligne de départ.

— Il sera bientôt en mesure de tous vous battre ! s'exclama Baenrhée pour l'encourager.

Sierra s'approcha avec Apollonia et observa la course de Wellan en se demandant si son cœur serait capable de supporter tous ces efforts physiques à répétition.

— Il ne restera plus rien de lui quand tu seras prête à repartir, se moqua le chef des Manticores.

— Tu lis dans mes pensées, soupira Sierra. Mais il n'y a pas grand-chose d'autre à faire en ce moment.

— Tout comme Pavlek nous l'a déjà offert, nous pourrions commencer à tricoter, faire des ouvrages de petits points ou même peindre les beaux paysages d'Arcturus pour les vendre à notre retour à Antarès.

Sierra ne put s'empêcher de sourire en imaginant ces guerriers barbares assis en rond autour du feu avec leurs aiguilles et leurs pinceaux.

– Ou vous pourriez inventer des obstacles encore plus difficiles que ceux-là, suggéra-t-elle.

– Plus difficiles ? lâcha Wellan en passant près d'elle tandis qu'il courait vers les panneaux d'esquive.

– C'est une excellente idée ! acquiesça Baenrhée, qui aimait bouger constamment.

– Vous ne trouvez pas qu'il fait moins froid, ce matin ? fit alors Apollonia en ouvrant sa cape.

– Il faudrait le demander à quelqu'un qui n'est pas en train de se dépenser sur le parcours, suggéra Samara.

Sierra dut admettre qu'elle avait chaud, elle aussi. Elle se découvrit et vit qu'Apollonia avait raison.

– N'avez-vous pas remarqué que la neige a fondu partout ? ajouta Messinée.

– Ce n'est pas normal à ce temps-ci de l'année, lui fit remarquer Dholovirah.

– C'est sûrement à cause du nouveau fleuve ! haleta Wellan en repassant devant elles.

– L'initiative de Nemeroff aurait-elle modifié le climat d'Alnilam ? s'inquiéta Sierra.

Mais Wellan était maintenant trop loin pour l'entendre.

– Si c'est vraiment le cas, ce n'est pas moi qui m'en plaindrai, commenta Messinée.

– Quand on se bat contre les Aculéos, le froid, ça va, renchérit Tanégrad, mais autrement…

– Il faudra boire un verre à la santé de Nemeroff ! s'enthousiasma Lirick.

Wellan se laissa tomber sur le dos après avoir dévalé l'escalier en apex.

– En as-tu assez ? lui demanda Daggar, qui n'avait pas encore concouru contre lui.

– Je n'en peux plus…

Il rassembla ce qui lui restait de force et se traîna les pieds jusqu'à la petite rivière qui passait juste à l'extérieur du campement. Puisqu'elle avait plusieurs questions à lui poser, Sierra l'y suivit. Tandis que Wellan plongeait dans l'eau tout habillé, la grande commandante remarqua que la glace, habituellement présente près des berges, avait fondu.

– Est-elle froide ? s'enquit-elle.

– Oui ! Et ça me fait le plus grand bien ! hurla Wellan en revenant vers elle à la nage.

– As-tu remarqué un adoucissement de la température ?

– Baenrhée ne m'en a pas vraiment donné le temps. Je venais à peine de sortir de l'abri qu'elle me traînait au parcours d'obstacles.

– Je pense que nous devrions en parler.

Wellan sortit de l'eau.

– Je vais aller te chercher une serviette, décida Sierra.

– Ce ne sera pas nécessaire. J'ai jadis appris à faire quelque chose qui pourrait m'être fort utile en ce moment.

Il passa la main au-dessus de son débardeur et de son pantalon et les fit instantanément sécher.

– Ça fonctionne aussi pour les bottes ? s'enquit la femme Chevalier.

Avec un sourire espiègle, il en enleva une et la tourna à l'envers.

– Regarde : pas d'eau ! plaisanta-t-il.

– Maintenant, peux-tu me dire pourquoi le temps est soudainement plus doux ?

– J'ai bien peur que ce soit l'apport de l'eau de mer dans le nouveau fleuve, répondit plus sérieusement Wellan.

– Est-ce à dire que nous n'aurons jamais plus d'hiver ?

– Je ne suis pas ferré à ce point en météorologie, mais ce n'est pas impossible. Toutefois, l'intention première de mon ami, c'était surtout d'installer une frontière entre les hommes-insectes et vous.

– Il n'a donc pas réfléchi aux conséquences de son geste…

– Nemeroff est un très jeune roi sans expérience, mais il apprend vite.

– Sait-il réparer ses erreurs ?

– Sans doute, mais attendons tout d'abord de voir s'il se passera autre chose… À moins, évidemment, que vous teniez à tout prix aux nuits glaciales dans les campements.

– J'imagine qu'il lui sera facile de retourner toute cette eau à la mer ?

– Il ne connaît pas lui-même l'étendue de ses propres pouvoirs.

– As-tu la force de revenir t'asseoir devant le feu ?

– Mes jambes vacillent un peu, mais je suis certain que j'y arriverai, car je meurs de faim.

Pendant que Wellan et Sierra retournaient au campement, les compétitions au parcours d'obstacles continuaient bon train. Personne n'avait encore remarqué l'absence de Mactaris. Habituellement raisonnable en tout sauf en amour, la jeune femme aux cheveux rouges comptait beaucoup d'amants parmi les membres masculins des quatre divisions. Toutefois, elle était incapable de n'en aimer qu'un seul, car ils avaient tous un charme bien à eux.

Lorsque Sierra était arrivée chez les Manticores avec Wellan, Nemeroff et Eanraig, la guerrière avait tout de suite su qu'elle devait ajouter ce dernier à sa brochette d'amoureux. Elle avait commencé par manger près de lui aux repas et lui avait volontiers expliqué les us et coutumes de sa division. Son assurance avait immédiatement plu à l'Hadarais, qui s'était mis à rechercher sa compagnie.

Ce matin-là, tandis que tout le monde scandait le nom de Wellan sur le circuit, Mactaris fit un signe discret à Eanraig et s'enfonça dans la forêt. Le jeune homme commença par hésiter, puis voyant que personne ne s'intéressait à lui, il la suivit et la rattrapa finalement sur un sentier creusé au fil des ans par les soldats.

– Est-il prudent de t'éloigner ainsi des autres ? s'inquiéta-t-il.

– C'est à un Chevalier d'Antarès que tu le demandes ? répliqua-t-elle en riant. J'ai peut-être l'air d'une poupée fragile, mais je peux terrasser n'importe quel adversaire qui oserait s'en prendre à moi.

– Mille pardons, mademoiselle.

Ils marchèrent côte à côte en écoutant le vent souffler entre les branches.

– Mais pourquoi une belle fille comme toi a-t-elle choisi de tuer des monstres plutôt que de vivre paisiblement à Mirach ? laissa-t-il tomber.

– C'est la seule façon que ma sœur et moi avons trouvée pour échapper à la main de fer de notre père. Moi, j'aurais de loin préféré ouvrir un commerce de belles robes dans une grande ville d'Antarès, mais ma petite sœur nous a enrôlées dans un programme militaire.

– C'était son choix de carrière à elle ?

– Messinée a toujours été plus sportive que moi, mais je pense qu'elle aurait préféré enseigner l'éducation physique dans une école. Je dois admettre qu'elle connaissait mieux notre père que moi, parce qu'il a tout de suite agréé à sa requête et qu'il nous a laissées partir en nous donnant même de l'argent.

– Votre père vous brutalisait ?

– Il nous traitait en esclaves et il nous empêchait de quitter la maison pour nous marier. Nous étions ses possessions, rien de plus.

– Heureusement que ta sœur a eu cette brillante idée.

– Je n'arrête pas de la remercier. Pendant de nombreux mois, nous avons vécu dans un campement militaire où la vie n'était pas toujours rose, mais où les gens se conduisaient mille fois mieux envers nous.

– Ce programme militaire, c'était celui des Chevaliers d'Antarès ?

– Non, celui du palais de Mirach, à des centaines de lieues de notre maison. C'est là que nous nous trouvions quand un de nos maîtres d'armes nous a parlé du recrutement à Antarès. Alors Messinée et moi avons décidé de tenter notre chance. J'ai dit adieu aux belles robes et aux corsets que je voulais exposer dans la vitrine de ma future boutique…

– Tu pourras toujours le faire après la guerre, Mactaris, l'encouragea Eanraig.

– Tous les soldats qui se sont enrôlés avant nous sont morts pendant les combats. Nous ne nous attendons pas à en réchapper.

– Alors, je dois être un sacré optimiste, parce que je crois fermement qu'elle prendra fin bientôt !

– Possèdes-tu des informations que nous ignorons ?

– Je pense que ces deux étrangers ne sont pas arrivés dans notre monde par hasard et que grâce à eux, Alnilam connaîtra la paix à nouveau.

– Tu n'es pas un optimiste, tu es un rêveur !

Ils arrivèrent dans une clairière où s'élevaient de vieilles pierres tombales.

– Étais-tu marié quand tu vivais à Shawnbourg ? demanda Mactaris à son jeune ami.

– Non, je me suis occupé de ma mère jusqu'à sa mort. Nous ne devrions pas rester ici.

– Tu as peur des tombes ?

– Je respecte les morts. Ce n'est pas la même chose.

– Tu n'as donc jamais été amoureux ?

– Oui, bien sûr, quand j'étais jeune, mais ce n'était rien de sérieux.

Mactaris grimpa sur une pierre gravée pour s'y asseoir.

– Ne fais pas cette tête-là, Eanraig. Ce sont des Manticores qui sont enterrées ici.

– Si tu le dis…

– Est-ce que tu te marieras lorsque tu auras atteint ta destination dans l'ouest ?

– Pas tant qu'il restera un seul Aculéos qui respire encore.

– Sur ce point, nous sommes d'accord.

Le Hadarais se rapprocha de la jeune femme et déposa un doux baiser sur ses lèvres.

– Nos règles nous défendent d'entretenir de relations amoureuses sur le front, le taquina Mactaris en résistant.

– Je ne fais pas partie de votre armée.

Il continua d'embrasser la Manticore avec de plus en plus d'insistance.

– Si mes avances ne t'intéressent pas, à toi de me repousser tout de suite, l'avertit-il.

Au lieu de lui répondre, Mactaris se laissa séduire au milieu du cimetière de ses prédécesseurs.

Pour ne pas attirer les soupçons des Chevaliers, les nouveaux amants ne rentrèrent pas au campement en même temps. Après s'être arrachée aux caresses d'Eanraig, Mactaris rejoignit Messinée devant un des feux. Le jeune homme, quant à lui, partit plutôt à la recherche de Wellan pour éviter de croiser le regard d'une Manticore. Il le trouva assis sur le bord de la rivière, les paupières fermées.

– Pourquoi t'ont-ils laissé seul ? s'inquiéta Eanraig.

Il avait eu de la difficulté à respecter la coutume du tutoiement dans l'armée, mais s'y était finalement astreint.

– Parce que je leur ai dit que j'avais envie de méditer. Veux-tu te joindre à moi ?

– J'ai l'esprit tourmenté, en ce moment…

– C'est justement le bon moment pour te recueillir dans le silence et recevoir les réponses que tu cherches.

– Est-il possible de se battre avec une des divisions des Chevaliers d'Antarès sans vraiment en faire partie ?

– Bien sûr que oui. C'est exactement ce que je suis en train de faire moi-même. Et si tu développais davantage tes pouvoirs, tu serais d'un précieux secours pour les Manticores, car j'imagine que c'est ici que tu veux rester.

– Mais je t'ai déjà dit que je n'en avais pas.

– Depuis que je t'ai rencontré, chez les Basilics, je sens de la magie en toi, mais ce n'est pas une magie qui m'est familière.

– Es-tu en train de m'accuser d'être un sorcier ?

– Pas du tout. J'en ai rencontré un à Antarès et son énergie est différente. La tienne est divine. Dis-moi la vérité sur tes parents.

– Je ne connais pas mon père, car il a quitté ma mère avant ma naissance. C'est elle qui m'a élevé avec l'aide de son frère.

– Que t'a-t-elle dit sur lui ?

– Elle, absolument rien, mais mon oncle, après avoir bu trop d'alcool, m'a révélé que c'était un homme insensible qui ne s'est arrêté à Shawnbourg que pour coucher avec des femmes et que ma mère n'avait pas été la seule à partager son lit. Je ne l'ai jamais répété à ma mère, qui vénérait ce salaud d'étranger, surtout que peu de temps après, on a retrouvé ses autres maîtresses mortes dans des ruelles. Mon oncle l'a obligée à emménager chez lui en secret et c'est sûrement pour cette raison qu'elle a survécu.

– C'est tout ce qu'il t'a dévoilé à son sujet ?

– Il a aussi mentionné qu'il était chauve et musclé comme un pugiliste. Après, j'ai cessé de vouloir connaître son identité. Je n'avais aucune envie de le rencontrer.

– C'était peut-être un dieu, suggéra Wellan en se rappelant le physique d'Achéron, qu'il avait eu l'occasion d'entrevoir à An-Anshar.

– Si c'est vrai, alors j'ai honte d'être le fils d'une créature aussi méprisable.

– Maintenant, regardons le beau côté de la chose : il t'a sans doute légué des facultés qui pourraient t'être fort utiles.

– Je préfère être un homme ordinaire, si tu n'y vois pas d'inconvénient. Je m'améliorerai à l'épée et je servirai ce pays de mon mieux.

– Dans ce cas, je te conseille de t'adresser à Sierra. C'est elle qui te dira si tu peux rester avec les Manticores. Moi, je ne suis qu'un invité des Chevaliers d'Antarès, tout comme toi.

Pendant qu'Eanraig discutait avec Wellan, Mactaris acceptait le gobelet de thé que lui tendait sa sœur.

– Tu as des étoiles dans les yeux, toi, remarqua Messinée. Qu'est-ce que tu as encore fait ?

– Je ne te le dirai que si tu me jures de ne pas en parler aux autres et surtout pas à Apollonia, chuchota Mactaris.

– Je suis ta sœur. Évidemment que je ne dirai rien, surtout si tu as encore enfreint les règles.

– Pour la première fois de ma vie, je suis vraiment amoureuse.

Messinée éclata d'un rire franc, ce qui offusqua Mactaris.

– Je suis sérieuse !

– Mais tu dis ça chaque fois que tu couches avec un homme ! Alors, c'est qui, cette fois ?

– Eanraig.

– Vous êtes allés plus loin que les baisers ?

Mactaris hocha doucement la tête.

– Mais il y a des Manticores partout autour du campement !

– Pas dans le cimetière…

– As-tu complètement perdu la raison ?

– C'est l'endroit idéal, Messinée. Personne n'y va sauf pour enterrer les morts.

– Que feras-tu si quelqu'un vous a aperçus et que ça arrive aux oreilles d'Apollonia ? Ou pire encore, à celles de Sierra ?

– Je n'aurai pas d'autres choix que de m'enfuir avec Eanraig, alors souhaitons que personne ne passait par là.

– Je ne dirai plus rien, parce que ce serait peine perdue. Demain, tu auras oublié ce garçon, comme tu as oublié tous les autres.

– C'est ce que nous verrons. Celui-là est différent, Messinée.

– Si je savais jouer du violon, je te jouerais un petit air romantique.

– Ne te moque pas de moi.

Mais Messinée était tout simplement incapable de faire disparaître le sourire moqueur qui s'étirait sur son visage. Alors Mactaris alla s'asseoir ailleurs avec son thé en espérant que son amant rentrerait de la forêt avant la nuit.

PAVLEK

Lorsqu'il quitta Eanraig, Wellan se dirigea vers l'endroit où Nemeroff et Ian avaient installé la première tour à Arcturus. Il traversa la forêt sans se hâter, content que Sierra lui accorde désormais une telle confiance. Il adorait sa nouvelle liberté, mais il n'avait aucune intention d'en abuser. Il arriva finalement au pied de l'antenne en forme d'arbre aux branches symétriques qui, selon lui, n'arriverait jamais à tromper même un Aculéos. Elle avait beau être vert forêt et se fondre parmi les sapins, elle continuait de ressembler à une étrange sculpture où les oiseaux évitaient de se poser.

Wellan tenta d'abord d'ébranler la tour, mais son compatriote avait fait du bon travail. Bien enfoncée dans le sol, la base ne bougea pas d'un seul millimètre. Avec ses pouvoirs magiques, il scruta ensuite la boule de verre installée au sommet de la tour et capta ses vibrations électriques. « Il me suffit maintenant d'installer les antennes à Antarès et à Altaïr, puis j'irai chercher les movibilis que Skaïe a sûrement eu le temps de programmer. » Wellan était fier de se sentir utile dans ce monde qui n'était pas le sien, même s'il s'était promis, à son arrivée, de ne pas intervenir dans l'histoire des Alnilamiens. « Il est trop tard maintenant... » songea-t-il, amusé.

Non seulement Nemeroff et lui avaient-ils participé à quelques batailles contre l'ennemi juré des Chevaliers d'Antarès, mais sans eux, aucune de ces antennes n'aurait été installée avant des mois, peut-être même des années.

« Être une légende dans deux univers, ça ne doit pas être donné à tout le monde. » Il s'appuya contre la structure de métal et sortit une des cartes que Skaïe avait imprimées pour lui. À force de la consulter, Wellan commençait à bien connaître la géographie d'Alnilam.

Il sentit alors une présence et se servit de ses pouvoirs pour identifier la personne qui approchait. « Pavlek », conclut-il en se détendant. Étant donné que les Manticores n'utilisaient jamais de sentinelles, il aurait été en effet facile à un Aculéos seul de s'approcher du campement.

– Wellan, ça va ? demanda le Chevalier en se faufilant entre les arbres.

– Je voulais inspecter la tour. Tu me cherchais ?

– Oui et non… en fait, j'espérais tomber sur toi.

– Je t'en prie, approche.

Le vent était devenu si agréable que le Manticore ne portait même pas sa cape.

– Il en manque encore beaucoup de ces grands trucs, n'est-ce pas ?

– Un peu moins d'une dizaine, dont je m'occuperai à mon retour à Hadar. Leur installation nécessitera beaucoup plus de temps sans Nemeroff, mais elle permettra aux commandants de communiquer entre eux à tout instant.

– S'il n'y a aucune technologie dans ton monde, comment arrivais-tu à parler à tes lieutenants ?

– Par la pensée.

– C'est difficile à imaginer.

– Je me dis exactement la même chose chaque fois qu'on me présente une nouvelle invention dans ton monde.

– Nous sommes loin du campement et le soleil va se coucher, indiqua Pavlek. Nous devrions nous mettre en route.

Wellan suivit le conseil du Manticore, même s'il était parfaitement capable de s'orienter dans le noir en retraçant sa propre énergie dans le sol. C'est alors que Pavlek lui posa une question à laquelle il ne s'attendait pas :

– Un homme comme moi pourrait-il devenir un Chevalier dans ton monde ?

– Sans l'ombre d'un doute. Tu as toutes les qualités requises.

– Sauf en ce qui concerne la magie.

– S'il est vrai que la plupart de mes soldats en possédaient, certains hommes qui ont combattu à nos côtés n'en avaient pas. L'un d'eux s'appelait Kardey. C'était un puissant guerrier qui n'a jamais reculé devant l'ennemi. Mais pourquoi voudrais-tu quitter ton merveilleux univers ?

– Parce que j'en ai assez de ne pas être pris au sérieux.

– Je n'ai pourtant rien remarqué de tel quand je suis parmi vous.

– C'est que tu n'es arrivé que tout récemment.

– Arrêtons-nous dans un endroit tranquille pour en parler encore un peu avant de nous joindre aux autres.

Puisqu'il avait envie de se vider le cœur, Pavlek accepta. Il affectionnait une petite trouée où de gros arbres avaient été déracinés par une violente tempête quelques années auparavant. Ils étaient tombés en formant un triangle sur le sol. Le Manticore y emmena Wellan, car c'était l'endroit où il avait l'habitude de s'isoler quand il voulait échapper aux moqueries de ses compagnons. Les deux hommes prirent donc place sur les troncs.

– Allez, je t'écoute, fit Wellan.

– Je suis un homme relativement facile à vivre, mais aussi candide et influençable. Comme je cherche toujours à faire plaisir à tout le monde, mes camarades s'imaginent que je n'ai aucune opinion personnelle et ils s'entêtent à me prêter les leurs.

– Pourquoi ne t'imposes-tu pas davantage ?

– J'ai déjà essayé, mais ça n'a fait qu'aggraver les choses.

– Tu pourrais aussi adopter l'attitude inverse.

– Inverse ?

– Arrête d'essayer de plaire. Utilise plutôt ce précieux temps à travailler sur toi-même.

– De quelle façon ?

– En lisant, en méditant, en t'entraînant seul, en découvrant de nouveaux sentiers dans les bois, en apprenant à jouer d'un instrument de musique ou en écrivant des lettres d'amour à ta bien-aimée.

– Encore faudrait-il que j'en aie une. Une de mes cruelles compagnes a fait courir la rumeur que je préférais les hommes aux femmes pour me jouer un tour. Le problème, c'est que ma réputation en a pris un coup.

– C'est quelque chose que nous pourrons certainement régler lors du prochain répit. Fais-moi confiance. D'autres doléances ?

– Je suis gaffeur, mais j'arrive toujours à me tirer d'affaire, comme si j'étais protégé par une bonne étoile. Ma plus grande source de mécontentement, cependant, c'est que je passe toujours en dernier. C'est pour ça que j'aimerais partir avec toi.

– La fuite ne règle rien, Pavlek. C'est toi qui dois changer. Si tu veux qu'on te prenne au sérieux, tu dois apprendre à dire non lorsque tu sens qu'on profite de toi et ne rendre service aux autres que lorsque tu le veux bien. En d'autres mots, tu dois t'affirmer davantage. Ce ne sera pas facile et, tout comme pour l'installation des antennes, ça prendra du temps.

– Changer, hein ? soupira le Manticore.

– Tout le monde le peut. C'est une question de volonté, surtout quand on désire obtenir des résultats.

– Je vais y réfléchir.

Ils se remirent en route.

– Où es-tu né ? s'enquit alors Wellan.

– À Phelda, sur un ranch. Mon père en a hérité de mon grand-père et il a l'intention de le léguer à un de ses cinq fils. Mes frères et moi sommes de remarquables dompteurs de chevaux, mais étant donné que je suis le plus jeune, j'ai vite compris que je ne serais pas le prochain propriétaire des lieux. Je me suis donc tourné vers les arts militaires, où j'ai vite excellé. Quand j'ai entendu parler du recrutement des Chevaliers, je me suis mis en route pour Antarès et j'ai été accepté.

– Pourquoi Apollonia t'a-t-elle choisi ?

– Je n'en sais franchement rien, parce que j'ai toujours de la difficulté à me précipiter dans la bataille sans réfléchir comme mes sœurs et mes frères d'armes.

– Si je comprends bien, tu aurais dû être une Chimère.

– C'est ce que je pense aussi, parce que j'ai un esprit stratégique.

Ils se rapprochaient du campement lorsqu'ils entendirent des cris et des éclats de rire.

– Pourquoi font-ils autant de bruit ? s'étonna Wellan.

– Bienvenue dans le monde des Manticores, qui ignorent délibérément toutes les règles de la prudence que j'ai apprises à l'école militaire.

Ils débouchèrent dans la plus grande des clairières, où les guerriers s'étaient rassemblés. Ils mangeaient et buvaient en regardant Dholovirah, au beau milieu de l'assemblée, en train d'imiter moqueusement Apollonia. Pavlek se dirigea vers Messinée qui lui faisait signe de la rejoindre et Wellan choisit de s'asseoir près de Sierra.

– Que se passe-t-il ici ?

– Les Manticores ont décidé de fêter leur victoire sur les Aculéos, répondit la grande commandante, découragée.

– En se saoulant ?

– C'est du thé qu'elles sont en train de boire. De toute façon, elles n'ont pas besoin d'alcool pour se payer du bon temps.

– On les entend à des lieues à la ronde !

– Je me doute bien.

– Et tu les laisses faire ?

– Elles sont comme ça depuis bien trop d'années pour qu'on les change maintenant. Moi, tant qu'elles font leur travail et qu'elles bloquent la route aux hommes-scorpions, je suis contente.

Dholovirah fit semblant d'encocher un carreau sur une arbalète invisible.

– Samara ! Tanégrad ! À gauche ! hurla-t-elle en replaçant ses cheveux de façon exagérée. Non ! À droite ! Vous ne comprenez rien ? Je vous ai dit : derrière moi ! Vous n'étiez pas là quand j'ai tiré mes cartes ?

Les rires fusèrent. Même Apollonia trouvait son imitation amusante.

– Dassos, qu'est-ce que tu fais là ? continua Dholovirah. Tu prêches la paix et l'harmonie à ce gros colosse qui essaie de te happer avec ses pinces ? Et vous, là-bas ! Décrochez-moi Baenrhée de cet Aculéos !

– Tu as oublié : Messinée, c'est quoi, cette bouillie ? lâcha Apollonia.

– C'est de la cervelle d'homme-scorpion mêlée à de savoureux légumes réhydratés ! fit Messinée en lui donnant la réplique.

– Pouah ! s'écria Samara.

Dholovirah retourna s'asseoir devant son assiette et mangea avec appétit.

– Pavlek, viens donc nous faire ton imitation d'un Basilic ! l'invita Apollonia.

– Non, refusa-t-il sur un ton sérieux.

– Tu n'as pas envie de nous divertir à ton tour ? tenta de l'amadouer Tanégrad.

– Je ne trouve plus ça amusant, c'est tout.

Il baissa les yeux et poursuivit son repas.

– Est-ce que tu es malade ? s'inquiéta Samara.

– Non, ça va.

Messinée fit signe à la jeune femme de le laisser tranquille. D'autres Manticores prirent la relève et, lorsque les blagues et les imitations prirent fin, les chansons grivoises commencèrent. Wellan remarqua avec satisfaction que Pavlek avait cessé d'adopter une attitude de victime.

– Tu tiens le coup ? demanda alors Sierra à son prisonnier, avec un sourire espiègle.

– Ce n'est pas quelque chose qu'on verrait chez les Basilics ou chez les Chimères, commenta-t-il.

– C'est certain. Chésemteh et Ilo ne le supporteraient pas. Vous n'aviez jamais de soirées endiablées dans ton armée ?

– Pas pendant la guerre. Je dirais que mon approche ressemblait beaucoup plus à celle des Chimères. Mes soldats n'étaient pas aussi silencieux que les Basilics, mais ils n'étaient certes pas aussi bruyants que les Manticores. Tous savaient que leur vie dépendait de leur attention constante à leur environnement.

– Tu perçois un danger, en ce moment ?

Wellan se rendit compte que l'effervescence des Chevaliers l'avait empêché de se concentrer sur ce qui se passait ailleurs. Il fit donc un rapide tour d'horizon avec ses sens invisibles et crut capter une énergie inhabituelle. Il allait faire part à Sierra de ses inquiétudes lorsque soudain le silence tomba sur le campement.

– Il se passe quelque chose, s'alarma Wellan.

Devant lui, Sierra était immobile comme une statue.

– Sierra ?

Elle ne réagit pas. L'ancien soldat se tourna vers les autres Chevaliers. Ils étaient pétrifiés dans toutes sortes de positions, comme si le temps venait de s'arrêter.

– Pourquoi suis-je le seul à pouvoir me mouvoir ? s'étonna Wellan en passant la main devant les yeux vitrifiés de la grande commandante.

– C'est parce que je l'ai voulu ainsi.

Wellan bondit sur ses pieds en cherchant la provenance de cette voix. Il vit alors approcher le sorcier Salocin à l'autre bout de la clairière.

– Si tu es ici pour tuer ces soldats, je t'en empêcherai.

– Ne sois pas aussi dramatique ! s'esclaffa le sorcier.

Il ôta le gobelet de thé de la main de Daggar et s'approcha de Wellan en sirotant la boisson chaude.

– Je n'en avais pas bu d'aussi bon depuis des lustres.

– Pourquoi les avoir paralysés ? En souffriront-ils ?

– Pas le moins du monde, mais ce sort est limité dans le temps, alors profitons-en.

– Pour faire quoi ? se méfia Wellan.

– Mais bavarder en paix, bien sûr.

Salocin s'assit en tailleur devant l'ancien soldat, qui dut en faire autant pour se retrouver à sa hauteur.

– Dis-moi comment ça se passe pour toi depuis ton arrivée.

– Pourquoi veux-tu le savoir ?

– Ce n'est pas tous les jours que nous recevons d'illustres visiteurs d'un autre monde.

– Sais-tu comment je pourrais rentrer chez moi ?

– Tu ne te plais donc pas, à Alnilam ?

Le sorcier vida le thé et s'empara de l'écuelle de Sierra.

– C'est un monde intéressant, mais ce n'est pas le mien.

– Tu n'as pas cessé de te mêler des affaires de l'armée depuis que tu es leur prisonnier, lui rappela Salocin, la bouche pleine.

– Je ne suis pas le genre d'homme à rester les bras croisés quand les Chevaliers ont besoin de moi.

– Ta magie est fascinante.

– N'élude pas ma question.

– Oui, je sais comment accéder à d'autres univers, mais ce n'est pas aussi simple qu'on pourrait le croire.

– Explique-moi comment partir.

– Mes services ne sont pas gratuits.

– Je ne possède rien, ici.

– J'accepte aussi les faveurs.

– Pas question que j'en accorde à l'aveuglette.

– Ta méfiance est rafraîchissante, Wellan.

– On m'a mis en garde contre les sorciers.

– Nous ne sommes pas de mauvaises personnes, mais chat échaudé craint l'eau froide. Ce proverbe doit exister chez toi aussi, non ?

– Je ne fais pas partie du panthéon qui a châtié les sorciers.

Salocin avala le reste du ragoût avec avidité, ce qui fit penser à Wellan que son sortilège était sans doute sur le point de prendre fin.

– Je reviendrai te voir quand j'aurai déterminé ce que tu pourrais faire pour moi, annonça-t-il.

– Non, attends ! J'ai une dernière question.

– En fait, il semble n'y avoir que ça dans ta tête.

– À Antarès, tu m'as dit que tu voulais devenir mon allié, mais contre qui ?

Un sourire énigmatique apparut sur les lèvres de Salocin juste avant qu'il disparaisse.

– Non ! hurla Wellan au moment même où le temps reprenait son cours et où les Manticores étaient libérées de leur sort d'immobilité.

– Qu'est-ce que tu as ? s'étonna Sierra. Où est mon assiette ?

– Viens. Je vais t'en servir une autre.

– Une autre ? Pourquoi ?

Il prit les devants sans répondre, alors elle n'eut pas d'autre choix que de le suivre. Lorsqu'il s'agenouilla devant la marmite, Sierra lui saisit le bras pour arrêter son geste.

– Fais-moi confiance, murmura Wellan.

Elle le libéra. Il plongea la louche dans le ragoût, en versa une portion dans une écuelle propre et fit signe à la commandante de le suivre loin de la fête qui se poursuivait comme si rien ne s'était passé. Ils allèrent s'asseoir devant le feu qui brûlait non loin de leur abri.

– Maintenant, parle, ordonna Sierra.

– Ça va te sembler difficile à croire, mais le sorcier Salocin vous a pétrifiés pendant quelques minutes afin de pouvoir me parler sans que vous sachiez qu'il était là.

Elle plissa le front sans cacher son incrédulité.

– Admettons que tu dis vrai, pourquoi est-ce à toi qu'il voulait s'adresser ?

– Il me réclame une faveur en échange du chemin d'accès à mon propre monde.

– Le fameux vortex qui te ramènerait chez toi ?

– Il ne l'a pas précisé.

– Je te dirais que c'est une excellente nouvelle, si ça n'émanait pas d'un sorcier.

– À ton avis, il me mentirait ?

– C'est certain. Si ces mages étaient des personnes bienveillantes, ils nous auraient aidés dès les premières invasions à nous débarrasser des Aculéos. Malheureusement, ils n'ont que leur propre intérêt à cœur et ils concluent toujours des marchés dont ils sont les seuls à profiter.

– Autrement dit, même si je lui rendais service, il ne me livrerait pas ce qu'il m'a promis ?

– Je sais qu'il te tarde de rentrer chez toi, Wellan, mais ce n'est pas la bonne façon de t'y prendre.

– Tu en connais une meilleure ? soupira-t-il.

– Peut-être que ces dieux ailés dont nous a parlé Nemeroff possèdent la réponse à toutes tes questions.

– C'est possible…

– Pour que ce soit bien clair entre nous, même si la haute-reine considère que tu es un prisonnier d'Antarès, si tu veux partir, je ne t'en empêcherai pas.

– Je comptais rejoindre Nemeroff après avoir rencontré les Salamandres.

– Alors, j'aurai le bonheur de te côtoyer pendant encore plusieurs semaines. À la vitesse où fond la neige, nous pourrons bientôt nous remettre en route.

– Merci, Sierra.

– Et de grâce, ne te laisse pas duper par les sorciers.

– Promis.

Affamée, elle se mit à manger. Wellan l'observa, mais dans sa tête, les paroles de Salocin rejouaient en boucle. Alnilam était un monde fascinant et dangereux à la fois…

RÉVÉLATIONS

Désenchanté par sa rencontre avec Achéron et l'absence de souvenirs dans la tête de son fils Kimaati, Abussos décida tout de même de tenir la promesse qu'il avait faite à ses enfants de foudre de tout tenter pour retrouver Wellan et Nemeroff. Il quitta son univers serein et fonça dans l'Éther. Une fois au-dessus du Royaume d'Émeraude, il ne sentit pas la présence d'Onyx dans le château, mais le localisa plutôt dans la grande forêt derrière la forteresse. Abussos s'y matérialisa et marcha en direction de l'énergie qu'il identifiait comme étant celle de son fils. Il l'aperçut finalement, assis sur un autel en pierre, au milieu d'un grand cromlech. Le soleil venait de se lever et ses faibles rayons éclairaient à peine l'endroit.

– Je suis étonné de te trouver ici, avoua Abussos.

– Certains lieux nous marquent plus que d'autres, j'imagine, répliqua Onyx. Il s'est passé beaucoup de choses, ici, des bonnes et des moins bonnes. Avez-vous des nouvelles ?

– Oui, des bonnes et des moins bonnes, fit-il en reprenant ses mots. Achéron m'a finalement livré la tête de son fils, mais sa mémoire ne contenait plus rien.

– Et le bracelet ?

– Il prétend qu'une fois utilisé, ce bijou ne conserve pas en mémoire l'endroit où sa magie l'envoyait.

– Permettez-moi d'en douter.

– Je suis d'accord avec toi, mais Achéron refuse catégoriquement de nous le remettre.

– Lui avez-vous demandé si nous pouvons envoyer quelqu'un à la recherche de Wellan et de Nemeroff ?

– Il veut bien, à condition que ce soit deux personnes qui ne possèdent aucune magie et qu'elles ne séjournent dans son univers que pendant un temps limité.

– Quoi ? Comment un homme ordinaire pourrait-il les retrouver dans un monde dont il ne sait rien et qui pourrait être aussi vaste qu'Enkidiev ? Ça pourrait prendre des années !

– J'en suis conscient, mon fils, mais c'est tout ce que j'ai pu obtenir d'Achéron.

– Vous pourriez aussi m'y faire pénétrer à son insu.

– Tu es aussi tenace que ta mère, constata Abussos, amusé. Malheureusement, il y a dans l'univers des lois qui ne peuvent pas être transgressées.

– Ce ne serait pas vous le transgresseur, mais moi, et au point où j'en suis, ça ne fera pas une grande différence, vu le nombre de violations que j'ai déjà à mon actif.

– Je ne consentirai à cette infraction que si c'est la seule option qui nous reste. D'ici là, je vous conseille de commencer par trouver deux sauveteurs qui sauraient pister rapidement Wellan et Nemeroff. Si vous y parvenez, alors je retournerai voir Achéron pour les faire admettre chez lui.

Onyx émit un grognement qui montrait sa déception.

– Vous êtes plus puissant que moi, fit-il.

– Mais moins téméraire, apparemment.

– Vous connaissez sûrement tous les points d'entrée dans le monde parallèle.

– Il y a une certaine magie à laquelle même les dieux fondateurs n'ont pas accès.

– Celle des Immortels…

– Ils ont aussi leurs secrets. Appelle-moi lorsque vous aurez arrêté votre choix.

Abussos le salua d'un élégant mouvement de la tête.

– Attendez ! réclama Onyx. J'ai une dernière interrogation.

– Je t'écoute.

– Lorsque j'ai pris mon petit-fils Héliodore dans mes bras, nous avons été enveloppés d'une lumière aussi brillante qu'un éclair. Est-ce que ça signifie qu'il est également votre fils ?

– Obsidia est la dernière âme que Lessien Idril et moi avons lancée dans la foudre.

– Dans ce cas, qui est-il et pourquoi a-t-il grandi instantanément pour atteindre l'âge de six ans ?

– Je n'en sais rien.

– Si je vous l'amène, pourriez-vous percer ce mystère ?

– C'est possible.

– Alors, restez ici. Je vais aller le chercher. Il n'est pas question que je soumette sa mère à plus d'épreuves qu'elle n'en traverse en ce moment.

Il disparut sur-le-champ. Abussos profita de ce petit répit pour marcher autour de la table en pierre en sondant l'énergie des menhirs. Les cromlechs étaient d'ingénieuses machines qui permettaient jadis aux peuples anciens de se déplacer instantanément d'un cercle de pierres à un autre. Lorsque Parandar avait octroyé de la magie à certains humains, il avait remplacé ces monuments par les vortex.

Onyx réapparut en tenant par la main un garçon de six ans qui avait comme lui les cheveux noirs et les yeux bleus. En fait, on aurait dit une version miniature de lui-même. L'enfant regarda l'homme musclé vêtu de daim de la tête aux pieds.

– Héliodore, je te présente Abussos.

– C'est le père de tout le monde ! s'exclama le petit prince.

– En quelque sorte…

Abussos s'accroupit devant l'enfant.

– Je suis heureux de faire ta connaissance, Héliodore. Puis-je placer ma main sur ton ventre ?

– Pour me chatouiller ?

– Je te promets que non. Je veux identifier la force vitale qui circule en toi.

– Il peut ? demanda le prince à Onyx.

– Oui. Je lui fais confiance.

Abussos appuya sa paume sur le plexus solaire du garçon et écarquilla les yeux. Il l'enleva presque aussitôt en se courbant avec respect.

– Sois le bienvenu dans mon univers, frère galactique.

– Merci… mais c'est quoi, une galactique ?

– Je te l'expliquerai tout à l'heure, mon trésor, lui promit Onyx en dissimulant son inquiétude de son mieux.

– Je peux aller finir de manger ?

– Bien sûr.

– Et après, nous irons à la mer ?

– Nous ferons tout ce que tu voudras.

Onyx embrassa son petit-fils sur le front et le retourna magiquement dans le hall du château.

– Dans mon univers ? répéta-t-il en se redressant devant Abussos. Frère galactique ?

– L'âme qui se cache dans le corps de cet enfant est celle de Strigilia, le dieu fondateur d'un autre univers, où il est censé régner avec son épouse, Aéquoréa.

– Donc, votre frère, en quelque sorte ?

– C'est exact.

– Qu'est-ce qu'il vient faire ici ?

– Je l'ignore, mais j'ai bien l'intention de m'en informer sans délai. Peut-être est-il en fuite ?

– Pourquoi faut-il que tous les fugitifs aboutissent chez moi ? se fâcha Onyx.

– Je le saurai bientôt.

– Et comment pourrais-je le faire sortir du corps d'Héliodore ?

– Ne fais rien avant que je comprenne pourquoi il n'est plus dans son propre monde. Je serai bientôt de retour.

Abussos se dématérialisa sous le regard contrarié d'Onyx. Au lieu de rejoindre son petit-fils au palais en se servant de son vortex, il décida de marcher afin de se calmer. Tout en contournant les douves pour se rendre au pont-levis, il se demanda s'il devait partager cette information avec le reste de la famille, puis jugea plus prudent de n'en rien faire avant qu'Abussos n'ait élucidé le mystère de la présence d'un dieu étranger à Émeraude. Toutefois, rien ne l'empêchait de mener sa propre enquête.

Tel qu'il l'avait promis à Héliodore, Onyx revint près de lui dans le hall et attendit qu'il ait terminé son repas. Assis à l'autre bout de la table, Lassa savourait un traité de poésie tout en gardant un œil sur l'enfant.

– Un jour, je saurai lire, moi aussi, déclara Héliodore.

– Et même dans plusieurs langues, prédit Onyx.

– J'ai fini ! Partons !

– Où allez-vous ? s'inquiéta Lassa.

– Je vais lui apprendre à nager. Nous ne serons pas partis longtemps.

Onyx transporta son petit-fils sur les plages dorées du Désert d'Enkidiev, là où le grand fleuve Mardall se jetait dans l'océan. Les nomades ne vivaient pas dans cette région en raison du manque d'ombre et de végétation. Il n'y avait que du sable à perte de vue et les vagues qui n'étaient pas aussi déferlantes que sur les côtes de Zénor seraient moins dangereuses pour Héliodore.

L'homme et l'enfant se défirent de leurs vêtements et coururent dans les flots. Onyx maintint alors Héliodore à la surface de l'eau en position horizontale, puis lui fit battre des pieds. Aussitôt, le garçon lui échappa et se mit à nager comme un poisson.

– Mais où vas-tu comme ça ? se réjouit le grand-père.

Il plongea derrière Héliodore et le suivit jusqu'à ce que les membres fatigués du petit refusent de lui obéir. Alors, il le prit dans ses bras et le ramena sur la plage.

– On dirait que tu as fait ça toute ta vie ! le félicita Onyx.

– C'était facile.

« Donc, c'est quelque chose que ce dieu savait déjà faire avant de s'emparer du corps d'Héliodore », songea le grand-père.

– C'est vraiment la première fois que tu nages ? voulut-il s'assurer.

Héliodore hocha la tête en souriant.

« Il n'a sans doute pas conscience qu'il est possédé », comprit Onyx. « Pourtant, quand je me suis infiltré dans la tête de Sage, puis de Farrell, je ne suis pas resté passif à les regarder agir… »

– Qui vit dans cet océan ?

– Toutes sortes de poissons, de crustacés et de mammifères marins.

– À quoi ils ressemblent ?

Devant l'enfant, Onyx fit apparaître sous forme d'hologrammes tous ceux dont il se souvenait.

– Ils n'en sortent jamais ?

– Seulement ceux qui respirent notre air, mais ils y retournent toujours.

– C'est dommage…

– Est-ce que tu as un autre nom qu'Héliodore ?

– Je ne sais pas. Est-ce que nous reviendrons souvent ici ? J'aime ça.

– Autant de fois que tu le désireras, mon trésor.

Onyx le sonda discrètement, mais contrairement à Abussos, il ne sentit rien d'anormal dans l'âme du garçon.

« Les dieux fondateurs peuvent-ils se tromper ? » se demanda-t-il.

– C'est tout pour aujourd'hui.

– Non… geignit l'enfant.

Il laissa son grand-père le rhabiller en faisant la moue. Onyx le ramena dans les appartements royaux, où Kaliska faisait les cent pas.

– Enfin ! s'exclama-t-elle.

– Je suis capable de nager, maman !

Elle le serra contre elle, soulagé qu'il soit de retour au palais.

– Il ne lui arrivera jamais rien tandis qu'il est avec moi, la rassura Onyx.

– Apprends-moi à lire, maintenant !

– Viens, mon chéri, fit Kaliska. Nous allons commencer pendant que ta petite sœur fait sa sieste.

Sans attendre qu'elle le remercie d'avoir diverti son petit-fils, Onyx se transporta magiquement jusque dans la grande cour, où il avait senti la présence de Napashni, afin de lui parler de ce qu'il avait appris.

Pendant ce temps, Abussos avait foncé vers la galaxie sur laquelle régnait son frère Strigilia avec sa femme Aéquoréa, afin de s'assurer que c'était bien l'énergie de ce dieu qu'il avait ressentie dans le corps d'Héliodore.

Il existait des frontières entre les univers, mais seules celles d'Achéron étaient férocement gardées. Habituellement, une immense membrane translucide facile à traverser les séparait.

Lorsqu'il arriva devant celle de Strigilia, il s'aperçut qu'elle était électrifiée. « Pourquoi a-t-il ressenti le besoin de se protéger ? » se demanda Abussos.

Il appela les divinités grâce à son esprit, mais ne reçut aucune réponse. Il tenta alors de scruter leur univers marin, mais n'y capta rien.

« Il n'y a plus qu'une seule façon de m'informer de ce qui se passe », conclut Abussos. Il fila aux confins de la galaxie, là où il avait été lui-même créé en même temps que tous les dieux fondateurs par Patris, le dieu primordial.

Une fois parvenu dans la nébuleuse en forme de spirale qui tournait sur elle-même depuis la nuit des temps, il se posa sur la planète où la vie avait commencé. Il n'avait que quelques heures de vie lorsqu'il avait été catapulté dans son propre univers avec Lessien Idril, mais il avait gardé de bons souvenirs de cet endroit. Rien n'y avait changé : le domaine de Patris baignait toujours dans la même sérénité.

Le père de tous les dieux avait choisi de vivre sur une grande île couverte de végétation luxuriante et entourée de plages ensoleillées. Son palais se situait tout au centre, au pied d'un volcan endormi. De son cratère désormais rempli d'eau une chute coulait dans un profond bassin.

Abussos s'approcha de la haute hutte circulaire où vivait le vieil ermite. À la porte, une affiche demandait aux visiteurs d'enlever leurs chaussures. Pourtant, il ne venait jamais personne dans ce refuge perdu. Puisqu'il allait toujours pieds nus, Abussos entra sans s'arrêter. Il s'avança jusqu'au feu magique qui pétillait au centre de la vaste pièce.

– Sois le bienvenu, Abussos.

– Père, je ne désire pour rien au monde vous tourmenter, mais je dois vous parler.

– Approche, je t'en prie.

Il contourna le foyer et aperçut le vieillard assis sur une chaise en paille tressée, mais il n'était pas seul. Une femme aux longs cheveux roux se tenait près de lui. Elle portait une robe composée de petites écailles vert émeraude qui brillaient à la lueur des flammes.

– Aéquoréa ?

– Heureuse de te revoir, Abussos, fit-elle avec un sourire triste.

– Pourquoi es-tu ici ?

– Approche, mon enfant, exigea Patris.

Abussos s'arrêta à quelques pas du créateur de toute vie.

– J'espère que tu n'es pas ici pour les mêmes raisons qu'Aéquoréa.

– Je ne le crois pas, mais j'ai l'impression qu'elles pourraient être reliées. Je me suis arrêté à la frontière de votre monde marin, il y a un instant, et je n'y ai trouvé personne.

– Nous avons été victimes d'une grande trahison, l'informa la déesse rousse.

– Un envahisseur a causé la perte de leur univers, expliqua Patris, l'air grave.

– De qui s'agit-il ? s'alarma Abussos.

– C'est ce que nous tentons de déterminer. Heureusement, Aéquoréa a réussi à s'échapper et elle a eu la présence d'esprit de venir jusqu'à moi.

Abussos préféra attendre avant de leur révéler que sa contrepartie, Strigilia, se trouvait à Émeraude.

– Il est en effet essentiel d'identifier cet envahisseur si nous voulons l'empêcher de s'en prendre à d'autres mondes, fit-il plutôt. S'agit-il d'une armée ? De sorciers ?

– Je n'ai vu qu'une seule entité drapée d'une longue tunique dorée flotter au-dessus de notre cité, lui relata Aéquoréa. Je ne sais même pas si c'est un homme, une femme ou une créature. La silhouette a levé ce qui ressemblait à un bras et toute la planète a frémi. Strigilia a pris ma main et m'a entraînée à une vitesse folle dans l'espace. Nos descendants nous ont suivis, mais l'assassin les a tués les uns après les autres. Mon époux m'a poussée à travers la membrane et je ne l'ai plus revu…

– Qui soupçonnez-vous ? se troubla Abussos en se tournant vers Patris.

– Seuls les dieux possèdent une telle puissance et je n'en ai créé aucun capable d'une telle méchanceté. Retourne chez toi, mon enfant, et protège ton univers pendant que je tente d'identifier l'agresseur. Dès que je l'aurai retrouvé, je me chargerai de lui.

Abussos ne lui parla pas tout de suite du Prince Héliodore, au sein de qui se cachait le dieu-crabe, car il ignorait si leur ennemi pouvait les entendre. Il se courba plutôt avec respect et quitta Patris.

DÉCISION DIFFICILE

Dès que les enfants furent remis à leurs gouvernantes pour qu'elles les mettent au lit, Onyx fit savoir à Napashni, Lassa, Kira et Kaliska qu'il voulait les voir dans son ancien hall.

Le petit groupe se réunit autour de la grande table quelques minutes plus tard.

— Tu as donc appris quelque chose, devina Kira.

— En effet. J'ai eu une longue conversation avec Abussos. Ses fouilles dans la tête de Kimaati n'ont rien donné et Achéron a refusé de lui remettre le bracelet magique qui a expédié nos enfants dans le vortex.

— Nous laissera-t-il au moins pénétrer dans son monde ?

— Il nous donne la permission d'y envoyer deux personnes, mais elles ne doivent avoir aucun pouvoir magique.

— Comment localiseront-elles Wellan et Nemeroff autrement ? s'inquiéta Lassa.

— Je l'ignore, mais ce sont les conditions d'Achéron, à prendre ou à laisser.

— Ce n'est pas idéal, mais c'est mieux que rien, tenta de les encourager Kira.

— Qu'en est-il des raccourcis qui sont censés être disséminés dans notre monde ? s'enquit Napashni.

— Si je savais où ils se trouvent, je ne serais pas ici en train de vous parler, ronchonna Onyx.

— Tu ne l'as pas demandé à Abussos ? s'étonna Lassa.

– Tayaress, son serviteur immortel, est le seul à connaître l'emplacement de ces portails. Il n'en a jamais parlé à son maître et il a disparu.

– Il nous faudra donc choisir les braves qu'Achéron laissera entrer dans son monde, intervint Kaliska. Mais où trouverons-nous deux héros qui accepteront de risquer leur vie dans un univers qui leur est complètement inconnu ?

– Très bonne question, soupira Lassa.

– Le nombre des volontaires potentiels est en effet limité, ajouta Kira.

– Je suggère que votre famille en nomme un et que la mienne choisisse l'autre, suggéra Onyx. Je vais donc rentrer chez moi avec Napashni pour en discuter. Rencontrons-nous ici demain à la même heure et voyons ce que ça donnera. Êtes-vous d'accord ?

Kira trouva étrange qu'il leur demande leur avis au lieu de leur imposer sa volonté comme il avait l'habitude de le faire.

– Moi, ça me va, annonça Lassa.

Kaliska et Kira acceptèrent également.

– Laisse-moi embrasser nos petits-enfants une dernière fois avant de partir, réclama Napashni.

Onyx lui fit signe d'y aller. Tandis qu'elle quittait le hall en compagnie de Kaliska, il fit apparaître une coupe de vin dans sa main et se planta devant le feu pour la boire.

– Dis-nous ce qui te tracasse, l'encouragea Kira.

– Je n'ai pas voulu en parler devant votre fille, car elle a déjà son lot de tourments, mais aux dires d'Abussos, Héliodore héberge l'âme d'un dieu en provenance d'un autre monde.

– Un autre fils d'Achéron ? se fâcha-t-elle.

– Non, cette fois, il s'agit d'une divinité qui a besoin d'échapper à un grave danger. Ne commence pas à me harceler de questions, car je n'en sais pas plus.

– Comme si nous avions besoin de ça… grommela Lassa.

– Abussos m'a recommandé de ne pas l'extirper du corps de notre petit-fils tant qu'il n'en aura pas appris davantage.

– Ça va de soi, acquiesça Kira. Nous le garderons à l'œil et nous le protégerons au besoin.

– Et si ses intentions étaient mauvaises ? supposa Lassa.

– Nous l'obligerons alors à quitter le corps d'Héliodore et à nous rendre des comptes, fit durement Onyx.

– Est-ce possible sans faire de mal à l'enfant ?

– Faites-moi confiance. Je suis un expert dans ce domaine.

Onyx déposa sa coupe sur la table.

– Vous avez jusqu'à demain soir pour trouver votre héros.

Il se dématérialisa et réapparut dans la chambre royale, où Napashni était en train de remettre Agate dans son berceau.

– Il est temps de partir, la pressa Onyx.

– Merci d'aider mon mari et mon frère à rentrer à la maison, fit Kaliska, émue.

– C'est le rôle d'un père.

Onyx prit la main de sa femme et l'entraîna dans son vortex. Rassemblant son courage, la jeune maman alla s'assurer qu'Agate était bien installée et qu'elle était au chaud. Elle remua doucement le berceau jusqu'à ce qu'elle s'endorme et ne put s'empêcher de penser à Nemeroff qui n'était pas là pour la dorloter lui aussi.

Kaliska essuya une larme et se rendit à la chambre de son fils, la plus rapprochée de la sienne. Héliodore était assis sur son lit, entre Maélys et Kylian qui lui lisaient une histoire dans un grand livre. La mère resta appuyée contre le cadre de la porte et les écouta pendant un petit moment. Les trois enfants avaient le même âge, mais son fils accusait un inquiétant retard d'apprentissage sur les jumeaux, qui étaient en réalité son oncle et sa tante.

– C'est l'heure de se coucher, les avertit Kaliska.

– Encore quelques minutes, maman !

– Il est tard, mon beau petit prince et tu as besoin de te reposer.

– Nous continuerons demain, décida Maélys en refermant le livre.

Elle embrassa Héliodore sur la joue et sauta du lit, aussitôt suivie de Kylian.

– Bonne nuit, Kaliska ! firent-ils en chœur en quittant la chambre.

– Pourquoi faut-il toujours dormir, maman ? se découragea Héliodore.

Kaliska alla s'asseoir près de lui et replaça ses cheveux noirs derrière ses oreilles avec affection.

– Parce que c'est la meilleure façon de refaire nos forces, mon chéri.

– Même quand on n'a pas sommeil ?

– Tu peux utiliser le même truc que moi, quand ça t'arrive. Pense à tout ce que tu as fait durant ta journée et au plaisir que tu as eu, puis essaie d'imaginer ce que tu feras le lendemain.

– D'accord, je veux bien essayer.

Elle l'embrassa sur le front.

– Toi, maman, à quoi tu penses ?

– À mes merveilleux enfants et à tout le bonheur qu'ils m'apportent.

– Je peux aussi penser à mon père ?

– Je t'y encourage, Héliodore. Tu vas tellement l'aimer lorsqu'il rentrera à la maison.

– Quand ?

– Très bientôt, je te le promets.

Marek apparut alors à la porte.

– Kaliska, nous sommes convoqués par nos parents, lui dit-il.

– Je reviendrai tout à l'heure pour voir si tu as réussi à t'endormir, mon chéri.

Elle remonta la couverture jusqu'au menton d'Héliodore et suivit Marek, après avoir averti les gouvernantes qu'elle devait s'absenter.

– Il est tard pour une discussion, grommela Marek.

– C'est sûrement important.

Ils rejoignirent Kira et Lassa dans le hall. Leur frère Lazuli était déjà arrivé. Seuls les jumeaux n'avaient pas été conviés à cette assemblée familiale, car ils étaient trop jeunes pour qu'on les inquiète avec ce problème.

– Nous avons une importante décision à prendre, commença Kira, et je veux que vous y participiez.

– C'est plutôt rare qu'on me demande mon opinion, dit Marek, sarcastique.

– Assieds-toi et ouvre tes oreilles, petit plaisantin.

Kaliska et Marek prirent place parmi eux.

– Comme vous le savez déjà, Wellan et Nemeroff ont disparu à l'issue des combats à An-Anshar, expliqua Lassa. Nous avons de bonnes raisons de croire qu'ils se trouvent dans le monde sur lequel règne le dieu fondateur Achéron.

– Le père de Kimaati, donc ? fit Marek.

– Exactement.

– À quoi ressemble son monde ? demanda Lazuli.

– Nous n'en avons pas la moindre idée, l'informa Kira.

– Allez-vous nous annoncer que vous partez le chercher ? s'inquiéta Lazuli.

– Malheureusement, Achéron ne laissera entrer aucun magicien chez lui, précisa Lassa. Ce soir ou demain, nous devons trouver un volontaire dénué de tout pouvoir, pendant qu'Onyx et sa famille feront la même chose de leur côté.

– Est-ce qu'on connaît quelqu'un qui n'a aucune faculté magique et qui est assez audacieux pour s'aventurer dans un monde peuplé de fous comme Kimaati ? lâcha Marek, étonné.

– Il y a forcément quelqu'un qui remplit ces conditions.

– Ce ne pourra évidemment pas être un membre de notre famille, puisque nous possédons tous des pouvoirs, ajouta Lassa. Tout comme nos frères d'armes, d'ailleurs.

– Je pourrais sans doute me jeter un sort qui m'enlèverait tous les miens, proposa Kaliska. Ainsi, je pourrais partir moi-même à leur recherche.

– Il n'en est pas question, l'avertit Kira.

– De toute façon, ce type de sortilège ne fonctionne pas sur les dieux, renchérit Lassa.

– Tu n'as aucune expérience militaire qui te permettrait de te défendre sans tes pouvoirs, poursuivit Kira. Tu ne sais même pas comment traquer quelqu'un.

– Pire encore, personne ne sait ce qui se passe réellement là-bas, enchaîna le père. Tu pourrais être capturée et tuée avant de découvrir une piste valable.

– Votre manque de confiance me trouble grandement, balbutia Kaliska.

– Sois réaliste, ma chérie. Tu as l'âme d'une guérisseuse, pas d'une guerrière.

– Maintenant que vous nous avez tous écartés, intervint Marek, creusons-nous l'esprit afin de trouver un soldat ou un chasseur qui n'est pas magicien.

Ils gardèrent le silence pendant de longues minutes, repassant dans leur esprit tous ceux qu'ils connaissaient.

– On pourrait sans doute trouver quelqu'un qui réponde à ces critères chez les Itzamans, suggéra Marek.

– C'est une excellente idée, puisque plusieurs de leurs bons guerriers sont loyaux à Onyx, reconnut Lassa.

– En fait, nous pourrions certainement lancer un avis dans toute la population d'Enlilkisar, fit Kira, songeuse.

– Pourquoi ne vous adressez-vous pas à Sage ? laissa tomber Lazuli.

Les membres de la famille le fixèrent avec surprise.

– Il a été Chevalier d'Émeraude, poursuivit l'adolescent. Il a perdu ses pouvoirs en même temps que les autres dieux quand Abussos s'est fâché contre eux. Mieux encore, Nemeroff est son meilleur ami et il a toujours vénéré Wellan.

– Je déteste devoir l'admettre, mais il a raison, soupira Kira.

– En fait, si Sage accepte cette mission, ce serait un excellent choix, commenta Lassa.

– Plus simple que d'aller parlementer avec les Itzamans, en tout cas, concéda Marek.

– Surtout qu'Onyx veut une réponse demain soir.

– Merci, les enfants, conclut Kira. Je suis contente que nous puissions prendre des décisions ensemble.

– On aurait pu avant, tu sais, maugréa Marek.

– Allez, ouste ! Au lit.

Les deux garçons lui décochèrent un regard espiègle, mais ne répliquèrent pas. Ils quittèrent plutôt le hall ensemble. Kaliska, qui ne s'était pas sentie visée par cet ordre, resta sagement assise avec ses parents.

– Tu dors debout, ma chérie, déclara Kira.

– Comment as-tu fait pour en élever six ?

– Ta mère a toujours débordé d'énergie, plaisanta Lassa.

– Lequel de vous deux ira parler à Sage ? demanda Kaliska.

– Ce sera moi, décida Kira.

– En es-tu bien certaine ? s'inquiéta Lassa.

– J'ai besoin de me prouver que c'est bien fini entre lui et moi et que je suis suffisamment mûre pour le traiter en ami, désormais.

– Es-tu consciente que les choses pourraient mal se passer ?

– Mieux que quiconque. Si je n'arrive pas à le persuader, je te passerai le flambeau.

– Alors, soit. Je vais raccompagner notre fille jusqu'à l'étage pour être certain qu'elle ne s'évanouisse pas en chemin.

– Je suis seulement épuisée, papa, pas à l'article de la mort.

Lassa lui prit la main et disparut avec elle. Pour se donner du courage, Kira jeta un œil dans la coupe d'Onyx, au cas où il n'aurait pas fini de la boire, mais l'ancien roi ne gaspillait jamais de vin. Elle s'accroupit donc devant le feu, heureuse de se réchauffer, et laissa son esprit errer en direction de la ville d'Espérita où vivait maintenant Sage. Elle le repéra dans sa maison, la dernière au bout de sa rue. Il était assis devant son âtre, lui aussi, et il ne dormait pas.

– Advienne que pourra, murmura Kira.

Elle n'avait jamais complètement maîtrisé ses vortex, mais avec les années, ils l'avaient transportée de plus en plus près de ses destinations. Pour éviter de se retrouver dans la cheminée, elle choisit donc d'apparaître à l'extérieur de la ville, dans un champ qu'elle connaissait. Quand elle y fut, il faisait un noir d'encre. Au loin, seuls de petits points lumineux scintillaient aux fenêtres des nouveaux Espéritiens.

Kira alluma ses paumes pour éclairer sa route tout en se dirigeant vers l'énergie de Sage. Lorsqu'elle arriva finalement dans sa rue, elle vit qu'il était debout sous le porche.

– Tu es loin de chez toi, remarqua-t-il de sa voix si douce.

– Et toi, tu es enfin revenu dans ton pays natal.

– J'ai senti ton énergie quand tu es sortie du vortex. C'est Dylan que tu cherches, ou c'est moi ?

– C'est toi.

– Je t'en prie, entre et viens boire du thé. Je viens juste d'en préparer.

Elle pénétra dans une petite pièce qui servait de salon et de cuisine à la fois. Sage lui indiqua l'un des deux fauteuils berçants qui se trouvaient près du foyer.

– Ce n'est pas un château, mais j'y vis à l'aise, mentionna-t-il en apercevant le regard perturbé de son ancienne femme.

– C'est ce qui compte, j'imagine.

Il versa le thé dans les tasses et lui en tendit une avant de s'asseoir à son tour.

– Es-tu ici pour m'annoncer que notre fils a encore fait des bêtises ? demanda-t-il.

– Lazuli ? C'est le plus sage de tous mes enfants.

– Si ce n'est pas pour me parler de lui que tu es venue, alors pourquoi ?

– Je suis venue te demander une faveur.

– Tu sais bien que je ne peux rien te refuser.

Kira dut se faire violence pour ne pas se jeter dans ses bras et lui demander pardon d'avoir épousé un autre homme quand tout le monde l'avait cru perdu.

– C'est quelque chose de très dangereux.

– Je n'ai jamais reculé devant le danger. Enfin… peut-être un peu pendant ma première année avec les Chevaliers d'Émeraude, mais je me suis endurci par la suite.

– Je m'en souviens très bien.

– De quoi s'agit-il ?

– Comme tu le sais déjà, Wellan et Nemeroff ont été aspirés dans le vortex de Kimaati. Depuis ce temps, nous cherchons une façon de les localiser et de les ramener à la maison.

– Tu crois que je saurais comment ?

– Nous avons épluché toutes les solutions et il n'en reste plus qu'une : aller les chercher.

– Vous savez donc où ils se trouvent ? se réjouit Sage.

– Nous pensons qu'ils sont perdus dans le monde d'Achéron.

– L'homme chauve qui est reparti avec le corps et la tête de son fils après les combats ?

Kira hocha doucement la tête.

– Il a accepté de laisser venir deux personnes sur sa planète, à condition qu'elles ne possèdent aucune magie.

– Même après qu'Abussos a retiré aux dieux aviaires leurs pouvoirs, j'ai conservé celui de la télépathie et Nemeroff m'a donné celui de créer des vortex.

– Oh… tu aurais tellement été le candidat idéal pour cette mission. Il nous faut quelqu'un qui sache se battre, suivre une piste et qui ne reculera devant rien pour retrouver Wellan et Nemeroff.

– Onyx pourrait me retirer temporairement ces pouvoirs, le temps que je me rende dans cet univers.

– Donc, s'il arrivait à faire ça, tu accepterais ?

– Croyais-tu vraiment que j'allais dire non ?

– Tu t'es enfin rebâti une vie et là, je te demande de replonger dans l'inconnu et le danger.

– Tu connais aussi l'attachement que j'éprouve pour ces deux hommes : l'un m'a tendu la main comme à un frère d'armes quand je n'étais qu'un moins que rien, et l'autre n'a cessé de me prodiguer des bienfaits depuis que je suis revenu à Espérita. Je ne les laisserai pas tomber… Je ne te laisserai pas tomber.

– Si tu savais à quel point ta décision me fait plaisir.

– Tu as dit tout à l'heure que nous serions deux. Qui sera mon compagnon dans cette aventure ?

– C'est Onyx qui doit le choisir, alors je ne le saurai que demain. Lorsque nous connaîtrons son identité, je reviendrai te chercher.

– Nous risquons de nous retrouver dans un fossé ou une botte de foin à Émeraude, la taquina-t-il.

– Si tu n'as pas confiance, je demanderai à Lassa de venir à ma place, répliqua-t-elle, offusquée.

– Tu es encore très susceptible.

– Je m'améliore.

– N'est-ce pas notre but à tous ?

– Avant que je retourne à Émeraude, Sage, je veux que tu saches que je suis profondément désolée de la tournure qu'ont prise les choses pour nous.

– Et moi, je suis très heureux que tu ne sois pas restée enfermée au château à te morfondre. Toutefois, même si tu appartiens désormais à un autre homme, ne je cesserai jamais de t'aimer.

Kira prit la fuite, car elle sentait les larmes lui monter aux yeux. Dès qu'elle fut dans la rue, elle forma son vortex et quitta Espérita.

LES CHOISIS

Onyx et Napashni réapparurent dans le vestibule de la forteresse d'An-Anshar et se dirigèrent vers le hall, certains d'y trouver leurs enfants en train de se régaler. En les voyant entrer, Obsidia sauta de sa chaise et courut à leur rencontre. L'enfant étreignit son père et sa mère tour à tour.

– Nous avons tellement de belles surprises pour vous ! s'exclama-t-elle.

– Est-ce qu'elle vient de faire une phrase complète ? s'étonna Onyx.

– Et est-ce qu'elle n'est pas plus grande que quand nous sommes partis ? ajouta Napashni.

– Ça fait partie des surprises, affirma Anoki. Vous feriez mieux de vous asseoir.

Napashni et Onyx se rendirent à leur place habituelle en se demandant ce que leurs petits avaient encore inventé en leur absence.

Ils scrutèrent tous les visages et surtout celui d'Ayarcoutec, qui avait l'habitude de faire des bêtises. Elle avait un petit air coupable, mais ce n'est pas ce qui les alarma le plus.

– Où est Kaolin ? s'inquiéta la mère.

– Ici, maman, fit un garçon de six ans, assis entre Jaspe et Anoki.

Les parents écarquillèrent les yeux, sans voix.

– Je peux tout vous expliquer, fit alors Obsidia.

– Sommes-nous revenus dans le bon château ? plaisanta Onyx en se tournant vers sa femme.

– Je vous en prie, écoutez-moi !

– Qu'est-ce que tu as encore fait ? se méfia la mère.

– Elle n'a pas été capable de vous obéir, répondit Ayarcoutec à la place de sa sœur. Elle a utilisé sa magie pour faire vieillir son frère jumeau, que nous n'avons d'ailleurs plus le droit d'appeler Kaolin.

– Nous nous sommes endormis dans le hall d'Émeraude, murmura Onyx, incrédule. Et nous sommes en train de faire le même rêve.

– Non, tu ne dors pas, papa, affirma Obsidia. C'est vrai que c'est ma faute s'il est grand maintenant, mais je suis contente que tout ait bien fonctionné.

– Mais comment as-tu pu apprendre à t'exprimer aussi correctement en si peu de temps ?

– Son vrai nom, c'est Lazuli et, pour me témoigner sa gratitude, il m'a montré à bien parler en une seule nuit.

– Nous ne pourrons plus jamais les laisser à eux-mêmes, fit Onyx, découragé.

Il tourna la tête vers Azcatchi, qui présidait la tablée.

– Je n'ai rien pu faire, déclara-t-il. Quand je suis arrivé dans la chambre de la petite, il était déjà trop tard.

– Je n'ai pas fini de parler ! l'avertit Obsidia.

– C'est dommage que ton frère n'ait pas amélioré tes bonnes manières en même temps que ton vocabulaire, répliqua Napashni.

– Elle n'en a jamais eues pour commencer, grommela Ayarcoutec.

– Les filles, pas de querelle, intervint Onyx.

– Mon but, c'était de nous rendre capables de vous aider dans vos recherches, précisa Obsidia. Nous ne sommes plus des bébés foudres, mais des enfants foudres, capables de raisonner.

– Ouvre grand tes oreilles, jeune dame. Je ne veux plus jamais que tu utilises ta magie de cette façon.

– Mais…

– Est-ce clair ? Plus jamais ou je t'imposerai des sanctions sévères.

– C'était pour une bonne cause !

Offensée, la petite s'enfuit en pleurant.

– Je m'en occupe, annonça Napashni en la suivant.

Onyx savait que sa femme n'irait pas à l'encontre de sa décision et qu'elle en profiterait pour faire comprendre à l'enfant que ce genre d'initiative devrait à l'avenir être sanctionnée par ses parents. Il se tourna plutôt vers le garçon qui, avant son départ, portait encore des couches. Comme Héliodore, il était tout le portrait de Nemeroff.

– Alors, tu n'aimes pas le nom que nous avons choisi pour toi ?

– Ce n'est pas le mien.

– Pourquoi veux-tu reprendre celui de Lazuli ?

– Parce que c'est ainsi que ma véritable mère m'a appelé.

– On a essayé de lui expliquer que c'étaient maman et toi ses vrais parents, mais il ne veut rien entendre, intervint Anoki.

Azcatchi vit les traits d'Onyx se durcir, alors il décida de faire monter les enfants à l'étage des chambres pour qu'ils prennent leur bain. Anoki et Ayarcoutec, qui n'aimaient pas voir leur père se mettre en colère, se précipitèrent vers le grand escalier. Pour décrocher Jaspe de son assiette, Azcatchi dut le prendre dans ses bras. Il ne restait plus que Kaolin à la table.

– Parle, exigea Onyx qui voulait s'assurer que l'enfant était bel et bien son frère de foudre et qu'il n'abritait pas une autre divinité en fuite.

– J'ignore comment je suis revenu à la vie, mais avant de reprendre conscience dans ce monde, je me trouvais dans le hall des disparus.

Onyx se rappela alors qu'il avait utilisé un puissant sort pour arracher Nemeroff de la mort et s'aperçut que sans le vouloir, il avait fait d'une pierre deux coups.

– Qui es-tu, alors ?

– Je suis vraiment Lazuli, fils des dieux fondateurs, incarné sur cette planète il y a des milliers d'années, lorsqu'elle n'était encore habitée que par des Enkievs.

Le garçon regardait Onyx droit dans les yeux sans la moindre appréhension, comme Nemeroff le faisait au même âge.

– Est-ce que tu veux continuer à faire partie de cette famille ?

– C'est plutôt bien, ici.

– Alors il te faudra te plier à nos règles.

– Je serais bien le seul, plaisanta-t-il avec un demi-sourire.

– Un petit farceur, en plus. En fait, je n'ai pas beaucoup d'exigences.

– Je sais, pas de magie.

– C'en est une. Et l'autre, c'est de ne pas quitter cette forteresse en cachette pour faire je ne sais quoi, même si c'est louable.

– Bien compris. Puis-je être excusé, maintenant ?

Onyx se contenta de hocher la tête en se demandant pourquoi il continuait de concevoir des enfants aussi opiniâtres. Il attendit que Lazuli ait quitté le hall pour se transporter dans la chambre royale à l'aide de son vortex. Il ôta ses vêtements et entra dans une petite pièce qu'il avait transformée en salle de bain en creusant un bassin dans le plancher et en faisant sortir du mur un tuyau qui plongeait dans la rivière au pied des volcans. D'un geste de la main, il y fit couler de l'eau, qu'il réchauffa une fois qu'elle se mit à remplir le bain. Il y entra pour essayer de se relaxer.

– C'est toi qui voulais une grosse famille ? le taquina Napashni en passant la tête par l'entrebâillement de la porte.

– Je pensais justement à tous les retourner à l'âge de trois ans pour qu'ils arrêtent de remettre mon autorité en question.

– Il est un peu tard pour Atlance, Fabian, Maximilien, Cornéliane et Nemeroff.

– Ils ne vivent pas ici.

– Dois-je conclure que ton entretien avec Kaolin ne s'est pas bien passé ?

Elle le rejoignit dans le bassin et se mit à laver les longs cheveux noirs d'Onyx, sachant que cela l'apaiserait.

– C'est Lazuli, le fils d'Abussos, et il tient à le rester.

– Tiens donc.

– Ça commence à être trop compliqué pour moi toutes ces histoires de dieux incarnés parmi les humains.

– Tu en es un toi-même, Onyx, lui rappela sa femme.

– Ne pourrions-nous pas avoir une vie de famille normale ?

– Tu t'ennuierais à en mourir.

Ce commentaire réussit à lui arracher enfin un sourire.

– Les enfants sont en train de nous faire oublier ce que nous sommes revenus faire ici.

– Tu veux qu'on discute maintenant du choix de notre candidat pour la mission chez Achéron ? proposa-t-elle.

– Je pense que j'ai déjà notre homme. Azcatchi n'a plus de magie. Il est capable de se battre, j'en ai fait l'expérience, et il sait traquer.

– Tu as lu dans mes pensées, car je songeais justement à lui. En plus, il t'est loyal et il connaît déjà Wellan.

– J'irai lui en parler tout à l'heure, quand ce château sera redevenu tranquille.

Même de leurs appartements, ils pouvaient entendre les cris des enfants qui jouaient à cache-cache à l'étage. Napashni embrassa son mari et se sécha. Elle enfila une confortable tunique rouge feu, puis alla réclamer un peu de calme. Libérant Azcatchi de sa tâche de courir après l'un et l'autre, elle rassembla ses petits dans le lit d'Anoki pour leur raconter une histoire. Même Lazuli se mêla au petit groupe. Entassés devant leur mère, le dos enfoncé dans de moelleux oreillers, Anoki, Ayarcoutec, Jaspe, Obsidia et son jumeau écarquillèrent les yeux tandis que Napashni leur décrivait la vie au pays des Fées.

Onyx en profita pour se prélasser encore un peu, puis revêtit une tunique noire. Il repéra son fidèle serviteur à l'extérieur de la forteresse. Sans doute avait-il besoin d'air après avoir veillé sur la marmaille en l'absence du couple royal. Onyx décida d'utiliser l'escalier pour se rendre jusqu'aux grandes portes afin de se délier les jambes. Si les vortex représentaient une façon rapide de se déplacer, ils avaient aussi le fâcheux défaut de rendre leurs utilisateurs plus paresseux.

Il trouva Azcatchi assis sur le sol, adossé à la grande fontaine. Il regardait les étoiles apparaître une à une dans le ciel. Il prit donc place près de lui.

– Tu as besoin de silence, toi aussi ?

– Parfois, admit Onyx.

– Je suis désolé de ne pas avoir prévu ce que ferait Obsidia.

– Comme si c'était possible à prévoir.

– Je suis content que ça t'amuse.

– On ne peut pas empêcher les enfants de faire des bêtises. Il faut juste les réparer à temps.

– Tu as raison.

– Aucun problème avec les autres ?

– Kaolin est encore plus méfiant que lorsqu'il était bébé, mais au moins il communique davantage, maintenant.

– Nous lui donnerons une chance de faire sa place dans la famille en tant que Lazuli, ce qui ne sera pas évident avec Obsidia. Si je vois qu'il est trop malheureux, je l'enverrai chez Kira.

– Tu n'es pas venu me parler des enfants, n'est-ce pas ?

– Non.

– Quelque chose te tourmente depuis que tu es revenu.

– Nous avons reçu la permission d'Achéron d'envoyer deux personnes à la recherche de Wellan et de Nemeroff dans son monde.

– Tu iras ?

– Malheureusement, le rhinocéros tient à ce que ces sauveteurs ne possèdent aucune magie.

– Alors, laisse-moi y aller à ta place. Je n'ai plus aucun pouvoir.

– C'est une mission très dangereuse et nous n'avons aucune assurance qu'elle peut être accomplie.

– Tu sais bien que je ferai n'importe quoi pour le fils d'Abussos.

– J'aimerais quand même que tu prennes le temps d'y penser un peu.

– Qui est l'autre personne ?

– Je n'en sais rien encore. C'est Lassa et Kira qui doivent la choisir.

– Je suis certain qu'ils feront un bon choix.

Le lendemain soir, Onyx décida de partir seul avec Azcatchi et de laisser Napashni à la forteresse pour éviter que leur benjamine ne fasse d'autres bêtises. Il voyagea donc jusqu'à Émeraude par vortex et réapparut dans le hall avec l'ancien assassin.

– Par tous les dieux, c'est lui que tu as choisi ? s'étonna Lassa en les voyant approcher.

Azcatchi ressemblait tellement à Onyx qu'on aurait dit qu'il était son sosie, sauf pour ses yeux injectés de sang.

– Je lui fais entièrement confiance. Qui avez-vous trouvé ?

Onyx avait remarqué l'absence de Kira, mais aussi la présence d'un homme vêtu de noir qui se tenait près de l'âtre. Sage se retourna.

– Tu ressembles toujours à Farrell, laissa-t-il tomber.

– Je l'ai rendu plus séduisant, ironisa Onyx.

Il le conduisit devant Azcatchi.

– Sage, je pense que tu le connais déjà.

– Eh oui, l'homme qui a essayé de te tuer je ne sais combien de fois quand il était un dieu ! laissa échapper Lassa.

– C'est de l'histoire ancienne ! s'exclama Onyx.

Sage et Azcatchi se serrèrent la main pour montrer qu'ils désiraient oublier le passé. Tous les deux avaient de longs cheveux noirs, mais les yeux de Sage étaient lactescents et brillaient comme des miroirs.

– Vous allez apprendre à mieux vous connaître au cours des prochains jours, les encouragea Onyx.

– Il y a cependant un petit souci que tu pourrais sans doute régler, intervint Lassa.

– Souci ?

– Achéron exige que les personnes choisies ne possèdent aucune magie. Or Sage possède le don de la télépathie et il peut créer des vortex. Pourrais-tu lui retirer temporairement ces facultés magiques pour qu'il puisse partir avec Azcatchi ? Sinon, nous ne savons pas qui pourrait mieux s'acquitter de cette mission que lui…

– Ce n'est pas au-delà de mes limites…

Onyx remarqua la pierre transparente que Sage portait au cou. Elle avait appartenu à sa mère et, depuis qu'il l'avait retrouvée, il ne s'en séparait plus.

– Je vais enfermer ces pouvoirs dans ton talisman et te montrer comment les en retirer quand tu en auras besoin, déclara-t-il.

– C'est une excellente idée, acquiesça Sage.

Onyx plaça une main sur le plexus solaire du jeune homme et serra la pierre dans l'autre. Le transfert d'énergie fut instantané.

– Voilà, c'est fait. J'ai même masqué la magie que recèle désormais cette pierre.

Il lui expliqua en quelques mots comment il pourrait l'en libérer.

– Maintenant que nous avons nos deux volontaires, qu'est-ce qu'on fait ? s'enquit Lassa.

– Abussos, nous sommes prêts ! lança Onyx.

Le dieu fondateur leur apparut aussitôt.

– Vous n'avez pas perdu de temps, commenta le colosse à la peau bronzée. Je vais donc demander à Achéron qu'il tienne sa promesse.

– Où devrons-nous attendre pendant ce temps ? voulut savoir Sage, sans cacher son admiration pour le dieu fondateur.

– Puisque vous êtes mortels, je ne peux pas vous ramener dans mon monde, car vous ne pourriez pas y respirer. Je vous demanderai donc de rester ici. Je viendrai vous chercher dès que je serai certain que vous pouvez vous introduire dans l'univers d'Achéron sans danger.

Abussos disparut sans que personne ait le temps de le remercier ou de le saluer.

– On voit de qui tu tiens, fit remarquer Lassa à Onyx.

– Les gens importants n'ont pas de temps à perdre, répliqua-t-il en riant. Je peux laisser Azcatchi à tes soins ?

– Oui, bien sûr.

– Je dois retourner chez moi, où ma petite dernière fait la pluie et le beau temps.

– Je sais ce que c'est.

Onyx se tourna vers Azcatchi et lui serra les bras.

– Bonne chance.

– Je n'en aurai pas besoin. Bientôt, ceux que vous avez perdus vous seront rendus.

– Et je te tiendrai informé du moment de leur départ, promit Lassa.

Après avoir pris le temps de les saluer pour le faire mentir, Onyx se dématérialisa à son tour.

— Je vais aussi te faire préparer une chambre, annonça Lassa à Azcatchi.

— Ce ne sera pas nécessaire, rétorqua Sage. Il y a deux grands lits dans ma suite.

Puisqu'il connaissait déjà le palais comme le fond de sa poche, Sage le fit visiter à son nouveau compagnon d'aventure. Azcatchi écoutait ses commentaires sans poser de question. Son cerveau enregistrait tout, mais il s'abstenait de porter des jugements. Ils terminèrent la tournée dans la chambre qu'ils allaient partager jusqu'à leur départ.

— Tu as eu une excellente idée de porter des vêtements foncés, commenta Sage. Je ne sais pas où nous allons, mais il sera préférable de passer inaperçus le plus possible. Sais-tu te servir d'une épée ?

— Onyx me l'a enseigné, mais il dit aussi qu'il ne faut pas hésiter à utiliser tout ce qui nous tombe sous la main quand il s'agit de se défendre.

— Notre but n'est pas d'aller faire la guerre aux habitants de ce monde, mais nous devons en effet rester en vie si nous voulons accomplir notre mission.

— Tu continues de croire que je suis un assassin, n'est-ce pas ?

— J'ai vécu dans ta famille, Azcatchi. Je ne peux pas ignorer ce que tu as fait.

— À l'époque, je n'avais pas le choix : je devais survivre. Mais j'ai changé, grâce à Onyx.

— Je veux juste m'assurer que nous ne sèmerons pas la pagaille chez Achéron.

— J'avais compris.

— Alors, reposons-nous pendant que nous le pouvons encore.

Sans protester, Azcatchi s'allongea docilement sur son lit. Sage ne put s'empêcher de se demander s'il conserverait long-temps cette attitude qui lui faisait cruellement défaut autrefois ou s'il préparait quelque chose. Il le saurait bien assez vite. Il se coucha à son tour et se prépara mentalement à sa mission.

DHOLOVIRAH

Pour faire un peu d'exercice, Wellan retourna seul aux gros chênes où pendait une nouvelle centaine d'Aculéos. Dholovirah ne lui paraissait pas être le type de femme à saigner méthodiquement ses ennemis. Il voulait donc savoir pourquoi elle agissait de la sorte et qui lui avait enseigné ce rituel barbare. Il aboutit dans la clairière dominée par les arbres centenaires. La peau des hommes-scorpions avait considérablement pâli, ce qui indiquait sans doute que la récolte de sang était terminée.

Wellan resta planté devant la scène macabre jusqu'à ce qu'il aperçoive Dholovirah en train de rouler un petit baril entre les buissons. En faisant bien attention de ne pas la surprendre, il la suivit. Il arriva derrière elle au moment où elle le plaçait par-dessus un grand nombre de tonneaux de la même taille.

– Je n'aime pas qu'on m'épie, l'avertit la guerrière.

– J'allais justement m'annoncer.

– Tu es là pour m'aider ou pour m'observer ?

– En fait, je ne suis pas encore certain d'être d'accord avec cette pratique qui serait considérée comme inhumaine d'où je viens.

« Mais d'autre part, Onyx a jadis apprêté la chair des dragons et de leurs maîtres pour nourrir l'armée d'Hadrian… » se souvint-il.

– Je veux surtout savoir pourquoi tu fais ça et comment tu en as eu l'idée.

Dholovirah s'assit sur un baril et planta son regard incisif dans celui de l'ancien soldat.

— Comme tu l'as sans doute déjà constaté, les Manticores ne sont pas tout à fait comme les autres Chevaliers d'Antarès. Elles ont de la difficulté à suivre à la lettre les ordres de la grande commandante.

— Je l'ai en effet remarqué dès mon arrivée.

— Les règlements de l'Ordre nous défendent de consommer de l'alcool pendant les campagnes militaires, mais, il y a plusieurs années, nous en avions apporté chacun quelques bouteilles dans nos sacoches de selle. Pour nous remonter le moral, si tu vois ce que je veux dire.

— Je sais en effet que la vie n'est pas toujours rose sur le front.

— Nous n'en avions pas suffisamment pour toute l'année, mais ça nous a au moins réchauffés durant les rudes soirées d'hiver.

Comme il sentait que le récit de Dholovirah risquait d'être long, Wellan décida de s'asseoir lui aussi sur un tonneau.

— Un soir, après une longue et pénible bataille, en rentrant au campement, j'avais encore du sang d'Aculéos sur les mains quand Baenrhée a versé du whisky dans mon gobelet. J'ai accidentellement trempé mes doigts dedans et la combinaison du sang et de l'alcool a été explosive. Je suis une personne plutôt énergique, mais après une seule gorgée de dholoblood, je me suis mise à sauter partout et je n'étais plus capable de me taire.

— Un agent accélérateur, quoi ?

— Pendant que les autres se contentaient de me suivre du regard en se demandant ce qui me prenait, Baenrhée s'est rappelé mon geste. Alors elle a trempé mes doigts dans sa propre tasse, avec les mêmes résultats. J'ai été assaillie par d'autres de mes compagnons, mais en peu de temps, il n'y avait plus rien sur mes mains. Le lendemain, quand je suis revenue à moi, j'ai demandé à Apollonia la permission de recueillir le sang de nos ennemis afin de le garder en réserve pour de futures soirées endiablées.

– Un petit détail me tracasse : lorsque vous consommez du dholoblood, êtes-vous intoxiqués au point où vous ne pourriez pas vous défendre en cas d'attaque-surprise ?

– Pas du tout ! Tous nos sens sont exacerbés ! Jamais les Aculéos ne pourraient nous tomber dessus sans que nous les entendions arriver !

– Il va falloir que j'en fasse l'expérience.

– Ce n'est pas parce qu'on n'a pas essayé de t'en faire boire pendant le répit, lui rappela Dholovirah. C'est Sierra qui avait peur de ce qui pourrait t'arriver.

– Parce que je viens d'un autre monde ?

– Plutôt parce que ce cocktail a parfois des effets surprenants sur certaines personnes. Quand tu arriveras chez les Salamandres, tu comprendras. Maintenant, laisse-moi finir ce que je disais.

– Pardonne-moi de t'avoir interrompue.

– Après qu'Apollonia m'a donné le droit de saigner ces monstres, nous sommes allés acheter des barils dans la ville la plus proche et j'ai commencé à les remplir après chaque bataille.

– Comment fais-tu pour suspendre ces colosses là-haut ?

– Je suis très forte physiquement, mais pas à ce point ! affirma Dholovirah en riant. Céladonn, Téos et Daggar me donnent un coup de main. Nous lançons des cordes par-dessus les branches et nous nous servons des chevaux pour hisser les corps. Cependant, personne ne veut leur planter des tubes dans les veines. Cette partie-là du travail, je la fais toute seule. C'est pour cette raison que les Manticores ont décidé de donner mon nom à n'importe quel alcool dans lequel on ajoute une goutte de sang d'Aculéos.

– Je m'étonne que Sierra ait accepté cette pratique à Antarès, avoua Wellan.

– Tu la connais très mal, dans ce cas, parce que c'est ma meilleure cliente. Pendant des années, le dholoblood l'a aidée à oublier la mort d'Audax.

– Ils étaient très proches, tous les deux ?

– Elle prétend que l'ancien grand commandant était un père pour elle, mais nous nous sommes toujours doutés qu'il y avait plus que de l'amitié entre eux.

– Des amants ?

– Nous n'en avons jamais eu la preuve, mais Sierra n'a commencé à coucher avec ses soldats qu'après la mort de son mentor, si tu vois ce que je veux dire.

– Jusqu'à ce qu'elle arrête son choix sur Ilo.

– Pour éviter des rivalités ridicules entre les hommes de nos garnisons. Tous recherchaient ses faveurs. À mon avis, elle a bien fait de n'en garder qu'un seul… et ce n'est pas Ilo qui va s'en plaindre. Alors, maintenant, tu sais d'où vient le dholoblood et à quoi il sert.

– Que ferez-vous quand la guerre sera finie ?

– Nous serons tous en manque !

En riant, elle bondit sur ses pieds et retourna sous le chêne. Wellan s'empressa de la suivre.

– Je ne pense plus rien tirer de ceux-là, soupira-t-elle, surtout pour elle-même.

– Pourquoi t'es-tu enrôlée dans l'armée ?

– Au lieu de me marier et d'avoir des enfants, tu veux dire ?

– C'est une vie exigeante pour une femme, non ?

– Pas avec un bon entraînement, Wellan. Accepterais-tu de m'aider encore une fois à décrocher ces cadavres qui ne me servent plus à rien ?

– Oui, mais à condition que tu continues de me parler encore un peu de toi.

– Pour quoi faire ?

– Parce que je suis un homme curieux et que j'essaie de comprendre votre monde.

– Bon, d'accord, mais seulement après.

Comme il l'avait fait précédemment, Wellan se servit des rayons incendiaires de ses mains pour scier les cordes, juste au-dessus des chevilles des Aculéos, qui tombèrent tout autour de lui. Dès qu'ils furent tous par terre, il les empila avec son pouvoir de lévitation et les enflamma.

– Je suis née à Mirach, lui révéla Dholovirah, qui, les mains sur les hanches, regardait brûler les hommes-scorpions. Mes parents étaient tous deux astronomes. Mes quatre grands frères ont décidé d'embrasser la même carrière, mais je n'étais pas comme eux. J'aimais bien regarder les étoiles le soir, parce que je les trouvais jolies, mais pas les étudier. Je me moquais qu'elles portent un nom ou qu'elles soient habitées ou pas.

– Tu n'as donc pas l'esprit scientifique.

– J'étais plus combative que mes frères et j'adorais le sport. Au lieu de passer tout mon temps derrière un télescope ou à étudier de gros livres, je préférais jouer dehors.

– Mon professeur de magie possédait une telle lunette, se rappela Wellan. Elle avait à peu près la longueur d'une épée.

– Un jouet, donc ? Les nôtres sont immenses ! On les installe dans de grandes maisons circulaires dont on peut faire glisser les panneaux du dôme la nuit.

– J'aimerais bien voir ça.

– Il n'y en a pas vraiment, par ici.

– Comment es-tu devenue guerrière ?

– Je pense être née ainsi. Je devais avoir quatre ou cinq ans le jour où je me suis fabriqué une épée en bois et où j'ai montré à mes amis à en faire autant. Tous les jours, nous simulions des combats dans le parc. Quand mes parents s'en sont aperçus, ils ont confisqué mon arme. J'étais si fâchée que j'ai arrêté de leur parler pendant des mois.

– Mais ça ne t'a apparemment pas découragée.

– Au contraire. Dès que j'ai eu l'âge de prendre des décisions par moi-même, j'ai quitté la maison et je me suis rendue à Antarès par mes propres moyens, parce que c'est dans ce pays qu'on trouve les meilleures écoles militaires. J'ai tout de suite été acceptée dans l'une d'elles et j'y suis restée deux ans. Quand je me suis sentie prête, je me suis mêlée aux recrues à la forteresse et voilà. Rentrons, maintenant.

Sans attendre Wellan, elle s'élança sur le sentier. L'ancien soldat n'avait pas posé toutes ses questions, mais il se promit de se reprendre plus tard.

Au lieu de courir derrière Dholovirah, il revint au campement sans se presser. Sierra était assise devant un des feux et sirotait un thé, alors il décida de lui tenir compagnie.

– Il reste de l'eau bouillante, si tu en as envie, indiqua-t-elle.

Wellan se prépara également un gobelet de thé.

– Ça sent la chair grillée, lui fit remarquer Sierra.

– J'ai incinéré les Aculéos de Dholovirah avant qu'ils sentent encore plus mauvais. Ce devait être épouvantable quand elle les laissait pourrir dans la forêt.

– En effet, mais au bout de quelques semaines, on finit par s'habituer à l'odeur.

– Très peu pour moi…

– Nemeroff a oublié ceci dans votre abri, fit-elle en lui montrant l'arc, le carquois et les flèches. Sais-tu t'en servir ?

– Un des Chevaliers, qui s'appelait Sage, me l'a appris jadis.

– C'est un beau nom.

– Et un homme de valeur, aussi.

– J'aimerais bien que tu me montres à l'utiliser.

– Ilo ne te l'a pas enseigné ? C'est pourtant un champion de tir à l'arc.

– Il est trop perfectionniste. Il finirait par me faire perdre patience.

– Qui dit que ce ne serait pas la même chose avec moi ?

– Vous n'êtes pas pareils. Je t'observe depuis que nous sommes dans le nord et chaque fois que tu bavardes avec un de mes soldats, tu l'écoutes sans le juger. Avec toi, je ne sentirais pas la pression de réussir chaque coup.

– Dans ce cas, je serais heureux de te montrer ce que je sais.

Dès qu'ils eurent terminé leur thé, Wellan et Sierra s'éloignèrent jusqu'à la colline qui surplombait la vallée. Comme l'endroit était dénué d'arbres, les deux soldats pourraient y tirer des flèches sans craindre de frapper un compagnon d'armes.

– Quelle sera ma cible ? demanda la commandante.

– Nous avons besoin de quelque chose qui soit moins dur qu'un arbre, car nous ne pourrions plus en retirer nos flèches sans les briser…

Avec son esprit, Wellan alla chercher les balles de foin qu'avait utilisées Nemeroff dans une des nombreuses clairières.

– Je ne m'habituerai jamais à voir constamment apparaître toutes sortes de choses autour de moi, maugréa Sierra, troublée.

– Avoue qu'en ce moment, c'est plutôt commode. Quel est ton œil dominant ?

– Le droit.

– Tu dois donc tenir l'arc avec la main gauche et pointer ton épaule gauche vers la cible. Ta main droite tiendra la flèche et la corde.

– Et mon corps ?

– Relâche tes muscles et tiens-toi bien droite. Il faut que l'écartement entre tes pieds corresponde à la largeur de tes épaules et que la ligne reliant tes deux pieds pointe en direction de la cible. En fait, ton corps doit former un T. Ce sont les muscles de ton dos que tu utiliseras pour tendre la corde en tirant la flèche vers l'arrière.

– Est-ce qu'Ilo pense à tout ça chaque fois qu'il tire sur l'ennemi ? s'étonna Sierra.

– Ça finit par devenir instinctif. Maintenant, pointe l'arc en direction du foin et place la flèche sur l'appuie-flèche. Enserre la corde dans l'encoche en n'utilisant que trois doigts : l'index au-dessus de la flèche, le majeur et l'annulaire en dessous.

– Jusque-là, ça va.

– Il est important de relever l'arc et de tendre la corde en même temps. Concentre-toi sur la cible et ne laisse rien te perturber. Place ton bras d'arc parallèle au sol tandis que l'arc lui sera perpendiculaire. Ton œil dominant doit voir toute la flèche.

– Je crois que c'est bon.

– Maintenant, tire la corde en arrière jusqu'à ce qu'elle touche ta joue, ton menton, ton oreille ou le coin de ta bouche. Laisse ton cerveau coordonner ton œil et ton bras. Lorsque tu seras prête, laisse la flèche quitter l'arc de la manière la plus fluide possible. Ton arc ne doit pas vibrer et tu ne dois ressentir aucune torsion dans le poignet. Quand ta flèche aura pris son envol, laisse ta main de corde et ton épaule aller vers l'arrière dans un mouvement de rotation. Surtout, observe ta flèche pendant qu'elle vole jusqu'à la cible.

– Les Aculéos auront le temps de me tuer dix fois avant que je pense à tout ça, plaisanta Sierra.

– Avec la pratique, on effectue tous ces gestes sans y penser. Prête ?

– Théoriquement…

– Vas-y. Amuse-toi.

Sierra inspira profondément et effectua toutes les étapes que venait de lui énumérer Wellan en s'efforçant de les mémoriser. Elle laissa partir sa première flèche. Au lieu de la perdre dans le vent, elle fut bien surprise de la voir s'enfoncer dans le coin supérieur de la balle de foin.

– Ton arc s'est probablement relevé à la dernière seconde, lui fit remarquer Wellan. Recommence.

La grande commandante tira ainsi une trentaine de flèches jusqu'à ce que son épaule la fasse souffrir, mais toutes atteignirent leur cible.

– Tu es très douée, la félicita Wellan.

– Je n'ai même plus le courage d'aller chercher mes flèches, admit-elle, rompue.

– Ce n'est pas un problème.

Wellan les rapatria toutes à l'aide de la magie.

– J'aimerais continuer de m'entraîner pendant la campagne.

– Garde l'équipement de Nemeroff jusqu'à son retour. Il sera content d'apprendre qu'il a servi.

Ils retournèrent au campement en flânant, car le temps était agréable. Le soudain réchauffement risquait de provoquer d'autres orages, mais au moins la neige avait disparu.

– J'ai questionné Dholovirah plus tôt aujourd'hui, mais tout ce que j'ai vraiment appris sur elle, c'est qu'elle est combative et sportive et qu'elle a créé le dholoblood, raconta Wellan en marchant près de Sierra.

– C'est aussi une guerrière déterminée, volontaire et sincère. Il ne faut pas se fier à son apparente réserve. Elle est très sensible et elle peut devenir rancunière quand on ne la traite pas bien.

– Je ne l'aurais en effet jamais deviné.

– Dholovirah ne recule devant personne et c'est une championne du poignard.

– J'imagine que, comme toutes les femmes de l'Ordre, elle ne s'attache à personne.

– Si tu parles des hommes, alors tu te trompes. La plupart d'entre nous profitent de ce qui passe.

– Tu es donc une exception ?

– Oui et non. J'ai fait la même chose que mes sœurs d'armes les premiers temps, puis je me suis vite aperçue que les hommes ne voulaient coucher avec moi que pour se donner un statut. Alors, j'en ai choisi un qui refusait catégoriquement de se laisser séduire par une femme qui n'était pas de son pays.

– Comment as-tu réussi ce tour de force, si ce n'est pas trop indiscret de te le demander ?

– Je lui ai fait de nombreuses avances et il a fini par céder. S'il est vrai qu'il est très jaloux, il a aussi des qualités admirables. Je peux toujours compter sur lui et son jugement est habituellement fiable. Les Chimères ne pourraient pas avoir un meilleur commandant.

Ils entendirent gronder le tonnerre au loin.

– Il faudra que je remercie encore Nemeroff s'il revient, car j'ai l'impression que ses abris vont une fois de plus nous protéger de la pluie.

– Il ne construit que du solide.

En arrivant au campement, Sierra alla tout de suite ranger ses nouvelles armes dans son refuge pour qu'elles ne soient pas trempées par une soudaine averse. Wellan préféra continuer à prendre l'air pendant qu'il le pouvait encore. Il s'assit près du feu et se prépara une autre tasse de thé. « Plus le temps passe et plus j'adore cette vie »… songea-t-il.

MESSINÉE

Les Manticores eurent tout juste le temps d'avaler leur repas du soir avant que la tempête ne s'abatte sur la région. Wellan courut se réfugier dans son abri et se rendit compte que Sierra s'y trouvait déjà. Contrairement à Bridgess, elle n'avait pas peur du tonnerre et des éclairs, mais elle ne tenait pas non plus à mouiller le plastron de cuir qu'elle portait. Assise, le dos appuyé contre le mur, la grande commandante regarda entrer son prisonnier. Il alluma un feu magique pour les éclairer et les réchauffer et prit place près d'elle.

– Merci, fit-elle, reconnaissante.

– C'est plutôt moi qui te remercie de me faire confiance, même si je n'ai aucune façon de prouver mes origines.

– Tu me parais sincère, bien que bizarre.

– Bizarre ? répéta Wellan, amusé.

– Quand tu nous racontes des bribes de ton autre vie, ça ressemble à un conte pour enfants.

– Vraiment ?

– Maintenant que je t'ai révélé mes secrets amoureux, tu comprendras que je m'attends à ce que tu en fasses autant. Dis-moi qui t'attend chez toi.

– Tu vas encore croire que je suis fou.

– Je le pense déjà, alors divertis-moi davantage.

– D'accord, si tu insistes. Tu sais déjà que j'ai eu deux existences distinctes dans mon monde. Dans la première, j'ai été le commandant de mon propre Ordre de chevalerie. Or dès le début de mes années de soldat, j'ai eu une maîtresse qui est décédée avant la guerre, puis j'ai pris épouse parmi les femmes de mon armée et je suis restée avec elle jusqu'à ma mort.

– Tu n'as été amoureux que deux fois ? s'étonna Sierra.

– Eh oui, que veux-tu, je suis vieux jeu. Dans ma deuxième vie, j'ai surtout été un adolescent jusqu'à ce que mon ami Onyx me redonne le corps que j'avais autrefois. Il m'a ensuite emmené en mission avec lui à travers tout un continent, où personne n'a vraiment attiré mon regard.

– C'est désolant, le taquina Sierra. J'espère que tu vas remédier à cette sécheresse du cœur avant de repartir chez toi.

– Ce serait malhonnête de tomber amoureux de quelqu'un que je devrai quitter, tu ne crois pas ?

– Sans t'engager, tu peux quand même te contenter.

– J'ai déjà compris que ça faisait partie de vos mœurs, mais j'ai des principes différents.

– À mon avis, tu ne pourras pas éternellement résister à toutes ces belles femmes que tu côtoies.

– Ne parie pas là-dessus, car je l'ai fait pendant toutes les années de mon mariage.

– Comment s'appelait ta femme ?

– Bridgess.

– Elle a eu beaucoup de chance de tomber sur un homme aussi intègre.

– On dirait bien que c'est la soirée des compliments, plaisanta-t-il.

– Je dois ramollir en vieillissant.

Malgré les assourdissants coups de tonnerre et les éclairs qui illuminaient l'intérieur du refuge à travers les petites ouvertures près du plafond, les deux soldats décidèrent de s'allonger sur leur cape.

– Décris-moi Bridgess… lui demanda alors Sierra.

– Elle te ressemblait comme deux gouttes d'eau.

La grande commandante n'émit plus un seul mot jusqu'à ce qu'elle s'endorme. Lorsqu'il se réveilla au matin, Wellan découvrit qu'elle avait déjà quitté l'abri. Le vent avait séché tout ce que la pluie avait trempé durant la nuit. Il aperçut Messinée en train de préparer le repas et s'approcha pour lui offrir son aide.

– Je croyais que vous vous occupiez à tour de rôle de préparer la nourriture, fit-il. Or ça fait plusieurs fois que c'est toi.

– Tu as raison. Mais puisqu'il y a un marathon aujourd'hui et que je n'y participe pas, je me suis portée volontaire.

– Qu'est-ce qu'un marathon ?

– C'est une course à pied de grand fond qui exige une étonnante endurance.

– Le parcours ne suffit pas à vous faire dépenser votre énergie ?

– Les Manticores sont insatiables, Wellan. Elles n'en ont jamais assez dans tous les domaines. Crois-moi, il est préférable de les laisser s'épuiser. Tu peux remuer le gruau, si tu y tiens.

Pour se rendre utile, Wellan s'empara de la grosse cuillère.

– Ça sent meilleur, cette fois-ci, remarqua-t-il.

– J'y ai ajouté de la cannelle pour les gourmets.

Messinée se mit à aligner les écuelles sur le sol.

– Comment se fait-il qu'une personne aussi tranquille que toi fasse partie des Manticores ? demanda alors Wellan.

– Ne te fie pas à ce que tu vois. J'ai mes moments de folie, moi aussi.

– Laisse-moi deviner… Tu es une femme très fière qui refuse d'extérioriser ses émotions devant les autres ?

– Étais-tu psychiatre en plus d'être soldat, dans ton monde ?

– Non, mais j'ai beaucoup étudié les comportements humains dans le but de mieux comprendre ceux qui m'entourent.

– Alors, pour te satisfaire, disons que je suis beaucoup plus tourmentée que j'en ai l'air. Mais qui ne le serait pas dans une telle armée ? Si tu veux continuer de m'aider, commence à distribuer les écuelles qui sont déjà remplies.

– Heureusement qu'il y a un cuisinier pour chaque petit groupe, sinon je mettrais tout l'avant-midi à nourrir cette partie de votre division.

Wellan se chargea du service avec plaisir.

– Même si tu passes toute l'année à interroger Messinée, tu n'apprendras rien, l'avertit Mactaris lorsqu'il lui donna son écuelle.

– Je suis tenace.

– Ce ne sera pas suffisant. Messinée est fermée comme une huître.

– Est-ce que tu me dis ça parce que tu la connais mieux que quiconque ?

– Évidemment, puisque c'est ma sœur.

– Je reviens tout de suite.

Wellan termina sa ronde et décida de s'asseoir près de Mactaris avec sa propre écuelle.

– Messinée a les yeux sombres et les cheveux noirs comme la nuit, alors que tes yeux sont bleus comme le ciel et que ta chevelure est rouge feu.

– Elle était aussi foncée que la sienne avant que je la trempe dans le sang de mes ennemis, mais Dholovirah m'a avertie de ne pas recommencer, car elle déteste en gaspiller une seule goutte. J'ai donc découvert une plante, dans la région, de laquelle j'extrais de la teinture.

– Mais pourquoi ?

– Pour me rappeler que notre rôle, c'est de verser le sang des Aculéos.

– Je croyais que c'était un truc à la mode, puisque Samara a aussi des pointes rouges.

– C'est un rituel que nous effectuons ensemble, mais elle n'est pas encore prête à se teindre toute la chevelure.

– Revenons à Messinée, si tu veux bien.

– Nous avons le même père, mais des mères différentes. Je suis issue du premier mariage. Quand ma mère est décédée, mon père a épousé une autre femme et j'ai enfin eu une sœur.

– Qui, curieusement, a eu comme toi envie de devenir soldat.

– C'est Messinée qui a élaboré ce plan pour nous permettre d'échapper à notre père despote. Il avait fait mourir ses deux femmes en les accablant de corvées, alors nous avons décidé de partir avant de subir le même sort. Puisqu'il était très patriotique, il a accepté de nous laisser quitter la maison pour aller servir notre pays.

– Est-ce cela qui tourmente ta sœur ?

– Pas du tout. Elle a mis le passé derrière elle plus facilement que moi. Ses angoisses sont plutôt existentielles. Messinée ne comprend tout simplement pas pourquoi le monde est tel qu'il est. Selon elle, l'armée devrait uniquement servir à garder nos frontières, pas à tuer des Aculéos.

– Elle partage donc ce point de vue avec Dassos.

– Pas au point de vouloir négocier avec les hommes-scorpions en plein combat, mais oui, elle aimerait que nous en arrivions à un règlement moins sanglant de ce conflit.

– Que serait-elle devenue, selon toi, si elle ne s'était pas enrôlée dans les Manticores ?

– Son rêve était de devenir enseignante et d'avoir une dizaine d'enfants, mais elle sait maintenant que ça n'arrivera jamais. Nous mourrons tous sur le champ de bataille. C'est notre destin. Au moins, parmi les Chevaliers, nous ne sommes plus brutalisées.

– Je vous ai observées toutes les deux lors du dernier raid des Aculéos et vous êtes vraiment de féroces guerrières.

– Merci. Notre but est surtout de protéger nos camarades. Ma sœur n'hésitera pas une seconde à mettre sa propre vie en danger pour les autres.

Lorsqu'elle eut terminé son travail, Messinée vint s'asseoir près d'eux.

– Êtes-vous en train de parler de moi ?

– Eh oui, l'informa Mactaris, puisque tu refuses de le faire toi-même.

– C'est parce que je ne veux rien dire.

– Elle ne m'a révélé aucun détail intime, plaisanta Wellan. Pour ne pas embarrasser davantage Messinée, il alla s'installer plus loin en se demandant où Sierra avait bien pu aller. Il la vit alors sortir de la forêt, son arc à la main et son carquois sur le dos. « C'est en train de devenir une passion, on dirait... » songea-t-il. Elle se servit dans la marmite et vint s'asseoir avec lui.

– Tu participes au marathon ? lui demanda-t-elle.

– Je n'en sais rien encore...

– Ce n'est qu'une petite course de quelques kilomètres. Nous descendons jusqu'à la rivière, nous la longeons pendant un moment, puis nous remontons la colline sur son flanc ouest. Deux heures tout au plus.

– Autrefois, j'aurais relevé le défi sans même réfléchir, mais je ne suis plus en forme comme à cette époque !

– Tu n'es pas obligé de terminer le parcours. Tu peux t'arrêter quand tu veux. Les Manticores s'attendent à ce que tu fasses au moins un effort.

Wellan se méfia de son air espiègle. « Je sens que je vais le regretter... » Une heure plus tard, les Manticores commencèrent à se préparer. Elles avaient enlevé leur cape, leur plastron et leurs ceintures d'armes, ne conservant que leur pantalon, leur débardeur et leurs bottes. Elles s'échauffèrent en bavardant joyeusement. Wellan décida de les imiter, mais avec un peu d'appréhension.

– Que ferez-vous si les Aculéos décident de descendre de la falaise pendant le marathon ?

– Qu'ils essaient de nous attraper ! s'exclama Samara.

Sierra capta le découragement de Wellan.

– Tu n'as qu'à donner l'alarme si tu sens leur présence et nous reviendrons chercher nos épées, fit-elle pour le rassurer.

– Manticores ! les appela Baenrhée. C'est parti !

Wellan vit Eanraig s'élancer avec les Chevaliers. Lui-même courut plutôt derrière le peloton sans se fatiguer inutilement. Les coureurs empruntèrent le sentier qui descendait dans la vallée, puis piquèrent vers l'ouest sur une ancienne route qui longeait le cours d'eau. Ce ne fut qu'à la remontée de la pente que Wellan commença à ralentir. Sierra tenta de l'encourager, mais il avait les poumons en feu. Il fit quelques pas de plus pour lui faire plaisir, puis s'arrêta, pantelant.

– On se revoit au campement ! lui cria Sierra en poursuivant sa route.

Wellan se dématérialisa et réapparut près d'un des feux. Messinée se mit à l'applaudir.

– Tu as persévéré plus longtemps que la plupart des Manticores l'avaient prédit. Plusieurs ont perdu leur pari.

– Quel pari ?

– Les trois quarts de la garnison étaient persuadés que tu ne te rendrais même pas jusqu'à la rivière.

– Je vois que vous n'avez pas une grande confiance en mes capacités.

– Ils prétendent qu'un homme qui peut tout faire grâce à la magie ne doit pas exercer souvent ses muscles.

– Rien n'est plus faux. C'est simplement que je ne suis pas un maniaque de l'entraînement comme les Manticores.

À l'époque où je commandais une armée, tous mes soldats possédaient aussi des pouvoirs, mais ils se faisaient un devoir de garder la forme.

– Pas toi ?

Wellan allait répliquer quand il se rendit compte que, malgré son air impassible, Messinée s'amusait à le faire fâcher. Au lieu de poursuivre la conversation, il alluma plutôt ses paumes et traita ses jambes endolories.

– Ici, nous utilisons des pommades, mais elles ne fonctionnent pas sur tout le monde, lui apprit la guerrière.

– J'offrirai mes services à ceux qui en auront besoin.

– À mon avis, ce ne sera pas nécessaire. Les Manticores sont habituées de courir sur de bien plus grandes distances.

– Pourquoi ne participes-tu pas à la course ?

– Une vieille blessure de guerre. Elle ne m'empêche pas de combattre, mais elle ne me permet pas de courir aussi longtemps.

Quand les Manticores arrivèrent au campement, elles poussèrent des cris de joie pour célébrer la victoire de Tanégrad, la grande gagnante du marathon.

Wellan constata avec stupéfaction qu'elles avaient encore de l'énergie à revendre. «J'ai repris mon corps de vingt ans, mais en ce moment, j'ai l'impression d'en avoir cent cinquante… » soupira-t-il intérieurement. Sierra se laissa tomber près de lui et vida sa gourde.

– Ça fait du bien de se défouler de la sorte ! lança-t-elle, radieuse.

– Y a-t-il seulement les Manticores qui organisent des courses ?

– Hélas oui. Il est impossible de faire descendre les Basilics de leurs arbres et les Chimères ne voient pas les bienfaits d'un tel exercice. Quant aux Salamandres, eh bien, tu constateras par toi-même pourquoi il est inutile de le leur suggérer.

– Si je comprends bien ce que tu me dis là, en réalité, tu as l'âme d'une Manticore ?

– Oui, et je l'avoue sans la moindre honte. C'est pour cette raison qu'Audax m'a envoyée chez les Chimères. Il avait déjà décidé que je lui succéderais à sa mort, alors il tenait à ce que j'apprenne la discipline et la stratégie.

– Est-ce pour ça que tu laisses les Manticores faire tout ce dont elles ont envie ?

– Pas du tout.

Le repas du soir fut le plus bruyant depuis l'arrivée de Wellan dans le campement, car les Chevaliers étaient toujours sous l'emprise de l'adrénaline. L'ancien soldat les observait tout en scrutant la falaise toutes les heures.

– Pourquoi ne fêtes-tu pas comme tout le monde ? lui demanda Samara en lui tendant un gobelet de thé.

– Parce que j'ai été incapable de terminer le parcours.

– Je n'y suis pas arrivée non plus, au début. Il ne faut pas lâcher. Et puis nous célébrons surtout nos propres efforts en plus de la victoire de Tanégrad.

– Elle remporte souvent cette épreuve ?

– C'est la première fois. L'an passé, c'était Priène et avant elle, ç'a été Pavlek.

Les Manticores se mirent à chanter et Wellan cessa d'entendre ce que disait Samara. De toute façon, elle se joignit bien vite à ses compagnons.

L'ancien soldat but la boisson chaude en se disant que les chansons étaient plus supportables que la musique électrique qu'il avait entendue à la forteresse d'Antarès. Toutefois, au bout d'une heure, il commença à avoir mal à la tête. Puisque personne ne faisait attention à lui, il s'esquiva et pénétra dans la forêt.

Il aboutit au cimetière des Manticores. De nombreux monuments s'élevaient dans la clairière baignée par les rayons argentés de la lune. Il s'accroupit devant une des pierres tombales et étudia l'écriture géométrique qui y était gravée. Malgré tous ses efforts, il n'arrivait pas à apprendre cette langue. Il lui aurait fallu un tableau d'équivalence pour s'y retrouver. Il entendit des pas derrière lui et crut que c'était Sierra qui venait s'assurer qu'il ne s'éloignait pas trop.

– Nous devons être vraiment ennuyeux pour que tu choisisses de fêter ici.

Wellan fit volte-face. Apollonia se tenait à quelques pas de lui.

– Vous êtes trop bruyants, répliqua-t-il.

– Comment célébrez-vous vos exploits, dans ton monde ?

– Par de grands banquets, mais pas tous les soirs et jamais sur le front.

– Je ne survivrais pas, chez toi. Moi, j'ai besoin que ça bouge.

– Pour oublier que vous ne sortirez jamais vivants de cette guerre ?

– Je n'ai pas besoin qu'on me le rappelle. La seule façon de ne pas y penser, c'est de nous occuper les uns des autres.

Elle se rapprocha de Wellan, qui lut aussitôt ses intentions sur son visage.

– Je suis désolé, Apollonia, mais ça ne m'intéresse pas.

– Tu te réserves pour Sierra ?

– Je n'appartiens pas à cet univers et je finirai par retourner dans le mien, alors je ne veux m'attacher à personne.

– Le but, ce n'est pas de créer des liens amoureux, mais de se procurer du réconfort.

– Je le comprends, mais je n'en ai nul besoin.

Wellan contourna la pierre tombale et se dépêcha de retourner à son abri. Il s'y réfugia, soulagé d'échapper en partie à la fête endiablée qui se poursuivait à l'extérieur. Il s'allongea sur sa cape et décida de méditer, ce qu'il n'avait pas eu souvent l'occasion de faire depuis son arrivée à Arcturus. Il fut aussitôt hanté par le visage de Bridgess, mais avant qu'il puisse le chasser, celui de Sierra s'y superposa. « Je n'ai pas le droit de lui briser le cœur », songea-t-il pour résister à cette vision.

PIARRÈS

Une fois que Wellan l'eut expédié magiquement sur la falaise des Aculéos, Piarrès demeura immobile un certain temps à tenter de comprendre ce qui lui était arrivé. La courte conversation qu'il avait eue avec les humains lui avait appris bien peu de choses sur leurs mœurs. La femme était un commandant et l'homme, un sorcier. Ce dernier avait même deviné son nom ! Au lieu de le tuer, il avait soigné ses jambes et il lui avait confié un message pour Zakhar.

Le mage l'avait aussi amputé de ses bras de pinces et de sa queue. Non seulement Piarrès était-il devenu très vulnérable, mais ses mains étaient attachées dans son dos. Il commença donc par trouver un rocher dont le bord était tranchant pour y scier ses liens. L'opération dura un long moment, mais il n'était pas pressé. Le roi vivait à des lieues d'Arcturus. Il avait un long chemin devant lui.

Les Aculéos n'avaient pas besoin de manger tous les jours. C'était ainsi qu'Achéron les avait créés pour qu'ils ne coûtent presque rien à nourrir. Les hommes-scorpions avaient conservé cette caractéristique même après avoir été rejetés dans le monde des humains. La faim ne tiraillait donc pas Piarrès tandis qu'il cheminait vers l'est.

Pour éviter toute confrontation avec des guerriers d'autres clans qui auraient pu profiter de son absence de défense, il emprunta des routes qui passaient loin des entrées de tunnel en se servant de son odorat pour les repérer. C'est ainsi qu'il marcha pendant de longs jours sur les immenses étendues blanches, laissant fondre de la neige dans sa bouche lorsqu'il avait soif.

À son arrivée sur les terres du clan de Zakhar, il constata avec étonnement que les autres mâles étaient également amputés de ce qui faisait d'eux des Aculéos. Le sorcier était-il arrivé ici avant lui ? Prudemment, Piarrès demanda son chemin jusqu'aux galeries royales. Il pénétra dans le tunnel, mais on l'empêcha de se rendre jusqu'à la salle du trône.

– Je suis ici pour voir Zakhar, déclara-t-il. C'est très important.

– Ouais, tout le monde veut le voir, le railla l'un des deux colosses que Quihoit avait postés à l'entrée pour éviter d'autres tentatives d'assassinat.

– J'ai un message de la part des humains.

Les gardiens perdirent leur sourire moqueur.

– Si tu nous mens, tu le paieras de ta vie.

– Je reviens des terres de l'ouest où la bête volante a tué tout le monde sauf moi.

– Va avertir Quihoit, décida le plus futé des deux Aculéos.

Il resta planté devant l'informateur pendant que son camarade filait à l'intérieur. Ce dernier revint quelques minutes plus tard et lui fit signe de passer. Piarrès se risqua dans le palais souterrain. Il déboucha dans une immense caverne au plafond démesurément haut, éclairée par des pierres lumineuses. C'était sans doute pour cette raison que les chefs des hommes-scorpions avaient choisi de s'établir à cet endroit. Lorsqu'il baissa les yeux, ce ne fut pas Zakhar qu'il aperçut sur le trône, mais un autre mâle aux longs cheveux noirs, fuchsia et turquoise qui, lui, avait toujours ses pinces et son dard.

– Je cherche le roi.

– Il est indisposé. Je suis son fils Quihoit et c'est moi qui gouverne en son absence. Qui es-tu et que veux-tu ?

– Je m'appelle Piarrès et j'appartiens au clan de l'océan du soleil couchant.

– Tu es bien loin de chez toi, Piarrès.

– J'ai fait partie des guerriers qui ont reçu l'ordre d'empoisonner la bête volante et de la ramener à Zakhar.

– Où est-elle ?

– Nos lances n'ont même pas pénétré sa peau aussi dure que la carapace des tortues.

– Es-tu en train de me dire que vous avez échoué ?

– La créature crache un feu si violent qu'elle transforme les Aculéos en tas de cendres en un instant à peine.

– Où sont tes frères de clan qui ont participé à cette mission ?

– Tous morts.

– Comment se fait-il que tu sois encore en vie ?

– Je ne faisais pas partie des lanciers, mais du groupe qui devait les couvrir. Les Chevaliers se sont précipités au secours de la bête volante et j'ai été gravement blessé aux jambes par leurs lames. Je n'étais plus capable de marcher.

– Tu t'es pourtant rendu jusqu'ici.

– Grâce au sorcier.

Quihoit pencha la tête de côté, de plus en plus intéressé par son récit.

– Quel sorcier ? Comment sais-tu que c'en était un ?

– Il me l'a dit.

– S'il t'a laissé la vie sauve, c'est donc qu'il appuie notre cause ?

– Non, je ne crois pas, parce qu'il était avec une femme qui dit être le chef des Chevaliers.

– Une femme ? s'étonna Quihoit.

– Elle a même eu l'audace de m'adresser la parole.

– Qu'est-ce qu'elle a bien pu te dire ?

– Elle ordonne aux Aculéos de rester sur la falaise. Le sorcier, lui, voulait que j'informe Zakhar que les humains ne laisseront jamais les Aculéos leur prendre leurs terres et continuer de les tuer. Il a aussi dit que notre civilisation finira par disparaître, car ils nous élimineront tous si nous persistons à les attaquer.

– Ils sont bien insolents… Et la preuve que nous les surpassons, c'est que leur armée est dirigée par un être inférieur. Au nom de Zakhar, je te remercie d'avoir parcouru toute cette distance pour nous informer de ce qui s'est passé. Mais avant de partir, dis-moi qui t'a enlevé tes pinces et ton dard.

– Je n'en sais rien. Sûrement le sorcier.

– Rentre chez toi maintenant, Piarrès.

– C'est impossible, Quihoit. Je suis désormais un mâle sans défense. Je serai tué en mettant le pied dans mon clan.

– Dans ce cas, tu peux rester dans le mien, où tu ne seras pas différent des autres.

– C'est aussi un sorcier qui les a mutilés ?

– Non, ce sont les guérisseurs, sur l'ordre du roi.

Sa réponse étonna Piarrès, mais il n'osa pas remettre en doute le jugement de Zakhar devant son fils.

– Trouve mon fidèle Ziguah. Il s'occupera de toi.

Le guerrier frappa sa poitrine avec son poing droit, soulagé que le prince ne lui demande pas d'aller porter une réponse de sa part aux humains. Il recula jusqu'à la sortie et s'empressa de partir avant que Quihoit se rappelle que son clan n'avait pas réussi à capturer la créature volante et qu'il le châtie pour cet échec.

Quihoit était en train de songer à tout ce que venait de lui dire Piarrès lorsqu'il entendit des pas en provenance de la chambre royale. Quelle ne fut pas sa surprise de voir arriver Zakhar. Il ne portait que son pagne et avançait lentement, mais en gardant le dos droit.

– Que fais-tu sur mon trône ? tonna-t-il.

Le prince sauta sur le sol.

– Je reçois tes sujets en ton absence et j'essaie de résoudre leurs problèmes de mon mieux.

– Je t'ai donné la permission d'être mon messager auprès de mon peuple, pas de me remplacer.

– Tu étais inconscient, alors j'ai pensé que…

– Tu es l'un de mes fils, pas le roi des Aculéos.

Zakhar réussit à regagner son trône et y prit place en plantant un regard glacé dans celui de Quihoit.

– Pardonne mon ignorance, père.

– Je devrais te faire décapiter pour cet affront.

– Je viens d'apprendre des choses intéressantes…

– Commence par me dire si tous les hommes de mon clan ont suivi mes ordres.

– Oui, père. Ils se sont tous fait amputer, mais ceux des autres clans résistent encore.

– Fais-leur porter un ultimatum. S'ils ne se conforment pas à mon commandement, je les ferai tous exécuter sous les yeux de leurs enfants.

– Il en sera fait selon ta volonté.

– Maintenant, parle.

Quihoit mit un genou en terre en signe de respect puis lui révéla que le chef des Chevaliers d'Antarès était une vulgaire femme.

– Je sais, soupira le roi.

– Mais tu ne nous en as jamais rien dit… se troubla le prince.

– Il y a une foule de renseignements que je garde pour moi.

– Je suis ton fils.

– Et tu rêves du jour où tu me remplaceras à la tête des Aculéos.

– Lorsque tu rendras ton dernier soupir, car c'est mon droit de naissance.

– S'il est vrai que tu es le plus méritant du lot, tu as tout de même des centaines de frères. As-tu autre chose à me dévoiler avant que je te chasse, Quihoit ?

– Un représentant du clan de l'océan du soleil couchant a reçu un message de la part de la commandante. Elle nous somme de rester sur la falaise et de ne plus en descendre.

– Si c'est la paix qu'elle veut, qu'elle nous livre ses dieux ! fulmina Zakhar.

Quihoit garda le silence en attendant que son père redevienne calme.

– Et la bête volante ? demanda finalement le roi.

– J'ai tenté de la faire capturer pour te faire plaisir, mais elle nous a échappé encore une fois. Toutefois, j'ai appris autre chose.

– À ce que je vois, tu as été très occupé pendant ma convalescence.

– J'ai veillé sur le royaume et sur toi. Ton règne ne fait que commencer, père. Je n'allais pas te priver de ta gloire.

– Alors quelle est cette information que tu meurs d'envie de me révéler ?

– Les Chevaliers ont un sorcier à leur solde.

– En es-tu certain ?

– C'est ce qu'affirme le représentant du clan de l'océan du soleil couchant.

– Tu peux disposer maintenant, Quihoit. J'ai besoin d'être seul pour réfléchir.

– Mais tu es encore très faible.

– Depuis quand contestes-tu mes ordres ?

Le prince se frappa la poitrine et quitta la salle du trône en serrant les poings pour maîtriser sa colère. « Je n'ai plus le choix : je dois l'éliminer », se dit-il en bousculant les deux gardes dans le tunnel.

Depuis l'apparition de la bête volante, Zakhar se doutait que les humains avaient réussi à s'assurer les services d'un sorcier. Il espérait que ce n'était pas Olsson, qui lui avait juré allégeance. Mais ce dernier lui avait déjà raconté qu'il n'était pas le seul mage à s'être échappé du palais d'Achéron et que les fugitifs avaient pris des directions différentes.

— Olsson, venez à moi ! s'écria Zakhar d'une voix forte.

Cet effort le fit grimacer de douleur.

Sachant fort bien que les sorciers ne faisaient que ce qui leur plaisait, le roi des Aculéos n'avait aucune assurance qu'Olsson répondrait à son appel. Il attendit de longues minutes en sentant ses forces l'abandonner petit à petit. Puis, au moment où il allait retourner s'allonger dans son alvéole personnelle, le mage apparut au milieu de la salle du trône.

Olsson portait une longue tunique sombre dont le large capuchon de moine ne laissait paraître que la moitié de son visage. Quelques mèches sur son front indiquaient qu'il avait les cheveux noirs, mais il était impossible de savoir s'ils étaient courts ou longs. La faible intensité des pierres lumineuses ne révélait que son menton rasé de près et ses yeux bleus aussi perçants que ceux des loups.

— Cette invitation impérative a-t-elle quelque chose à voir avec la magnifique créature qui survole la région depuis quelque temps, Votre Majesté ?

— En fait, je voulais savoir d'où elle vient, si elle est au service des humains et si elle peut être soudoyée.

— Elle nous arrive d'un autre monde et ce n'est pas un reptile comme les autres. Son essence est divine.

— C'est donc une autre créature conçue par les dieux ?

— Certainement pas par Achéron et ses enchanteurs. De toute façon, il ne s'agit pas d'une création. La bête elle-même est une divinité.

— Je ne comprends pas…

— Pour tout vous dire, je ne sais pas ce que cette divinité fascinante est venue faire par ici, mais il semble bien qu'elle a décidé de se porter au secours des Chevaliers d'Antarès, ce qui n'est pas une très bonne nouvelle pour vous.

– Peut-on la faire changer de camp ?

– Tout le monde a un prix, mais ce serait une pure perte de temps, puisqu'elle vient d'abandonner leurs rangs pour se diriger vers le sud-est.

– Elle a assassiné des milliers de mes sujets.

– Je l'ai en effet constaté de mes propres yeux.

– Pourquoi n'avez-vous rien fait pour l'en empêcher ? s'étonna Zakhar.

– Je suis un sorcier, pas un dieu. Je ne peux rien contre la bête.

Olsson joignit ses doigts et les appuya sur sa poitrine.

– Saviez-vous qu'elle a creusé un immense fossé au pied de la falaise ? poursuivit-il. Un véritable chef-d'œuvre d'architecture, si vous voulez mon avis.

– Quihoit ne m'en a rien dit…

– Pour empêcher l'eau salée de dégrader l'environnement d'Alnilam en pénétrant dans les terres, la bête l'a même tapissé de roc étanche.

– Jusqu'où se rend ce fossé ? s'enquit le roi des Aculéos, dépassé.

– Jusqu'au grand fleuve Caléana qui vous empêche depuis des années de vous emparer d'Altaïr. Et, en passant, il est aussi large que ce cours d'eau.

– Comment allons-nous le franchir pour continuer notre avancée sur le continent ?

– Vous avez toujours été contre l'idée de jeter des ponts.

– Parce qu'ils peuvent être franchis dans les deux sens…

– Les humains ne sont pas équipés pour gravir vos falaises, mais il semblerait que les transformations que vous êtes en train de faire subir à vos sujets ne leur permettront plus d'en descendre non plus.

– J'y ai songé avant de leur demander ce sacrifice, voyez-vous. Nos galeries s'enfoncent très profondément dans la terre. Je n'ai qu'à faire percer des sorties à la hauteur de l'eau.

– Je vous ferai remarquer que les humains y auront accès.

– Elles seront fortement gardées.

– Vos sujets savent-ils nager, Votre Altesse ?

– Pas ceux qui ont encore leurs pinces et leur dard, car ceux-ci les alourdissent considérablement, mais la nouvelle génération d'Aculéos le pourra.

– Maintenant que j'ai contenté votre curiosité, me permettrez-vous d'accélérer votre guérison pour que vous puissiez reprendre les rênes du royaume avant qu'on tente encore de vous tuer ?

– En échange de quoi ?

– De votre promesse de laisser vivre les sorciers en paix lorsque vous serez devenu le maître du monde.

– Je vous l'accorde.

Olsson s'approcha. Il semblait flotter au-dessus du plancher. Il grimpa sur l'estrade de pierre et s'approcha du trône. Il n'utilisa que son regard pour examiner le roi.

– Vous êtes très résistant, mais l'ablation de vos membres n'a pas été effectuée dans des conditions sanitaires idéales. Votre corps combat l'infection et c'est ce qui vous affaiblit.

– Je ne veux pas savoir ce que j'ai. Je veux juste me sentir aussi fort qu'avant.

Sans qu'Olsson batte un seul cil, Zakhar sentit ses plaies devenir brûlantes. Il serra les dents pour supporter la douleur, mais elle ne dura qu'un instant. Il se pencha pour regarder les cicatrices sous ses bras et constata avec ravissement qu'elles avaient disparu.

– Je vous dois une fière chandelle, Olsson ! s'exclama-t-il en relevant la tête.

Mais le sorcier avait déjà disparu.

CÉLADONN

Afin de fortifier ses jambes, en se levant le lendemain du marathon, Wellan décida de courir jusqu'à la rivière puis de revenir sur ses pas, toujours à la course. Cela ne représentait qu'une fraction du parcours original, mais c'était un bon début. À son retour au campement, il fut accueilli par Sierra, qui le regarda arriver avec un sourire moqueur.

— Tu as finalement décidé de te remettre en forme ?

— Je n'ai pas le choix si je veux survivre dans cette bande de fous.

— Ça tombe bien, parce que les Manticores s'apprêtent à jouer à la tarte volante.

Sierra tourna les talons et se dirigea vers le terrain plat où se déroulerait le jeu.

— La quoi ? demanda Wellan en s'élançant derrière elle.

— Habituellement, ils n'y jouent qu'en été, quand la terre est sèche, mais les conditions sont idéales, ce matin.

— Idéales pour qui ?

Ils s'arrêtèrent près du groupe, où Apollonia et Baenrhée étaient en train de former les équipes.

— Alors, commença la commandante des Manticores, je choisis Dholovirah, Mactaris, Pavlek, Tanégrad, Céladonn, Nastass, Alianka, Darina et Wellan !

— Quoi ? paniqua l'ancien soldat.

— Et dans mon équipe, je prends Dassos, Lirick, Messinée, Samara, Téos, Vélislav, Koulia, Daggar et Priène, fit Baenrhée.

— Mais je n'ai jamais joué à ça ! protesta Wellan.

– Nous allons t'expliquer les règles du jeu, tenta de le rassurer Pavlek.

– Mais pourquoi n'êtes-vous jamais capables de rester tranquilles ?

– Un guerrier se doit de garder la forme ! lui rappela Baenrhée.

– Alors, voilà, déclara Apollonia. Nous avons divisé le terrain en trois parties avec des cordes. Au milieu, c'est la zone neutre. À chaque bout, c'est la zone offensive et la zone défensive.

– À tour de rôle, les deux équipes attaquent ou se défendent, poursuivit Dholovirah en sautillant sur place tellement elle avait hâte de commencer la partie. Chacune doit empêcher l'autre de marquer des points.

– Et comment marque-t-on les points ?

– En attrapant la tarte en territoire adverse, expliqua Mactaris. Il faut donc faire en sorte que l'autre équipe ne pénètre pas dans le nôtre.

– On s'y rend en effectuant des passes à nos coéquipiers. Il faut s'assurer que les adversaires ne puissent pas les intercepter et éviter en même temps le plus de coups possible.

– Des coups ? répéta Wellan, inquiet.

– On ne doit pas garder le disque dans nos mains plus de dix secondes, enchaîna Tanégrad, mais ce n'est pas dans ton intérêt de le faire, parce que celui qui te couvre aura le droit de te l'arracher.

– Aussi, dès que tu attrapes la tarte, tu dois t'arrêter pour faire une passe, si possible en direction de la zone adverse, précisa Dholovirah.

– Si une équipe perd possession du disque, intervint Céladonn, l'autre s'en empare et devient offensive à son tour.

– Chacun de nous doit couvrir un joueur déterminé, fit Tanégrad, sinon ce serait l'anarchie.

– Tu couvriras Daggar, décida Apollonia.

– Pourquoi lui ? s'alarma Wellan en se tournant vers le Manticore musclé qui s'échauffait plus loin.

– Parce que personne ne veut le faire, s'excusa Pavlek.

– Sais-tu au moins ce que signifie couvrir ? demanda Mactaris.

– Empêcher l'autre de recevoir ou de lancer le disque ?

– Tu apprends vite ! le félicita Céladonn.

– Je n'ai aucune idée de ce que vous êtes sur le point de me faire faire.

– Nous encourageons l'esprit sportif, lui dit Apollonia, et le jeu est censé être loyal, mais ce n'est malheureusement pas toujours le cas. Maintenant que tu sais tout, suis-moi.

– Mais…

Dholovirah saisit Wellan par le bras et le conduisit jusque sur la ligne de leur zone. L'Émérien remarqua que Sierra était allée s'asseoir sur le côté du terrain, avec les Manticores qui n'avaient pas été sélectionnées.

– Tu ne participes pas à ce jeu de tarte ? s'inquiéta-t-il.

– Non, répondit-elle. J'ai eu ma leçon il y a quelques années. Bonne chance.

– Au jeu ! hurla Baenrhée.

Wellan vit alors la tarte pour la première fois et ressentit un grand soulagement en constatant qu'il ne s'agissait pas d'une vraie pâtisserie. En métal cuivré, le disque ressemblait cependant au moule dans lequel on préparait les tartes. Baenrhée le lança dans les airs pour déterminer dans quelle zone commencerait le jeu.

– Nous avons l'offensive ! se réjouit-elle.

Les joueurs prirent position dans la zone neutre et Wellan se plaça instinctivement devant Daggar, qui lui servit un regard noir. Sans comprendre ce qui avait signalé le début du jeu, il vit voler le disque autour de lui et toutes ses tentatives pour s'en emparer se soldèrent par un échec. Il virevoltait à gauche et à droite. La tête lui tournait de plus en plus.

Puis, au bout de quelques minutes, Dholovirah lui fit une passe qu'il réussit à attraper. Il s'immobilisa et vit Daggar foncer sur lui. Paniqué, il chercha un coéquipier des yeux et vit Apollonia qui fonçait vers la zone adverse. Il lui lança le disque une fraction de seconde avant que Daggar le plaque au sol.

— Il a compris ! s'exclama Tanégrad.

— Sauf que tu aurais dû choisir Mactaris, qui était en meilleure position de compter, lui reprocha Pavlek en l'aidant à se relever.

— Je suis vraiment désolé, s'excusa Wellan.

Il continua de courir en suivant Daggar de son mieux, mais ce dernier zigzaguait comme une poule en fuite. Encore une fois, la tarte atterrit entre ses mains mais, pour éviter que Daggar lui rentre dedans, il s'en débarrassa n'importe comment. Baenrhée l'attrapa au vol.

— Merci, Wellan ! s'écria-t-elle en riant.

— Mais tu n'es pas dans mon équipe !

— Je ne pense pas qu'on en fasse un champion, mais il a du cœur, nota Messinée en passant près de lui.

— Un peu de concentration, Wellan ! lui ordonna Apollonia.

— Comme si c'était possible quand tous les joueurs courent partout comme des déments ! répliqua-t-il, exaspéré.

Il venait tout juste de prononcer le dernier mot lorsqu'il reçut le disque en plein front. Le choc le fit tomber à la renverse sur le dos.

— Arrêt ! réclama Dholovirah.

Elle se pencha sur lui pour l'examiner.

— Il ne saigne pas, mais il a une sacrée bosse.

La guerrière l'aida à s'asseoir et lui montra deux de ses doigts.

– Combien en vois-tu ?

– Sept…

Dholovirah lui donna une claque sur le bras pour lui montrer qu'elle n'appréciait pas son humour. Wellan illumina sa paume et traita rapidement sa blessure avant de ressembler à une licorne.

– Arrêt terminé ! lança Baenrhée dès qu'il fut sur pied.

Le jeu se poursuivit donc tout autour de Wellan sans qu'il arrive à attraper la moindre passe ni à compter le moindre point. Il se tourna pour la première fois vers le public et vit Sierra qui, les deux mains sur la bouche, essayait de ne pas rire trop fort. Assis près d'elle, Eanraig se félicitait d'avoir refusé de jouer et se contentait d'encourager Mactaris.

Au moment où allait se terminer le jeu, Céladonn fut si durement frappé par Téos qu'il roula à l'extérieur des limites du terrain et tomba dans une ravine en poussant un cri de douleur. Wellan abandonna aussitôt son poste et vola à son secours. Puisque l'équipe de Baenrhée était terriblement en avance sur celle d'Apollonia, les deux femmes décidèrent de mettre fin à la partie en faveur de Baenrhée.

Coincé au fond du fossé, Céladonn s'agrippait aux racines qui sortaient de terre pour se hisser hors du trou. C'est alors qu'il se rendit compte que sa jambe droite était cassée. Sans hésiter, Wellan utilisa son pouvoir de lévitation pour le sortir de là en douceur et le déposer sur le gazon. Il examina la blessure sans se rendre compte que toutes les Manticores les avaient entourés pour voir ce qui se passait.

– C'est grave ? voulut savoir Apollonia.

– Oui, mais c'est réparable, affirma Wellan.

Il traita tout de suite la jambe avec de la lumière sous l'œil intéressé de Samara, qui aurait bien aimé qu'il la laisse tenter l'opération. Lorsque Céladonn parvint à se relever par lui-même, tout le monde se mit à applaudir.

– Bravo, fit Sierra à l'intention de son protégé.

– Pour la partie ou pour la jambe ?

– Pour l'effort.

Les Manticores retournèrent au campement en commentant les moments forts du match. Le nom de Wellan revint à plusieurs reprises lorsqu'il était question des erreurs commises, mais il ne s'en formalisa pas.

Pour féliciter ceux qui avaient eu le courage de participer à ce jeu bien trop dangereux, il fit apparaître devant tout le monde des assiettes de raviolis et du pain frais.

– Tu es pourri à la tarte volante, mais tu fais bien la cuisine ! le taquina Apollonia.

– On ne peut pas avoir tous les talents, répliqua Wellan.

Il mangea à côté de Sierra, qui lui jetait de temps à autre des regards amusés.

– J'espère que tu t'es bien amusée, maugréa-t-il.

– Ça fait longtemps que je n'ai pas autant ri. J'en ai mal aux joues.

– Allez, continue de te moquer de moi. Je suis capable d'en prendre.

– Est-ce que tu étais tout aussi drôle quand tu dirigeais ton armée ?

– Alors là, pas du tout. Je prenais mon rôle très au sérieux.

– Vous ne vous amusiez donc jamais ?

– C'est arrivé à quelques reprises et, généralement, c'était spontané et toujours à cause des mêmes petits plaisantins.

– Comment se porte ta bosse sur le front ?

– Je l'ai soignée avant qu'il n'y apparaisse une ecchymose.

– Et tes jambes ?

– Elles sont meurtries, mais pas autant que mon orgueil.

– On s'en remet, crois-moi.

– As-tu commis autant de bévues que moi à ton premier match ?

– C'est impossible d'en commettre autant que toi.

N'y tenant plus, Sierra s'esclaffa. Wellan s'aperçut que c'était la première fois qu'il la voyait avoir autant de plaisir.

Après le repas, il décida d'aller soulager ses jambes loin de tout témoin pour que les Manticores arrêtent de rire de lui. Il se rendit donc sur la colline, en profita pour scruter la falaise, puis s'assit sur le sol et passa ses mains illuminées de ses cuisses jusqu'à ses pieds.

– Je voulais te remercier encore une fois, fit alors une voix derrière lui qu'il identifia comme étant celle de Céladonn.

– Ce n'est pas nécessaire. Toutefois, je ne serai pas toujours avec vous, alors si j'étais à votre place, je mettrais fin à ces jeux dangereux avant de devenir invalides.

– N'es-tu pas en train de former Samara aux arts de guérison ? fit le Chevalier en s'assoyant près de lui.

– Certes, mais je ne peux pas tout lui montrer en quelques semaines à peine. Il y aura des blessures qu'elle ne saura pas soigner.

– Les Manticores ont besoin de dépenser leur intarissable énergie, Wellan.

– Dans ce cas, modifiez les règlements de la tarte volante. Interdisez les contacts physiques brutaux. Vous aurez tout autant de plaisir et vous éviterez des blessures stupides.

– Je le suggérerai aux autres, mais comme tu l'as sans doute déjà remarqué, mes camarades ne sont pas très ouverts aux changements.

– L'important, c'est d'essayer.

– As-tu l'intention de courir jusqu'à la rivière ?

– Te moques-tu de moi ?

– Évidemment.

– Non, je n'irai plus nulle part. Je voulais juste contempler cette merveilleuse vallée.

– C'est vrai que c'est beau, ici, admit Céladonn. Mais ça l'est encore plus quand le printemps arrive et que la colline se couvre de fleurs multicolores.

– Je doute que je serai encore là quand ça se produira.

– Moi, ce que j'espère, c'est que tu ne seras pas encore rentré dans ton monde au prochain répit. Parce que maintenant que nous te connaissons mieux, nous aurons beaucoup de plaisir avec toi.

– Mais pas de sport !

Céladonn éclata de rire.

– Tu veux bien me parler de toi ? fit alors Wellan. J'aimerais comprendre comment tu es arrivé jusqu'ici.

– Oui, bien sûr. Je suis né à Ankaa. Mon père était sculpteur et ma mère était peintre. Leurs œuvres ne sont pas exposées dans les grands musées, mais elles se sont toujours très bien vendues, ce qui leur a permis d'élever une famille. Ils ont eu deux enfants : une fille talentueuse qui gère la plus grande galerie d'art de la capitale et un fils qui n'a jamais su quoi faire de sa vie avant de découvrir ses talents d'escrimeur.

– Toi ?

– Eh oui, moi. Malgré mon impressionnant bagage génétique, mes mains n'ont jamais rien produit d'exquis, que ce soit avec un pinceau ou un burin. En fait, elles ne devenaient vraiment habiles que lorsqu'elles tenaient une épée à la taverne, en compagnie de mes amis. J'ai dû en venir à l'évidence que je ne serais jamais un artiste et j'ai alors annoncé à mes parents que ma vocation était de devenir soldat. Ma mère s'est esclaffée et mon père est resté paralysé par le choc pendant presque une heure. Ils ont toutefois été d'accord tous les deux pour refuser de m'aider à réaliser mon rêve.

– Je suis désolé de l'entendre, compatit Wellan.

– Je me suis donc adressé à ma grande sœur, plus compréhensive. Elle m'a donné suffisamment d'argent pour que je m'achète un cheval, des armes convenables et des provisions. Je me suis mis en route et j'ai abouti à Antarès, où j'ai appris à me battre. C'est mon maître d'armes qui m'a suggéré d'aller passer les épreuves de recrutement à la forteresse. En réalité, je suspecte qu'il ne voulait que se débarrasser de moi.

– Pourquoi Apollonia t'a-t-elle recruté ?

– Parce que je perds la tête quand je me bats en duel. Comme tu le sais sûrement déjà, la garnison des Manticores est formée de soldats qui n'ont peur de rien et qui aiment se battre.

– Et qui éprouvent un incompréhensible besoin de faire constamment de l'exercice.

– Je pense que c'est surtout pour éviter de s'entretuer. C'est notre façon de ne pas devenir fous à lier comme les Salamandres.

– Je commence à me demander si j'ai envie d'aller les rencontrer avec tout ce que vous me racontez à leur sujet.

– Je te promets que tu t'ennuieras de nous quand tu seras à Altaïr.

Le Manticore se leva.

– Nous devrions rentrer.

– Pour aller faire quoi, cette fois ?

– J'aimerais te dire que c'est pour boire, mais il ne nous reste plus d'alcool. Toutefois, nous avons du thé à profusion.

– Ça, ça me plaît.

Céladonn tendit la main à Wellan et l'aida à se remettre sur pied. Lorsqu'ils arrivèrent au campement, ils trouvèrent les Manticores en pleine compétition de bras de fer.

– Ça ne finira donc jamais… geignit l'ancien soldat.

– Wellan ! s'exclama Baenrhée. Viens te mesurer à moi !

– Je ne veux surtout pas te faire de mal.

C'était exactement ce qu'il ne fallait pas dire. Les Manticores se saisirent de lui et le forcèrent à s'asseoir de l'autre côté de la souche équarrie où la guerrière blonde affrontait qui le voulait bien.

– Je suis très sérieux, persista Wellan.

– Moi aussi, répliqua-t-elle avec un sourire de prédatrice.

L'ancien soldat avait joué à ce jeu lorsqu'il était plus jeune, mais en vieillissant, il avait acquis une musculature qui ne lui permettait plus d'affronter ses amis sans les blesser. En soupirant, il appuya le coude sur la table de fortune et tendit sa large main à Baenrhée. Ils agrippèrent le poignet l'un de l'autre.

– Allez-y ! lâcha Dholovirah.

Parce qu'il ne pouvait pas se résoudre à blesser une femme, Wellan n'appliqua pas beaucoup de pression sur le poignet de Baenrhée. Quelle ne fut pas sa surprise de sentir que la guerrière le repoussait inexorablement vers la souche. Il s'efforça de résister pour lui faire plaisir et sentit une douleur dans ses muscles. « C'est à cause de la foutue tarte », conclut-il. « Baenrhée profite de ma faiblesse. » Toutefois, pour ne pas faire perdre la face à la Manticore devant ses camarades, il la laissa gagner.

– Est-ce que je peux boire du thé, maintenant ? réclama-t-il.

– Suivant ! s'écria Baenrhée.

Les Manticores libérèrent Wellan, qui se dirigea mécaniquement vers la bouilloire. Sierra s'approcha et lui tendit une tasse.

– Quand est-ce qu'on s'en va d'ici ? lui demanda-t-il.

Elle lui tapota le dos avec affection et l'abandonna à son sort.

LIRICK

Lé matin suivant, Wellan ne se leva pas en même temps que le soleil. Il resta couché une heure de plus et n'entendit même pas Sierra quitter l'abri. Lorsqu'il se décida enfin à se lever, il fut tout de suite attiré par l'arôme du ragoût de lapin qui commençait à refroidir, puisque tout le monde avait déjà mangé. Il s'installa donc seul, à proximité de la marmite. Il se doutait que les Manticores étaient déjà en train de s'entraîner sur le parcours d'obstacles. Il se servit une écuelle de ragoût et se sustenta sans se presser. Il observa le ciel uniformément bleu. Le vent continuait d'être doux et agréable.

Une fois qu'il fut rassasié, Wellan alla chercher sa serviette avant de se rendre à la rivière. Il se défit de ses vêtements et plongea dans l'eau froide. C'était un exercice qui lui plaisait davantage. Il nagea pendant de longues minutes, puis grimpa sur la berge et se sécha.

Une fois rhabillé, il s'enfonça dans la forêt pour profiter du beau temps. C'est alors qu'il entendit de la musique. Intrigué, il remonta jusqu'à sa source et trouva Lirick, assis au pied d'un arbre, les yeux fermés. Il grattait doucement les cordes de sa kithara, dans un état proche de la transe.

Wellan prit place quelques pas devant lui pour observer les mouvements de ses doigts sur le manche en bois gradué par de petites barrettes d'acier. Sans les haut-parleurs d'Antarès qui crachaient les mélodies à plein volume, il lui était enfin loisible d'apprécier le travail du musicien. En écoutant jouer

Lirick, Wellan ne put s'empêcher de penser que chez lui, les instruments de musique étaient bien différents. Dans son monde, il n'y avait que des tam-tams, des flûtes et des harpes.

Lirick ouvrit les yeux et sursauta en apercevant Wellan devant lui.

– Depuis combien de temps es-tu là ?

– Je viens à peine d'arriver.

– Tu as failli me faire mourir d'une crise de cœur.

– Pardonne-moi. Quand j'ai entendu ta musique, je n'ai pas pu faire autrement que de m'asseoir pour l'écouter.

– Tu aimes ?

– C'est la première fois que j'entends quelque chose d'aussi exquis depuis que je suis arrivé dans cet univers.

– Si tu fais référence aux soirées infernales à la forteresse, sache que ce n'est pas représentatif de ce que je sais faire. Je suis aussi un excellent compositeur de sonates, mais mes compagnons musiciens n'aiment que le bruit et les instruments électriques. Il n'y a donc pas de musique, dans ton monde ?

– Si, mais même lors des grandes fêtes, elle ne nous écorche pas les oreilles.

Wellan ramassa une branche et dessina une harpe sur le sol terreux.

– Voici l'instrument dont se servent nos poètes.

– C'est l'ancêtre de la kithara, lui dit Lirick. On ne le retrouve plus que dans les musées. Tu sais en jouer ?

– Malheureusement, non. Je n'ai jamais eu le sens du rythme, ce qui ne m'empêche pas toutefois d'aimer les odes.

– Qu'est-ce que c'est ?

– Des poèmes chantés qui racontent les exploits des héros et des anciens rois.

– Vraiment ?

– De quoi parlent les chansons d'Alnilam, alors ?

– Mais tu as dû les entendre pendant le répit.

– Mes oreilles ne sont sans doute pas suffisamment habituées à la musique électrique pour arriver à isoler les mots des notes.

– Autrement dit, les paroles étaient noyées par le bruit des instruments, résuma Lirick en riant.

– Je ne voulais surtout pas être blessant.

– Je peux comprendre que nos traditions désorientent les étrangers. Il y a autant de thèmes qu'il y a de chansons dans notre répertoire. Ils traitent de la difficulté de trouver l'amour, des relations impossibles, des amis qui nous tournent le dos sans raison, de la fin du monde qui approche…

– C'est vraiment déprimant.

– Nous avons aussi des compositions sur la technologie qui nous rend la vie de plus en plus facile, sur les femmes et sur les clairs de lune. Donne-moi un exemple d'ode ?

– L'une d'elles relate les prouesses du Chevalier Onyx d'Émeraude, qui a tué un nombre impressionnant de dragons, de sorciers maléfiques et de monstres ennemis. Il a aussi participé à la destruction d'un empire, puis a été impitoyablement pourchassé par un maître magicien et séquestré par un dieu déchu jusqu'à sa mort.

– Et tu trouves nos chansons déprimantes ? s'étonna Lirick.

– J'imagine que nos mœurs ne se comparent pas aux vôtres. Mais dis-moi, comment en es-tu venu à jouer d'un instrument de musique ?

– Je sais que ça peut paraître étrange qu'un Antaressois aime les arts, car Antarès est surtout un pays industriel dans l'âme, mais c'est mon cas. Je pense que j'ai chanté avant de commencer à parler. Mais puisque j'étais le benjamin, tout le monde a trouvé ça mignon, dans ma famille. Le problème, c'est que je suis devenu de plus en plus accro à la musique. Au lieu d'aller travailler dans une usine comme mes frères, j'ai plutôt commencé à chanter dans les tavernes pour de la bière et un repas chaud. Mes parents ont fini par me mettre à la porte en me disant que je ne pouvais pas passer le reste de ma vie à éterniser ma jeunesse à leurs crochets. Puisque je ne gagnais pas suffisamment d'argent pour me loger et me nourrir, j'ai fini par chercher un travail supplémentaire et j'ai abouti chez un armurier. Je nettoyais sa boutique et son atelier et j'astiquais ses armes en échange de quelques statères. En plus de me loger, il m'a initié à l'escrime. Je suis devenu si habile que j'ai su que mon destin était de protéger les arts en chassant à tout jamais les hommes-scorpions de nos terres. Je n'ai compris qu'une fois enrôlé que c'était une mission suicide.

– Mais comment t'es-tu retrouvé chez les Manticores ?

– Apollonia a dit que je me battais comme un musicien.

Wellan arqua un sourcil avec étonnement.

– Je profite des combats pour pratiquer mes gammes : une note par frappe.

– Vous êtes vraiment des Chevaliers bizarres.

– Et fiers de l'être !

Lirick recommença à jouer, alors Wellan décida de le laisser seul avec sa muse. Il poursuivit sa promenade matinale dans la forêt en passant le plus loin possible du parcours d'obstacles. Il aboutit sur la colline et examina les environs.

À en juger par le nombre de ruines, il y avait eu au moins trois villes sur le bord de la rivière. Il se transporta par vortex jusqu'à Paulbourg, où il avait interrogé Piarrès. Il s'assura qu'il ne serait pas surpris par les Aculéos, puis se mit à scruter les vestiges.

« Ils doivent aussi avoir un nom pour cette science, dans ce monde », songea-t-il, amusé.

Il y avait surtout des morceaux de meubles brûlés, des fragments de vitres et d'assiettes cassées et des tessons de bouteilles dans les cendres que le vent n'avait pas encore balayées.

Il trouva quelques bijoux, en particulier des chaînes en or et des breloques qui représentaient toutes sortes d'objets comme des étoiles, des cœurs, des papillons, des trèfles à quatre feuilles, des animaux et même une kithara. « Combien de gens ont péri ici ? » se demanda-t-il.

Il parcourut toutes les ruines des maisons et des bâtiments comme un fantôme à la recherche de son âme. Lorsqu'il arriva à ce qui semblait avoir été la bibliothèque de Paulbourg, il se désola de voir autant d'ouvrages à demi calcinés, même s'il n'aurait pas pu les lire. « Quel gâchis… » Il examina plusieurs commerces et put en identifier quelques-uns, comme celui du boulanger grâce à ses fours, et celui du potier où il restait encore quelques tours, cet outil qui sert à façonner les pièces de céramique en leur imprimant un mouvement de rotation. Il découvrit dans un autre édifice une épaisse boîte en métal de la taille d'un appentis dont la porte possédait une serrure à clé. « Comme celle de mon cachot », remarqua-t-il. Il ferma les doigts sur la poignée et tira, en vain.

À défaut d'en posséder la clé, il utilisa sa magie pour retirer le dispositif de fermeture, ce qui lui permit de forcer enfin la porte. Il trouva dans le coffre des sacs remplis de pièces de monnaie en or et en argent. Il poursuivit son enquête dans un autre établissement, de l'autre côté de la rue. En marchant sur le plancher, il sentit qu'il s'enfonçait légèrement. Avec son pouvoir de lévitation, il chassa la poussière et les débris et découvrit une trappe. Wellan était bien trop curieux pour ne pas l'ouvrir. La porte retomba durement sur le plancher, révélant un escalier. Il alluma ses paumes et descendit. Ce qu'il aperçut sur les tablettes le fit sourire. « Je vais être un homme fort populaire, ce soir », se dit-il. Un baril de vin sous chaque bras, il remonta à l'air frais.

Au milieu de l'après-midi, à l'aide de son esprit, il alla chercher des fruits, des noix et du fromage dans les cuisines d'Antarès et pique-niqua sur un quai, les pieds dans l'eau. C'était la première fois, depuis son arrivée à Alnilam, qu'il savourait un peu de quiétude.

Il poursuivit son exploration de la ville pendant quelques heures encore, puis décida de rentrer au campement avant que Sierra n'envoie les Manticores à sa recherche. Lorsqu'il réapparut au milieu du campement avec une dizaine de tonneaux de vin, les Chevaliers, qui commençaient à se rassembler pour le repas du soir, ne cachèrent pas leur étonnement.

– Où étais-tu passé ? tonna Apollonia.

– Je suis allé me balader et j'ai trouvé ceci.

– Qu'est-ce qu'il y a là-dedans ? se méfia Baenrhée.

– Je ne les ai pas encore ouverts, mais mon nez me dit que c'est du vin.

– Je le savais qu'il finirait par nous être utile, cet homme ! s'exclama le chef des Manticores en passant de l'inquiétude à l'extase.

Ce soir-là, Tanégrad prépara une marmite de poulet en sauce pendant que Dholovirah versait du vin rouge dans les gobelets de ses camarades. Sierra huma d'abord la boisson avant de se risquer à en boire.

– Il est encore très bon ! s'étonna-t-elle.

Les Manticores ne se contentèrent pas d'un seul verre : elles vidèrent cinq tonneaux. Lorsqu'elles commencèrent à faire les pitres autour du feu, Wellan s'éclipsa une fois de plus. Il se glissa dans son abri et alluma un feu magique.

Assis en tailleur sur sa cape, il laissa son regard se perdre dans les flammes en se rappelant ses propres campagnes militaires. Il revit les visages de ses vaillants compagnons Bergeau, Chloé, Dempsey, Falcon, Jasson et Santo, avec qui il avait grandi dans sa première vie à Émeraude. « Ils méritent la paix qu'ils ont retrouvée auprès de leur famille », se réjouit Wellan.

Puis il pensa à Kira et à Lassa. Dans sa première vie, il avait veillé sur eux, puis dans sa seconde, les rôles s'étaient inversés et ils étaient devenus ses parents.

Wellan ne pouvait même pas s'imaginer qu'ils puissent être inquiets pour lui, car ils le connaissaient mieux que quiconque. Ils savaient à quel point il était intelligent et astucieux. Malgré tout, ils étaient certainement en train de chercher une façon de le ramener à la maison. « Tout comme Onyx, qui doit faire des pieds et des mains pour retrouver Nemeroff... »

Sierra se glissa alors dans le refuge et alla s'asseoir près de Wellan, le tirant de ses rêveries.

– Je ne crois pas t'avoir jamais vu aussi nostalgique, avoua-t-elle. Que se passe-t-il ?

– De vieux souvenirs sont remontés dans ma mémoire.

– Bons ou mauvais ?

– Un peu de tout. Je songeais à mes compagnons d'armes et aux années où je menais également une guerre interminable contre les Tanieths.

– Tu as dû voir mourir beaucoup de tes amis, toi aussi.

– Je perdais la raison chaque fois que j'en perdais un, se rappela tristement Wellan.

– Et les bons souvenirs ?

– Je pensais à ma famille. Mes parents savent que je suis un homme plein de ressources, mais j'imagine qu'ils doivent quand même être rongés par l'incertitude.

– Parle-moi d'eux, fit Sierra pour lui changer les idées.

– Des anciens ou des plus récents ?

– Je veux tout savoir.

– Tu l'auras voulu, plaisanta Wellan en reprenant sa bonne humeur.

Il s'adossa au mur.

– La première fois que je suis né, c'était au Royaume de Rubis. Mon père et ma mère en étaient les souverains. Ils m'ont fait conduire à Émeraude alors que je n'avais que cinq ans. Tout ce dont je me souviens, c'est que ma mère était une personne froide et austère et qu'elle ne supportait pas les espiègleries d'un petit garçon aussi remuant que moi. Mon père était un grand gaillard qui aimait bien rire et qui avait toujours quelque chose d'intéressant à raconter. C'est à peu près tout.

– Et ta seconde famille ?

– Ironiquement, après ma mort lors d'une grande bataille, je suis revenu à la vie dans le corps du premier bébé de deux de mes Chevaliers : Kira et Lassa. Mais celui-ci n'était pas mon géniteur. Kira était devenue enceinte de moi lorsqu'un dieu déchu l'avait emprisonnée dans le passé, où elle était tombée amoureuse de Lazuli, l'ancêtre de Nemeroff.

– Ma foi, tu as bu bien plus de vin que moi ! s'exclama Sierra.

– Je te jure que c'est la vérité.

– Es-tu en train de me dire que tu es né dans le passé ? fit-elle moqueusement.

– Là, tu vas vraiment me prendre pour un fou…

– Oh, mais c'est déjà fait. Je t'en prie, continue.

– Kira a perdu la vie alors qu'elle s'y trouvait encore et, puisqu'elle est d'origine divine, elle s'est retrouvée dans l'Éther.

– Où est-ce ?

– Là où habitent les dieux. À partir de là, elle a pu revenir dans le monde des mortels à l'époque où elle avait été enlevée.

– Tu as de la chance que Leinad ne soit pas ici, parce que c'est certain qu'il te ferait interner.

– Et nous avons à peine effleuré le sujet.

– C'est vraiment la première campagne pendant laquelle je n'ai pas le temps de m'ennuyer.

– J'aurai au moins servi à ça.

– Tu as été bien plus utile que tu le crois, Wellan, et je t'en remercie.

– Ouais… surtout que je ne voulais pas intervenir dans le cours de votre histoire.

– Le vin commence à m'engourdir.

– Avant que tu te couches, j'ai un présent pour toi.

Il fit apparaître devant elle deux sacs en coton de grosseur moyenne, fermés par des lacets.

– Qu'est-ce que c'est ?

– Découvre-le toi-même, l'invita Wellan.

Elle en détacha un et écarquilla les yeux en constatant qu'il était rempli de statères d'or.

– Mais où as-tu trouvé ça ?

– Dans la ville où tu habitais. Puisque tu en es la seule survivante, c'est à toi qu'ils reviennent.

Wellan ne lui révéla pas qu'il y avait des centaines d'autres sacs sous le bâtiment qu'il avait exploré à Paulbourg. Il lui offrirait le reste de cette fortune au moment de son départ d'Alnilam pour lui témoigner sa reconnaissance.

– Est-ce que tu t'opposerais à ce que j'en remette une partie à Apollonia ?

– Bien sûr que non. Cet argent t'appartient, Sierra. Tu peux en faire ce que tu veux.

– Tu es vraiment l'homme le plus imprévisible que j'ai rencontré de toute ma vie. Je ne peux même pas imaginer comment tu pourrais encore me surprendre.

– Ce ne seront que de bonnes surprises, promis.

Sierra se laissa mollement retomber sur le dos. Wellan en fit autant.

– Sais-tu où est Eanraig ? demanda-t-il.

– Il ne rentrera pas… si tu vois ce que je veux dire.

– Ah… Mactaris…

– Tu es plus perspicace que tu en as l'air, plaisanta-t-elle. Bonne nuit, Wellan.

– Bonne nuit, Sierra.

Elle ferma les yeux et sombra aussitôt dans le sommeil. L'ancien soldat se tourna sur le côté pour observer son visage en se disant qu'Ilo était le plus chanceux de tous les hommes.

LE RETOUR DE NEMEROFF

Lorsqu'il eut fini de creuser au pied des falaises le profond fossé qui débouchait dans la rivière Caléana et qu'il eut tapissé ce dernier d'un épais revêtement en pierre pour protéger la flore et la faune riveraine, Nemeroff utilisa son vortex pour retourner sur l'île de Gaellans. Il était épuisé et tout ce qu'il désirait, c'était dormir au milieu de ses amis Deusalas. Il se matérialisa à l'endroit où aurait normalement dû se tenir une sentinelle, mais ne l'y trouva pas. Il s'approcha du bord de l'à-pic pour voir si les dieux ailés étaient en train de pêcher. Il n'en vit aucun.

Il scruta magiquement la falaise, mais il n'y avait personne. «Ont-ils été attaqués en mon absence?» s'alarma-t-il. Il se transforma une fois de plus en dragon, mais réduisit sa taille afin de pouvoir se faufiler dans les grottes. Il commença par celle d'Avali en craignant d'y trouver des cadavres, mais elle était déserte. En fait, il n'y restait plus rien. «Ils ont fui», comprit-il, en partie soulagé. Il visita d'autres cavernes et vit qu'elles étaient dans le même état. «Pourquoi sont-ils partis?» À bout de force, il se coucha en boule dans un nid abandonné et sombra dans le sommeil en s'entourant de lumière blanche.

Nemeroff ne se réveilla que le lendemain. Il retourna au sommet de l'île pour profiter du soleil. Puisqu'il n'avait que visité des campements de Chevaliers sur le grand continent, il se procura magiquement de la nourriture chez les Manticores. Assis sur le bord de la falaise, il avala lentement son ragoût en réfléchissant à sa situation. Il n'avait relevé aucun signe de violence dans les grottes des Deusalas : pas de sang, pas de plumes, pas de cadavres.

— *Kiev ?* appela-t-il avec son esprit.

— *Nemeroff ? Est-ce bien toi ?* fit la voix enjouée du jeune dieu.

— *Oui, c'est moi. Je suis content que tu puisses m'entendre.*

— *J'ai appris des tas de choses en ton absence. Où es-tu ?*

— *Je suis revenu à Gaellans, tel que je te l'avais promis, mais il n'y a plus personne.*

— *C'est que nous avons dû partir après qu'Océani a surpris et tué un sorcier d'Achéron qui était en train de nous espionner.*

— *Où vous êtes-vous réfugiés ?*

— *Sur la côte ouest de Girtab.*

— *Je ne vois pas où c'est, car j'ignore tout de votre géographie.*

— *Alors, reste où tu es. J'envoie quelqu'un te chercher.*

— *Merci, Kiev.*

Nemeroff termina son repas et déposa l'écuelle à côté de lui. Il continua d'admirer le continent en se demandant pourquoi Wellan était si fasciné par un monde qui n'était pas le leur. Dans un autre univers, leurs êtres chers étaient certainement plongés dans l'inquiétude et la tristesse. « Si je pouvais au moins leur transmettre un message pour leur dire que nous sommes toujours vivants… » regretta-t-il. Poussé par l'urgence de retourner auprès de sa femme et de ses enfants, il décida de ne pas attendre Wellan et d'aider seul les Deusalas. Si son compagnon d'infortune désirait finir ses jours auprès des Chevaliers d'Antarès, c'était son affaire.

Il sentit la formation d'un vortex derrière lui et se retourna. Sappheiros en sortit. Il s'avança vers lui, uniquement vêtu d'un pantalon de toile blanche.

— Tu possèdes pourtant d'immenses pouvoirs, Nemeroff. J'étais persuadé que tu arriverais à nous localiser sans difficulté.

– J'aurais certes pu y arriver, mais il m'aurait fallu scruter tout le continent. J'ignore où se trouve Girtab.

– C'est pour ça que je suis ici. Je vais t'y conduire.

Le dieu ailé lui tendit la main. Nemeroff la prit et fut instantanément transporté sur la place de rassemblement des Deusalas, au sommet de leur nouvelle falaise. Seuls Kiev et Océani les y attendaient. L'adolescent se jeta dans les bras de son ami dragon pour le serrer avec affection.

– Je savais que tu reviendrais !

Il recula de quelques pas.

– Mais où est Wellan ? Tu ne l'as pas trouvé ?

– Il est avec les Chevaliers d'Antarès et il est si fasciné par leurs combats qu'il n'a accepté de me rejoindre ici que lorsqu'il aura observé le travail de leurs quatre divisions.

– Quand ?

– Dans quelques semaines tout au plus. Maintenant que je sais qu'il va bien, je suis revenu vous prêter main-forte, comme je vous l'ai promis.

– La guerre va bientôt éclater, laissa tomber Océani.

– Nous avons commencé à nous préparer, ajouta Kiev. Sappheiros et Océani ont divisé les adultes et les adolescents en petits groupes pour les entraîner et je dois dire que les choses progressent plutôt bien.

– Et les enfants ? s'informa Nemeroff.

– Si Achéron nous attaque, ils seront rassemblés sans délai dans la plus profonde de nos grottes et protégés par au moins deux adultes, répondit Sappheiros. Nous ne désirons pas leur enseigner à se défendre avant qu'ils aient au moins quatorze ans.

– C'est plus prudent, en effet. Que savent faire les Deusalas jusqu'à présent ?

– Tu le verras demain, lors du prochain entraînement, fit Océani. Ils sont tous partis à la pêche pour nourrir leur famille.

– Nous profiterons donc de cette petite pause pour bavarder, se réjouit Kiev. Viens t'asseoir, je t'en prie.

Nemeroff suivit l'adolescent jusqu'à des couvertures posées sur le sol. Il leva les yeux pour admirer la haute voûte végétale qui protégeait la grande place et sentit qu'elle n'était pas naturelle : quelqu'un l'avait créée magiquement.

– Nous n'avons jamais besoin de faire du feu ici, lui dit Kiev. Il fait toujours chaud à Girtab. Raconte-moi tout ce qui se passe à Alnilam.

Les trois hommes prirent place devant le futur chef de guerre.

– Les Chevaliers d'Antarès continuent d'empêcher les hommes-scorpions d'envahir leurs terres, commença Nemeroff.

– Les quoi ? s'étonna Kiev.

– Ce sont des créatures hybrides qui vivent sur les falaises du Nord. Pour une raison qui nous échappe, elles ne sont plus contentes de leur sort et elles essaient d'envahir le reste du continent en tuant tous ceux qui se trouvent sur leur route.

Kiev se tourna vers ses mentors.

– Étiez-vous au courant de leur existence ?

– Oui, mais il était inutile d'alarmer les Deusalas, car les hommes-scorpions ne se rendront jamais jusqu'ici, affirma Océani. Nous avons un autre ennemi bien plus mortel à affronter.

– Des hommes-scorpions ? répéta Kiev, horrifié.

– Le résultat d'une expérience menée par les sorciers d'Achéron, précisa Sappheiros.

– C'est affreux…

– Puisqu'ils étaient indociles, Achéron s'en est débarrassé en les rejetant dans les territoires enneigés d'Alnilam.

– Et maintenant, ils sont des millions et ils descendent sans cesse sur le continent que les Chevaliers d'Antarès défendent de leur mieux, lui apprit Nemeroff.

– Y arrivent-ils ? s'inquiéta Kiev.

– De plus en plus difficilement.

– Est-ce la raison pour laquelle Wellan est resté avec eux ?

– Sans doute. Je les ai aidés en creusant un large fossé au pied de leur falaise pour ralentir leurs progrès. Il s'est rempli d'eau de mer et il coule d'un bout à l'autre du pays.

– Cela suffira-t-il à les décourager d'attaquer les humains ?

– Je n'en sais rien, Kiev.

– Une fois que nous aurons réglé nos comptes avec Achéron, nous viendrons en aide aux Chevaliers, intervint Océani pour ramener l'attention du jeune homme sur leurs propres problèmes.

– Surtout que nous allons bientôt devenir leurs nouveaux dieux, leur rappela Kiev.

– Une chose à la fois, lui recommanda Sappheiros.

– Parlez-moi de cet espion que vous avez abattu, demanda Nemeroff.

– C'était un sorcier volant de la même race que ceux qui ont failli nous faire disparaître à tout jamais, raconta Océani. Je l'ai tué avec mes couteaux.

– Comme il ne reviendra pas, son maître saura que la colonie existe toujours, ajouta Sappheiros.

– Nous avons donc très peu de temps pour organiser notre défense, comprit Nemeroff.

– Il n'est pas question de nous contenter de les repousser, protesta Kiev. Nous allons les détrôner.

– Nous reparlerons de tout ça demain, trancha Sappheiros. Commence par installer confortablement notre invité.

– Tu as raison ! Où sont mes manières ?

– Sappheiros et moi avons encore du travail à accomplir avant la nuit, fit Océani en se levant.

Les deux hommes saluèrent le jeune roi de la tête et disparurent en même temps.

– Où sont-ils allés ? s'inquiéta Nemeroff.

– Depuis quelques jours, ils font le tour des forges humaines pour nous procurer des armes.

Kiev lui pointa la montagne d'épées, de poignards et de lances à l'autre bout de la grande place.

– Vous êtes des êtres divins, lui rappela Nemeroff. Vous n'avez pas besoin de tout ça pour anéantir d'autres dieux.

– Océani croit que nous devons nous préparer à toute éventualité.

– Les rayons meurtriers de nos mains sont beaucoup plus rapides qu'une lourde épée.

– À condition d'être capable de les faire jaillir sans souffrir, soupira l'adolescent. Sappheiros, Océani et toi le faites depuis des lustres. Pour les Deusalas, c'est nouveau et très douloureux.

– Alors, vous avez de la chance que je sois de retour.

– Oui, je sens que nous ne gagnerons pas cet affrontement sans toi. Toutefois, mes mentors ont raison : je dois d'abord te trouver un logis. Il y a encore plus de grottes ici qu'à Gaellans. Tu peux rester chez moi ou choisir un nid bien à toi ailleurs.

– Ton père préférera sans doute que je m'isole de sa famille.

– Je ne vis plus avec lui, car je suis marié désormais.

– Marié ? s'étonna le jeune roi.

– C'était la seule façon de m'affranchir d'Avali et de prendre mes propres décisions. Et puisque j'ai épousé la fille du Roi Sandjiv, il n'a pas eu d'autre choix que de me laisser partir.

– Ai-je été parti si longtemps que tu es devenu un adulte en mon absence ?

– En raison de l'urgence de rebâtir notre civilisation, nous avons le droit de fonder une famille dès que nous sommes en mesure de la nourrir. Allons te trouver un nouveau foyer.

Kiev perdit aussitôt son enthousiasme.

– Mais tu ne pourras jamais entrer chez moi sous ta forme de dragon. Les corniches des cavernes de Girtab sont beaucoup plus étroites que celles de Gaellans.

– J'ai une surprise pour toi.

Nemeroff se transforma en dragon, puis se mit à rapetisser sous le regard émerveillé de l'adolescent. Il finit par atteindre la même taille que lui.

– Je ne savais pas que tu pouvais faire ça !

– Moi non plus. C'est Wellan qui me l'a appris.

La créature bleu nuit marcha jusqu'au bord de la falaise et se jeta dans le vide en même temps que Kiev.

Les deux amis rasèrent la paroi rocheuse jusqu'à la grotte des nouveaux mariés. Puisque l'entrée faisait face à l'ouest, il régnait une certaine obscurité, même pendant la journée, mais Mikéla parvenait tout de même à y effectuer ses tâches quotidiennes.

– Il est de retour ! s'exclama Kiev.

– Bienvenue chez nous, l'accueillit timidement Mikéla.

Nemeroff promena son regard sur la caverne quatre fois plus grande que celle que le jeune homme occupait avec ses parents sur Gaellans. Il découvrit plusieurs alcôves trop petites pour y dormir, alors il y alluma des feux magiques qui prodiguèrent à l'endroit une belle lumière dorée.

– Je te remercie, fit Mikéla, mais il fait déjà très chaud à Girtab.

– Ces feux ne produiront de la chaleur que si vous le désirez, la rassura Nemeroff. Vous pourrez aussi en contrôler l'intensité lumineuse.

– Nous ? s'étonnèrent en chœur les Deusalas.

– Je peux vous assurer que cette magie vous obéira.

Les nouveaux époux échangèrent un regard inquiet.

– Je vais vous le prouver, ajouta Nemeroff. Kiev, à l'aide de ton esprit, demande aux flammes de devenir plus brillantes.

Même s'il n'était pas certain d'obtenir le moindre résultat, l'adolescent accepta d'essayer. Il fut bien surpris d'être soudain aveuglé par la lumière.

– Waouh ! s'exclama-t-il. À ton tour, Mikéla !

Plus réservée que son conjoint, la jeune fille décida de diminuer l'éclat des feux qui lui permettaient à peine d'ouvrir les yeux. Pendant qu'elle utilisait sa magie, Nemeroff remarqua qu'il n'y avait qu'un seul nid surélevé dans la caverne. Kiev se mit à applaudir Mikéla lorsqu'elle réussit enfin à influencer les flammes.

– Vous voyez bien que vous êtes plus puissants qu'on vous l'a laissé croire, les encouragea Nemeroff.

– C'est de plus en plus évident, acquiesça Kiev.

– Je te remercie de m'avoir offert de partager votre grotte, mais si tu n'y vois pas d'inconvénients, je préférerais avoir mon petit coin bien à moi.

– C'est tout naturel. Viens, je vais te montrer les cavernes qui sont encore disponibles.

– Nous nous reverrons demain, Mikéla, la salua Nemeroff.

Les deux hommes reprirent leur envol. Pendant plus de deux heures, Kiev fit visiter à son ami plusieurs endroits où ses mentors avaient installé l'eau courante. Le roi d'Émeraude exprima sa préférence pour la dernière grotte, qui se trouvait dans la partie la plus élevée de la falaise.

– C'est un bon choix. As-tu besoin de quelque chose ?

– Merci, Kiev, mais je suis capable de répondre à mes propres besoins. Je vais profiter de la journée pour m'installer, si tu veux bien.

– Oui, bien sûr, mais n'hésite pas à m'appeler si tu as des questions.

– Je n'y manquerai pas.

Kiev étreignit Nemeroff une dernière fois avant de le quitter. Le roi d'Émeraude commença par allumer un feu magique en plein centre de son nouveau logis pour y voir davantage, puis il utilisa ses pouvoirs magiques pour creuser le sol d'un des enfoncements sur le mur le plus éloigné afin de lui donner la forme d'un nid. S'il avait su où trouver des piécettes d'or et des pierres précieuses, il en aurait recouvert le fond, car il dormait toujours mieux sur un trésor. Mais il ne connaissait aucun des royaumes d'Alnilam : il n'avait visité que des campements militaires. Il se résolut donc à utiliser des couvertures comme matelas et en subtilisa aux Manticores.

Il s'avança ensuite vers le bassin où coulait un filet d'eau par une fissure dans le mur. Il était à peine assez grand pour y plonger les mains. Puisqu'il rêvait de prendre enfin un bain, Nemeroff entreprit d'en augmenter les dimensions. Il était au beau milieu de cette opération lorsque le Roi Sandjiv entra dans la caverne.

– Ta puissance est impressionnante, laissa-t-il tomber.

– Ce que je peux faire, vous le pouvez aussi, répliqua Nemeroff en se tournant vers lui.

– C'est ce que Sappheiros et Océani nous répètent sans cesse.

– Ils ont raison et, lorsque vous l'aurez compris, vous deviendrez les maîtres de cet univers.

– Je suis venu m'assurer que tu ne manques de rien, mais je vois bien que tu peux te procurer tout ce qu'il te faut.

– Ce n'est qu'une question de temps avant que vous y arriviez aussi.

– Je ne te dérange pas plus longtemps, Nemeroff. Je voulais seulement te dire que ton retour nous réjouit. Nous nous reverrons demain sur la grande place.

– Avec plaisir.

Dès que le roi des Deusalas fut parti, Nemeroff fit chauffer l'eau du nouveau bassin, se débarrassa de ses vêtements et s'y plongea avec bonheur.

– Voilà ce qui manque le plus aux Chevaliers d'Antarès, murmura-t-il en fermant les yeux.

Il resta dans sa baignoire pendant un long moment, puis nettoya magiquement ses vêtements avant de les remettre. Il s'assit ensuite devant le feu et fit apparaître une écuelle, encore une fois empruntée aux Manticores, et mangea en préparant sa stratégie pour le lendemain. « Il est temps que ça finisse… » se dit-il.

L'ARMÉE AILÉE

Nemeroff passa le reste de la soirée et toute la nuit à dormir d'un sommeil réparateur. Ce fut finalement la voix de Kiev qui le tira de ses rêves. Il leva la tête et battit des paupières. Son jeune ami se tenait devant le feu magique et le cherchait du regard.

– Je suis ici, fit le dieu-dragon en émergeant de son lit de couvertures.

– Je constate que tu n'as pas perdu ton temps.

– Un roi a besoin d'un minimum de confort, répliqua-t-il moqueusement.

– As-tu faim ? Je t'ai apporté des fruits de Girtab. Ils sont juteux et savoureux.

– Comment pourrais-je refuser une telle offrande ?

Ils prirent place sur le sol et Kiev déposa son butin entre eux.

– Tu aimes bien ta nouvelle patrie, on dirait, le taquina Nemeroff.

– Je ne sais pas si nous y serons davantage en sûreté, mais le climat est beaucoup plus clément et la nourriture y abonde. Les récifs au pied de la falaise empêchent les bateaux de pêche de s'approcher, alors nous ne manquerons jamais de poisson.

Nemeroff croqua dans un gros fruit rouge dont la chair était veloutée.

– Tu as raison : c'est succulent.

Kiev le laissa prendre quelques bouchées avant de commencer à le bombarder de questions :

– Comment sont les humains ?

– Ils vous ressemblent quand vous ne faites pas apparaître vos ailes.

– Représentent-ils une menace ?

– Pas tous. Il y en a des gentils, des curieux, des indifférents, des tenaces, des sensibles, des raisonnables, des impulsifs…

– Tu me donnes tellement envie de partir à leur rencontre !

– C'est un vaste monde que le tien et je n'en ai visité qu'une toute petite partie.

– Pourquoi Achéron ne les aide-t-il pas à vaincre une fois pour toutes leurs ennemis scorpions et à se procurer une paix durable ?

– Si j'ai bien compris les propos que tiennent entre eux les Chevaliers, Achéron ne se préoccupe pas du tout de ce qui se passe chez les humains. Il a sans doute de plus gros problèmes à régler chez lui. Les dieux ne sont pas parfaits, Kiev.

– Mais s'il continue d'ignorer les difficultés des humains, ils risquent de tous périr.

– Tu as raison, et c'est pour ça les Chevaliers se battent comme des forcenés pour que ça ne se produise pas.

Kiev avala quelques raisins.

– À quoi ressemblent ces hommes-scorpions ?

Au lieu de se lancer dans une description détaillée, Nemeroff choisit de lui en faire apparaître un sous forme d'hologramme. Kiev recula, paniqué.

– Il n'est pas réel ! s'empressa de le rassurer son ami. Ce n'est qu'une image.

– Est-ce sa véritable taille ?

– C'est du moins celle des guerriers Aculéos, car nous ne savons rien de plus sur leur civilisation. Mais une femme-scorpion, recueillie par les humains quand elle était bébé, se bat avec les Chevaliers et elle est deux fois plus petite.

– Aculéos… murmura Kiev en se rapprochant de la projection magique. C'est donc ainsi qu'on les appelle. Ils sont vraiment grands et ils ont quatre bras ?

– Dont deux sont munis de pinces. Ils s'en servent pour attraper leurs proies et leur dard les tue sur-le-champ.

– Arrivent-ils à terrasser beaucoup de Chevaliers ?

– Malheureusement, oui. C'est pour ça que je leur suis venu en aide à plusieurs reprises sous ma forme de dragon. Mais je n'ai réussi à en éliminer que quelques milliers.

– Que nous conseilleras-tu si nous devenons les nouveaux dieux d'Alnilam ?

– De sérieuses négociations s'imposeront et si elles n'aboutissent pas, alors il vous faudra établir une barrière infranchissable entre leurs terres et celles d'Alnilam.

– Notre magie sera-t-elle assez puissante pour accomplir un tel exploit ?

– Je suis sûr que oui.

Nemeroff fit disparaître le monstre.

– J'ai une faveur à te demander, se risqua Kiev. Lorsque tu rentreras chez toi, est-ce que je pourrai visiter ton monde ?

– Seulement si nous sommes certains que tu pourras revenir dans ton propre univers. Je ne voudrais pas que tu connaisses les mêmes tourments que moi.

Lorsqu'ils eurent terminé le repas, ils se rendirent à la place de rassemblement des Deusalas. Presque tout le monde était là. Nemeroff ne comprit pas pourquoi personne ne s'entraînait à former des rayons ardents. À la place, les dieux ailés s'entraînaient à faire des attaques et des feintes d'escrime avec des épées qui ressemblaient à celles des Chevaliers d'Antarès. Pour avoir passé quelque temps auprès des défenseurs du continent, le jeune roi voyait bien qu'ils ne portaient aucun coup stratégique à leurs adversaires.

– Pourquoi ne leur enseignez-vous pas à se défendre avec leur force vitale ? demanda Nemeroff à Sappheiros.

– Nous commençons par les épées parce que leurs paumes sont trop douloureuses pour en serrer le manche si nous leur imposons d'abord d'allumer leurs mains.

– Si ce sont des sorciers, ou pire encore, des dieux, qu'ils affronteront, ces armes ne leur serviront à rien… à moins que…

– À quoi penses-tu ?

– À une façon d'éliminer définitivement ces souffrances qui les handicapent.

Nemeroff alla dans l'arsenal des Deusalas pour chercher une épée, puis se posta au centre de la place. Les apprentis cessèrent les combats pour voir ce qu'il allait faire.

– Voici comment utiliser une arme pour qu'elle devienne divine ! annonça le jeune roi.

Il leva l'épée vers le ciel. De petits éclairs se mirent à courir sur la lame en métal.

– Comment fais-tu ça ? s'émerveilla Kiev.

– Laisse-le terminer sa démonstration, l'avertit Océani.

– J'ai besoin d'une cible de la taille d'un homme, réclama Nemeroff.

Sappheiros fit apparaître un rocher aussi gros que lui.

– Ça te va ?

– C'est parfait. L'un de vous pourrait-il établir un écran de protection devant cette vaillante armée pour que personne ne soit blessé par les éclats de pierre ?

Océani se porta volontaire et créa un mur invisible entre les Deusalas et Nemeroff. Il obligea Kiev à s'abriter derrière comme les autres.

– Voici ce que vous pourriez faire si vous vous retrouvez face à un ennemi magique ! lança le dieu-dragon.

Il pointa l'épée vers le rocher. Un rayon aveuglant jaillit de la lame et frappa la cible, la faisant éclater en morceaux.

– Waouh ! s'écria Kiev. Je veux essayer !

– Un peu de patience, jeune homme, lui recommanda Sappheiros.

– Si j'ai bien compris l'histoire de votre peuple, poursuivit Nemeroff, vos ennemis arriveront sans doute sous la forme de chauves-souris géantes. Cette énergie meurtrière, si vous la dirigez bien, les tuera instantanément, mais il faudra aussi apprendre à l'utiliser en vol.

– Achéron possède aussi des soldats-taureaux, l'informa Océani.

– Ils ne pourront jamais grimper jusqu'ici, déclara Kiev.

– Océani a en effet rendu l'accès à cette falaise impossible à toute créature ne possédant pas des ailes, renchérit Sappheiros.

– Pourrait-il leur en pousser spontanément? demanda Mikéla.

– Ce ne sont que des Immortels, leur rappela Océani. Achéron s'est assuré que ses soldats ne gardent que le pouvoir de se transformer après son fiasco avec les sorciers animorphes.

– Je suggère que vous concentriez vos efforts sur ces rochers, peu importe le visage qu'aura l'ennemi, trancha Nemeroff.

Après avoir recollé magiquement les fragments du rocher, Océani fut le premier à tenter l'exercice de l'épée, qu'il réussit du premier coup. Sappheiros savait déjà enflammer la sienne. Kiev fut le suivant.

– Dis-moi quoi faire.

– Charge normalement ta main, lui indiqua Nemeroff, puis laisse monter l'énergie jusqu'au bout de la lame. Retiens-la jusqu'à ce que tu la sentes prête à exploser. Ensuite, vise le rocher et laisse-la partir.

Sous l'œil vigilant de ses mentors, Kiev suivit les instructions du dieu-dragon à la lettre. Un rayon ardent s'échappa de l'épée, désintégrant la cible.

– J'y suis arrivé !

Sappheiros répara encore une fois le rocher.

Tous les membres de la colonie se présentèrent à tour de rôle entre Nemeroff et Sappheiros. Certains firent mouche du premier coup, d'autres durent s'y reprendre à plusieurs reprises. Nemeroff céda finalement sa place à Océani et recula parmi les apprentis. C'est alors qu'il aperçut Avali derrière le groupe. Il tenait lui aussi une épée, mais il ne semblait pas savoir quoi en faire et laissait tout le monde passer devant lui.

Nemeroff s'approcha du Deusalas en sondant son âme. Tout comme ses semblables, Avali voulait protéger les siens, mais il était terrifié.

– Si tu ne désires pas t'exercer devant les autres, je pourrais te l'enseigner en privé, lui offrit Nemeroff.

– Je préférerais que nous n'ayons pas recours à toute cette violence…

– Je te promets que si Achéron ose s'attaquer aux Deusalas, cette guerre sera brève et se terminera en votre faveur. Vous méritez non seulement de régner sur cette planète, mais aussi de vivre en paix jusqu'à la fin des temps.

– Comment peux-tu me faire une telle promesse ?

– Vous êtes tous des dieux alors qu'il n'y en a que quatre dans le panthéon du rhinocéros. Le reste ne comprend que des serviteurs sans cervelle que vous vaincrez facilement. Dans mon monde, les bovins armés d'Achéron ont été défaits par une petite déesse haute comme trois pommes.

– Vraiment ?

– Mais seul un dieu peut en anéantir un autre, Avali. Je pense qu'Achéron vous enverra d'abord tous ses esclaves avant de s'exposer à votre puissance. Vous devrez tous être prêts à stopper les premières vagues. Les chauves-souris ne devront pas se rendre jusqu'aux enfants.

Les innocents minois de ses deux filles apparurent dans l'esprit d'Avali. Il hocha doucement la tête et rejoignit les autres dans la file afin d'apprendre à fracasser lui aussi le rocher. À la fin de la journée, tous les Deusalas maîtrisaient cette nouvelle énergie. Nemeroff imagina alors un nouvel exercice pour les aider à rendre leurs tirs plus précis. Il se posta sur le bord de la falaise et fit apparaître à ses pieds des centaines de gros galets plats.

– Océani, puis-je te demander d'être le premier à prendre part à cette démonstration ?

– Avec joie.

Le dieu ailé s'approcha de lui, tout comme le reste de la colonie.

– Gardez à l'esprit que les sorciers que vous affronterez seront des créatures volantes, expliqua Nemeroff. Elles arriveront sans doute de ce côté et vous serez forcés de les attaquer dans le ciel. Elles ne seront pas immobiles comme le rocher. Vous allez donc commencer par lancer des rayons à partir de la falaise, puis nous passerons aux tirs en vol. Je vais lancer ces pierres une à une au-dessus de la mer et tu devras les faire éclater à l'aide des décharges de ton épée. Es-tu prêt ?

Océani esquissa un sourire qui indiquait qu'il adorait ce défi. Il leva l'arme devant lui et la chargea. Nemeroff laissa donc partir les cailloux dans toutes les directions à cinq secondes d'intervalle. Le Deusalas n'en manqua aucun. Excités, les adolescents bousculèrent les adultes pour se rendre jusqu'à Nemeroff et être les premiers à essayer ce nouvel exercice. Sans se lasser, le dieu-dragon lança les galets pendant des heures. Puis il augmenta le degré de difficulté.

– Océani, j'ai encore besoin de toi.

– Je m'en doutais.

Le Deusalas avait déjà compris ce que voulait faire Nemeroff, alors il prit son envol. Les cibles décollèrent à nouveau de la falaise et Océani s'amusa à les faire éclater avec son épée en virevoltant en tous sens.

– Ça, par contre, ça risque d'être plus difficile, laissa échapper Mikéla, avec une pointe de découragement.

– Je ne vous demande pas de devenir des experts dès le premier essai, la rassura Nemeroff.

Les membres de la colonie passèrent le reste de la journée à tenter de détruire les cailloux volants, avec très peu de succès pour commencer. Lorsque Nemeroff mit fin à l'exercice, il leur promit que le lendemain, ils continueraient de s'améliorer.

– Il leur faudra aussi développer leur vision périphérique, lui chuchota Sappheiros, sinon ils risquent de s'entretuer.

– Je sais… mais chaque chose en son temps.

– Merci de nous soutenir dans nos efforts, Nemeroff.

Les Deusalas retournèrent chez eux pour manger et se reposer, car ils seraient encore mis à l'épreuve le lendemain. Nemeroff était moins pressé. Il s'assit sur le bord de la falaise et regarda le soleil se coucher.

– Tu as de très bonnes idées, lui dit Sandjiv en prenant place près de lui.

– Je fais ce que je peux, car je n'ai jamais été chef de guerre dans mon monde.

– C'est pour cette raison que tu voulais aller chercher ton ami.

– Eh oui… mais Wellan est trop fasciné par ce qui se passe sur le continent. Toutefois, il m'a donné sa parole de me rejoindre ici, et c'est un homme de confiance.

– Crois-tu vraiment que nous pouvons vaincre le panthéon d'Achéron?

– Si les Deusalas continuent à s'améliorer à ce rythme et s'ils ne perdent pas confiance en eux, oui, je le crois.

– Puis-je te faire porter à manger?

– Ce ne sera pas nécessaire. J'arrive facilement à satisfaire mes besoins physiques. C'est à mon âme que je ne peux pas encore accorder ce qu'elle réclame.

– Ça me désole beaucoup, mais si tu partais maintenant, nous serions vraiment sans défense. Merci d'être revenu. Mais avant que je retourne chez moi… d'un roi à un autre, j'aimerais que tu me le dises si j'ai des lacunes.

– Il est impensable de comparer notre façon de régner à Enkidiev à celle des Deusalas, Sandjiv. Nos univers sont bien trop différents. Moi, ce que je vois en toi, c'est un homme qui aime profondément son peuple et qui est prêt à faire n'importe quoi pour lui assurer un avenir meilleur. C'est tout ce qui compte.

Ému, le roi des Deusalas tapota l'épaule de Nemeroff avec affection et prit son envol. Nemeroff se surprit à penser que Kaliska aurait bien aimé passer quelque temps avec ces gens puissants et simples à la fois, qui vivaient sans penser à conquérir les territoires de leurs voisins. Les dieux ailés méritaient vraiment de régner sur Alnilam et sur tous les autres continents qui existaient sûrement ailleurs sur cette planète.

Lorsque l'astre du jour eut disparu à l'horizon, Nemeroff regagna sa propre grotte et se fit apparaître un repas chaud, subtilisé encore une fois aux Manticores. Au lieu de retourner l'écuelle à ses propriétaires lorsqu'il fut rassasié, Nemeroff la lava et la garda, au cas où il en aurait besoin plus tard.

Il s'allongea sur ses couvertures et dressa mentalement le bilan de sa journée. « Mon père serait fier de moi », se dit-il. Au lieu de paniquer, tandis qu'il était prisonnier d'un monde inconnu, il se faisait plutôt un devoir de se rendre utile et de chercher en même temps la façon de rentrer chez lui. « Je mûris, on dirait », songea-t-il, amusé.

– *Wellan, est-ce que tu m'entends ?*

– *Oui, Nemeroff. J'ai réussi à échapper aux Manticores et je me repose dans notre abri. Que se passe-t-il ?*

– *Je voulais tout simplement te dire que je participe à l'entraînement de la nouvelle armée des Deusalas.*

– La guerre est-elle imminente ?

– Nous n'en savons rien encore, mais nous ne pouvons pas attendre qu'elle éclate. Nous avons encore beaucoup de travail à faire avant que ces dieux puissent se défendre convenablement. Il y a une grosse différence entre s'en prendre à des cibles en pierre et s'attaquer à des sorciers volants.

– Aimerais-tu que j'abandonne maintenant les Chevaliers pour me joindre à vous ?

– Pour l'instant, je m'en tire bien. Je voulais surtout te tenir informé. Comment les choses se passent-elles de ton côté ?

– Tous mes muscles me font souffrir, mais j'imagine que je serai bientôt en meilleure forme qu'à mon arrivée à Alnilam. Je crois bien que Sierra se remettra bientôt en route. Depuis que tu as creusé le canal au pied de la falaise, le climat a changé.

– Ai-je provoqué un désastre écologique ?

– C'est trop tôt pour l'affirmer, mais la neige fond de plus en plus, alors qu'elle devrait rester au sol pendant encore plusieurs semaines.

– Qu'est-ce qui est le plus important : rétablir la normalité des saisons ou protéger le continent des Aculéos ?

– Tu connais déjà ma réponse à cette question, Nemeroff. Les vies humaines sont la priorité des Chevaliers.

– Mon père m'a appris, quand j'étais enfant, que notre propre continent avait subi plusieurs variations de température depuis sa création. Certaines espèces ont disparu, tant chez les animaux que chez les races humaines, et ont été remplacées par d'autres. Selon lui, la vie est résiliente.

– Il a sans doute raison.

– Peut-être avons-nous abouti ici pour provoquer ce genre de changement ?

– Nous finirons par le savoir. En attendant, je garde l'œil ouvert.

– Essaie de ne pas trop tarder, Wellan.

– Je te rejoindrai dès que j'aurai rencontré les Salamandres, à moins qu'Achéron vous attaque avant.

– C'est tout ce que j'avais besoin d'entendre. Va traiter tes muscles.

– Je te donnerai d'autres nouvelles bientôt.

Nemeroff ferma les yeux et n'eut aucune difficulté à trouver le sommeil.

ÉCLAIRCISSEMENTS

Au matin, Nemeroff se prélassa de nouveau dans sa baignoire. Il était en train de se rhabiller lorsque Sappheiros et Océani arrivèrent dans sa grotte. Il remarqua que le premier avait les bras chargés de fruits et que le second lui tendait un pantalon ample tel qu'en portaient les Deusalas, sauf qu'il était noir.

– Je pense que tu seras plus à l'aise avec ça, lui dit Océani.

– J'avoue qu'il fait plutôt chaud ici dans mes vêtements de cuir.

Pendant que le jeune roi enfilait le pantalon, Océani façonna une table et quatre sièges à partir de la pierre du plancher de la grotte. Sappheiros y déposa la nourriture et les trois hommes y prirent place. Nemeroff les écouta tout en mangeant.

– Il est temps de retourner à la grotte défendue, déclara l'aîné.

– Elle a certainement autre chose à nous dire, ajouta Océani.

– Vous avez sans doute raison, approuva Nemeroff. Avez-vous l'intention d'emmener Kiev ?

– Pas cette fois, répondit Sappheiros. Nous ne lui avons rien dit.

– Il est sur la place avec ceux qui ont eu de la difficulté hier avec les cailloux volants, précisa Océani.

– Pourquoi ne l'avez-vous pas convié à notre petite réunion ?

– Son esprit est trop impressionnable et il élabore toutes sortes de scénarios invraisemblables dont nous n'avons pas besoin en ce moment, expliqua Océani. Lorsque nous aurons établi exactement ce qui nous attend, nous le mettrons au courant.

– En fait, enchaîna Sappheiros, Kiev est obsédé par les hommes-taureaux qu'il a vus sur le mur de la caverne. Il est donc devenu urgent que nous déterminions le rôle qu'ils joueront dans cette guerre avant que le garçon effraie toute la colonie.

– Et pour savoir comment nous protéger de ces serviteurs d'Achéron, aussi, fit Océani.

– Je savais comment me rendre jusqu'à l'île à partir de Gaellans, mais pas d'ici, déplora Nemeroff.

– C'est encore plus simple.

Les Deusalas attendirent que le jeune roi ait terminé son repas, puis s'élancèrent avec lui au-dessus des flots. Ils s'assurèrent de se diriger plein sud pour éviter le champ de tir du côté des récifs. Comme l'avait annoncé Océani, les trois dieux arrivèrent sur l'île défendue une demi-heure plus tard.

– Vous vous en êtes vraiment rapprochés ! s'exclama Nemeroff. Maintenant, je sais où se trouve Girtab sur le continent.

Ils atterrirent dans une clairière et remontèrent en silence le sentier qui menait à l'entrée de la caverne de l'augure. C'est à cet endroit que Sappheiros arrêta ses compagnons pour leur exposer sa stratégie :

– Nous savons que l'entité Upsitos a communiqué avec toi et nous espérons qu'elle le fera encore cette fois-ci. Ça nous empêcherait d'interpréter les sculptures de façon erronée.

– Ce serait en effet plus utile, acquiesça Nemeroff. Alors espérons qu'elle aura encore envie de me parler. Toutefois, je vous invite à intervenir durant cette conversation si vous pensez à quelque chose que j'oublie.

– Ne t'en fais pas, le rassura Océani. C'est pour ça que nous sommes là.

Les trois dieux pénétrèrent dans le tunnel en allumant leurs paumes. Comme les bas-reliefs racontant l'histoire des Deusalas n'avaient pas changé, ils continuèrent plus loin. Ils virent la scène représentant Kiev et Nemeroff en train de regarder le mur où des mots étranges apparaissaient.

– C'est du venefica, les informa Océani. Ça confirme que nous avons bel et bien affaire à un augure d'un niveau élevé.

Le tableau suivant montrait une multitude d'hommes ailés s'envolant, épée à la main, mais aucun rayon ardent ne s'en échappait. Tout de suite après, on pouvait voir un homme chauve, les bras croisés, debout devant une horde de taureaux menaçants.

– Voyez-vous les éclairs sur ses tempes ? fit Océani. C'est Javad.

– Qui est-ce ?

– Le fils aîné d'Achéron.

– Après avoir confié le premier massacre des Deusalas à Kimaati, il va nous envoyer Javad ? s'inquiéta Sappheiros.

– À l'époque, ils nous ont pris par surprise, leur rappela Océani. La prochaine fois, je me battrai jusqu'à la mort pour défendre notre peuple.

– Les bovins semblent effrayer les Deusalas, remarqua Nemeroff, qui continuait d'étudier attentivement la scène. Il va falloir remédier à ça.

– Comment peut-on s'habituer à l'apparence d'un ennemi que nous ne voyons que lorsqu'il nous tombe dessus ? demanda Sappheiros.

– À l'aide d'hologrammes.

– Il a raison, l'appuya Océani. Si nos compatriotes sont régulièrement mis en présence d'images des taureaux de taille réelle, ils cesseront d'avoir peur. Veux-tu tenter un contact, Nemeroff ?

– Laisse-moi d'abord voir s'il y a de nouvelles sculptures après celle-ci.

Le jeune roi fit quelques pas en éclairant le mur. Il aperçut alors Javad en position de combat devant un autre jeune homme dont les traits étaient ravagés par la haine.

– Ce n'est pas l'un des nôtres, affirma Océani.

– C'est un jeune Hadarais qui s'appelle Eanraig, les informa Nemeroff.

– Tu le connais ?

– Il a fait une partie du voyage vers l'ouest avec la commandante des Chevaliers d'Antarès, Wellan et moi. En ce moment, il se trouve chez les Manticores qui patrouillent le pays d'Arcturus.

– Je commence à croire que le conflit va se propager à tout le continent, soupira Sappheiros.

– Y a-t-il autre chose plus loin ? demanda Océani, curieux.

– Non, rien.

– Alors, c'est le moment d'obtenir des réponses à nos questions, les pressa Sappheiros. Comment la communication s'est-elle établie, la première fois ?

– C'est l'entité qui m'a salué en premier en gravant ses paroles dans le roc. Puis elle m'a appris que je ne pourrais pas quitter votre monde avant que la prophétie soit réalisée.

– Un dieu ailé réussira à anéantir le panthéon d'Achéron et à libérer les humains, c'est bien ça ? récita de mémoire Océani.

– C'est exactement ça.

– Et si tu tentais d'établir le dialogue, cette fois ? insista Sappheiros.

– Je veux bien.

Nemeroff s'approcha d'un mur encore vierge.

– Vénérable Upsitos, j'aimerais vous parler.

Les trois dieux attendirent quelques instants en silence, puis des mots se mirent à apparaître dans la pierre.

Bienvenue, Nayati. Tu t'inquiètes de ton sort et de celui de tes amis.

– Il semblerait que l'armée d'Achéron s'apprête à attaquer de nouveau les Deusalas. Nous aimerions savoir où, quand et comment afin de prévenir une nouvelle hécatombe.

C'est son fils qui mènera l'attaque dans quelques lunes, mais l'avenir est incertain, alors il pourrait agir plus tôt. C'est lui qui choisira le champ de bataille, mais peut-être y en aura-t-il plusieurs.

Océani dirigea un regard découragé vers Sappheiros.

– Ces informations ne nous aident pas beaucoup, fit Nemeroff, dérouté.

Il est difficile d'interpréter les pensées d'un dieu qui ne sait pas encore ce qu'il fera. Il jongle avec de nombreuses possibilités. Toutefois, les plaines d'Antarès reviennent souvent dans son esprit.

– Antarès ? s'étonnèrent les trois hommes, qui s'attendaient plutôt à être attaqués à Girtab.

Je dois maintenant me taire, car nous ne sommes pas seuls.

Océani fut le premier à réagir. Il changea la lumière de ses mains pour la rendre plus agressive et s'élança dans le tunnel. Il entendit des pas précipités, mais ne parvint pas à rattraper l'intrus. Lorsqu'il aboutit finalement à l'extérieur, il ne vit personne. Il scruta l'île, en vain. Ses amis arrivèrent derrière lui.

– Qui était-ce ? s'inquiéta Nemeroff. Un sorcier ?

– Je ne saurais le dire.

Sappheiros s'accroupit et posa la paume sur le sol.

– Ça fait des lustres que je n'ai pas senti cette énergie…

– Ne restons pas ici, recommanda Océani.

– Nous ne devons pas le conduire jusqu'à la colonie, murmura l'aîné en se relevant.

– J'ai une idée, dit Nemeroff.

Il agrippa les bras des Deusalas et les transporta directement sur Gaellans. Les trois hommes demeurèrent silencieux et attentifs, scrutant l'endroit chacun à sa façon.

– Nous sommes seuls, déclara Océani. Qui nous épiait ?

– Mon père, Salocin, leur révéla Sappheiros.

– Est-il à la solde d'Achéron ? s'enquit Nemeroff.

– J'ignore quel camp il a choisi.

– S'il nous espionnait dans la caverne, ce n'est certainement pas bon signe, commenta Océani.

– Les sorciers sont incapables de lire l'écriture divine, lui
rappela Sappheiros. Il espérait sans doute que nous lui ap-
prendrions quelque chose.

– Qu'il rapporterait à son maître ?

– Je ne peux pas l'affirmer, Océani. Je l'ai perdu de vue il
y a fort longtemps.

– Mais à l'époque, il ne servait personne ? demanda
Nemeroff.

– Il vivait dans la crainte que les dieux finissent par le
retrouver, avoua Sappheiros.

– Pourrait-il être désormais en leur pouvoir ?

– Nous devrons poser la question à Upsitos.

– Je suggère de retourner à Girtab avant que Kiev ne
s'inquiète de notre absence et qu'il parte à notre recherche,
intervint Océani. Je ne voudrais pas qu'il tombe sur le sorcier.

Il n'eut pas besoin d'en dire plus : Nemeroff les ramena à
Girtab, tout au fond de la place de rassemblement, par mesure
de prudence. Ils s'avancèrent derrière les Deusalas pour observer leurs tirs en vol. Kiev, qui avait compris comment lancer
les galets dans les airs grâce à sa magie, y prenait de plus en
plus de plaisir.

– Comment se débrouillent-ils ? s'informa Nemeroff.

– Ils arrivent parfois à toucher les cibles, répondit Kiev,
qui gardait espoir que les siens s'améliorent.

– Imaginez maintenant que ces galets sont des sorciers
d'Achéron ! lança Océani. Si vous les ratez, ils vous tueront !

Le taux de réussite se mit aussitôt à grimper en flèche.
Lorsque les futurs soldats ailés commencèrent à montrer des

signes de fatigue, Kiev leur accorda une période de repos. Ils prirent place en rond sur la falaise. Nemeroff fit apparaître des gobelets d'eau pour tout le monde.

— Contrairement à ce que vous pensez, nous faisons de gros efforts, indiqua Iannig.

— Alors, il faut en faire plus, exigea Océani. Les serviteurs d'Achéron profiteront de toutes vos erreurs. Vous devez cesser d'en faire. C'est une question de survie.

Voyant qu'il était en train de démoraliser les troupes, Nemeroff décida de leur changer les idées. Il alla se planter au centre du groupe :

— Achéron possède deux types de guerriers : les chauves-souris géantes et les hommes-taureaux. Vous avez tous vu une chauve-souris au moins une fois dans votre vie, alors vous savez déjà à quoi ressembleront ces sorciers, qui seront à peu près de ma taille. Même si nous ignorons comment les bovins pourraient grimper jusqu'ici, à mon avis, nous devons nous préparer à cette éventualité. Je vais donc faire apparaître l'un d'eux à côté de moi, mais il ne sera pas réel. Ce ne sera qu'une image sans vie.

Nemeroff, qui avait vu ces imposants soldats à An-Anshar, n'eut aucune difficulté à en rappeler l'image à son esprit, puis à la traduire en hologramme. Malgré son avertissement, les Deusalas firent un bond en arrière.

— Vous n'avez rien à craindre ! intervint Kiev en marchant vers Nemeroff et sa création.

Pour le leur prouver, l'adolescent passa la main à travers la projection, puis il se tourna vers le guerrier céleste. Non seulement il était bien plus grand que lui, mais son torse musclé était deux fois plus large que ceux des Deusalas. Et que dire de ses bras…

— Allons-nous combattre une telle créature ? s'alarma Avali.

– Nous n'en savons rien, avoua Océani.

– L'important, c'est de nous attendre à tout, ajouta Nemeroff.

– Possèdent-ils de la magie ? demanda Haéléra.

– Heureusement, non, répondit Océani, sauf celle qui leur permet d'adopter une forme entièrement humaine. Toutefois, ils savent fort bien se servir de leurs épées et de leurs longues cornes. Vous n'avez pas encore assez d'expérience pour les affronter en corps à corps, alors si ce sont eux qu'Achéron nous envoie, il faudra les tuer bien avant qu'ils puissent s'approcher de vous.

– Les épées électrifiées nous serviront bien, alors, conclut Sandjiv.

– À condition de les maîtriser et de frapper vos cibles de façon précise, ajouta Kiev.

– On s'y remet ? les convia Virgile.

– Dès que vous serez plus habiles, il vous faudra aussi refaire l'exercice non pas un par un, mais en compagnie d'autres Deusalas. Vous apprendrez ainsi à lancer des rayons sans vous blesser mutuellement. Vous n'êtes pas au bout de vos peines, les avertit Océani.

Les dieux ailés s'agglutinèrent sur le bord de la falaise pour recommencer à faire éclater les galets. Océani se croisa les bras et les observa pour décider du moment où il les enverrait dans le ciel deux par deux, puis trois par trois, et ainsi de suite.

Sappheiros profita du fait que ses compatriotes étaient très concentrés sur leur performance pour se retirer discrètement. Il se dématérialisa et réapparut sur l'île défendue, mais n'entra pas tout de suite dans la caverne. Il se souvenait que son père savait se rendre indétectable quand il se sentait en danger, alors il y avait de fortes chances qu'il n'ait pas quitté les lieux au moment où Océani lui avait donné la chasse. C'est au détour du chemin qu'il aperçut finalement le sorcier, assis en tailleur sur un large rocher qui surplombait l'océan.

– Tu as une excellente mémoire, lui dit Salocin en se retournant pour admirer l'homme qu'était devenu son fils. Tu es tout le portrait de ta mère.

– Jadis, tu nous as dit, à elle et moi, que tu ne pouvais pas vivre sur Gaellans avec nous, car tu ne possédais pas d'ailes. Alors, comment es-tu arrivé sur cette île ? Ses falaises sont encore plus ardues à escalader que celles de Gaellans.

– J'ai acquis de nombreux pouvoirs depuis notre dernière rencontre, Sappheiros.

– Mais pas assez pour tenter de me retrouver.

– Premièrement, je t'ai cru mort pendant longtemps et, deuxièmement, il n'était pas question que je mène les assassins d'Achéron jusqu'aux Deusalas.

– Pourquoi nous épiais-tu, dans la caverne ?

– Je dois vérifier mes visions de l'avenir afin de les empêcher de se produire.

– Comme si c'était possible, surtout pour un seul homme.

– Pourquoi es-tu fâché contre moi ? Tu devrais être heureux de m'avoir retrouvé.

– Parce que tu n'as donné aucun signe de vie pendant des années et qu'aujourd'hui, tu réapparais avec des explications douteuses.

– Douteuses ?

– Si tu avais des intentions louables, tu n'aurais pas éprouvé le besoin de te cacher.

– Même si je te racontais tout ce que j'ai vécu, tu ne pourrais pas le comprendre, Sappheiros. Je n'ai pas d'autre choix que de me dissimuler en présence des dieux.

– Nous sommes des Deusalas, pas des animorphes.

– On ne modifie pas de vieux réflexes aussi facilement. Je suis méfiant et je le serai probablement toujours.

Sappheiros garda le silence pendant un moment en tentant de scruter les pensées de son père, mais il se heurta à un mur.

– Je n'arrive pas à déterminer si tu es sincère.

– Je ne laisse personne entrer dans ma tête.

– Pas même ton propre fils ?

– Ma survie en dépend. Si tu ne veux rien me dire au sujet des inscriptions qui se trouvent dans la grotte, je n'insisterai pas. J'ai d'autres moyens de me renseigner. Mon seul but, c'est de m'assurer que de pauvres innocents ne souffriront pas inutilement.

– Alors, retourne auprès des humains et fais en sorte qu'ils ne se retrouvent pas mêlés à cette guerre divine qui est sur le point d'éclater.

– Nous pourrions aussi la tuer dans l'œuf, même si visiblement tu n'y crois pas. J'aurais aimé que nos retrouvailles se passent autrement, mais ça m'a réchauffé le cœur de te savoir vivant et si bien portant.

« Est-il devenu à ce point insensible qu'il ne capte pas la douleur que j'éprouve encore d'avoir perdu ma propre famille ? » s'étonna Sappheiros.

– Il y a des choses qu'il est préférable d'enterrer à tout jamais si on veut survivre, lui dit le sorcier, qui avait suivi le cours de ses pensées.

Il s'inclina respectueusement devant lui et disparut.

APOLLONIA

Après être sorti de l'abri sans faire de bruit, car Sierra dormait encore, Wellan se rendit directement à la rivière pour se purifier. Il faisait si doux que même l'eau s'était réchauffée. Il nagea pendant de longues minutes, puis revint sur les grosses roches de la berge. Ailleurs, le sol était trop boueux pour qu'il puisse s'y asseoir. Il laissa le soleil lui sécher la peau avant de remettre ses vêtements.

Wellan fit le bilan de son aventure, qui n'avait commencé que quelques semaines plus tôt. Il s'était réveillé dans un cachot, mais s'était rapidement retrouvé dans une chambre fermée à clé de la forteresse. En peu de temps, il avait gagné la confiance de la grande commandante, qui l'avait alors laissé circuler à sa guise. Puis la haute-reine avait ordonné à Sierra de l'emmener à la guerre. Wellan n'avait aucun désir de se battre, mais cette expérience inespérée lui permettait d'en apprendre beaucoup plus sur les gens d'Alnilam que s'il était resté enfermé au palais.

Il n'avait pas passé beaucoup de temps auprès des Chimères, mais il savait qu'il allait bientôt s'y arrêter avec Sierra avant de se rendre chez les Salamandres. Il connaissait maintenant les Basilics et éprouvait beaucoup de respect pour leur discipline et leur efficacité. C'était la division qui subissait le moins de pertes chaque année.

Après un premier contact difficile avec les Manticores, Wellan avait appris à mieux les connaître. Pour oublier qu'ils ne reverraient plus jamais leur famille et leurs amis, ces guerriers s'occupaient sans relâche. Cependant, l'Émérien ne comprenait pas pourquoi ils torturaient ainsi leur corps. Un Chevalier se devait bien sûr d'être au meilleur de sa forme, mais les Manticores poussaient la chose un peu trop loin à son goût.

Ses pensées se tournèrent ensuite vers Nemeroff. Tant que les Deusalas continuaient de s'entraîner et qu'ils ne subissaient pas encore d'attaques de la part de leurs ennemis, le jeune roi n'avait pas vraiment besoin de lui. « Espérons que j'aurai eu le temps de rencontrer les Salamandres avant que l'enfer se déchaîne… » Il irait évidemment épauler son ami si ça devait se produire, car il n'était pas question qu'il le ramène à son père et à son épouse autrement que vivant.

Il chaussa ses bottes et revint au campement, où Baenrhée préparait une marmite de légumes odorants. Depuis qu'il sillonnait le nord d'Alnilam, Wellan avait mangé à peu près n'importe quoi en se levant le matin. Il prit l'écuelle que lui tendait la guerrière et alla s'asseoir avec Messinée et Pavlek.

– On dirait que le redoux se prolonge, remarqua l'ancien soldat.

D'ailleurs, ni l'un ni l'autre de ses compagnons ne portait sa cape.

– Il ne dure jamais aussi longtemps, commenta Messinée.

– C'est la première fois que ça se produit depuis que je suis avec les Manticores, ajouta Pavlek.

– Je suis sûre que c'est de ta faute, Wellan, l'accusa Baenrhée.

– Je n'aime pas particulièrement le froid, mais je n'oserais jamais modifier la progression normale de vos saisons.

– C'est plutôt curieux que tu arrives dans le coin et que tout se mette à aller de travers.

– Un peu de patience. Je repars bientôt.

Wellan savait bien que c'était le nouveau cours d'eau qui attirait toute cette chaleur à l'intérieur du continent et il l'avait d'ailleurs déjà mentionné aux Manticores. Il n'allait pas leur donner en plus une leçon de géographie.

– Tu vas me manquer, avoua Pavlek.

– Nous commencions à nous habituer à toi, le taquina Messinée.

– Mon expérience auprès de votre division a été très intéressante, mais j'ai encore beaucoup de choses à apprendre de toutes les autres.

– En d'autres mots, tu as hâte de partir, interpréta Baenrhée.

– Je connais à peine les Chimères, alors il me tarde de passer un peu de temps avec elles avant que Sierra nous emmène chez les Salamandres, se justifia Wellan.

– Pour avoir Ilo sur le dos pendant de nombreuses semaines ? J'aurais dû me douter que tu es masochiste.

– Je pense que c'est surtout pour se remettre de son séjour ici, intervint Messinée.

Wellan se dépêcha de manger pour échapper à leurs commentaires. Il déposa son écuelle dans la grande cuve où trempaient toutes les autres, puis se rendit sur la colline, heureux de sentir un vent plus chaud jouer dans ses cheveux. Il s'arrêta pour observer la vallée.

La neige avait fondu sur la bande de terre qui s'étendait entre le fleuve de Nemeroff et la petite rivière. Elle avait même disparu sur la rive sud. « Si ça continue ainsi, les fleurs vont bientôt pousser », songea Wellan. Cet endroit devait être magnifique au printemps. Il sentit alors l'approche d'une Manticore et se demanda s'il devait fuir.

– C'est donc ça que m'annonçaient mes cartes, laissa tomber Apollonia en se plantant à côté de lui.

– Qu'annonçaient-elles, au juste ?

– De grands bouleversements qui se manifesteront tout d'abord en douceur, mais qui ne seront malheureusement pas en notre faveur.

– À qui profiteront-ils ? Aux Aculéos ?

– Ce n'est pas encore très clair.

– Il pourrait aussi s'agir de perturbations d'un ordre différent, avança Wellan. Ce serait sans doute le bon moment de consulter ton tarot afin d'obtenir plus de réponses.

– Peut-être bien.

– J'aimerais te voir à l'œuvre.

– Pourquoi pas ? J'ai toujours mes cartes sur moi. Il me faut seulement un endroit tranquille.

– Dans les ruines d'une de ces anciennes villes, par exemple ?

– C'est une longue marche.

– Tiens donc, une Manticore qui craint l'effort ?

Wellan ne lui laissa pas le temps de répliquer. Il lui prit la main et les transporta tous les deux sur le bord de la rivière.

– Je continue de trouver ça très impressionnant, avoua Apollonia.

– Tes cartes n'ont jamais mentionné l'existence des vortex ? se moqua l'ancien soldat.

Ils marchèrent jusqu'aux vestiges d'une maison qui avait été moins endommagée que les autres. Ses trois murs qui tenaient encore debout coupaient le vent.

– Il me reste juste à trouver un endroit sec où je pourrais déposer mes cartes.

Puisque tous les meubles avaient brûlé, Wellan alla chercher une petite table et deux chaises à la forteresse d'Antarès et les fit apparaître entre Apollonia et lui.

– N'y a-t-il donc aucune limite à ce que tu peux faire ?

– Malheureusement oui.

La Manticore s'assit et décrocha de sa ceinture le petit sac en soie noire dans lequel elle conservait son tarot. Wellan prit place devant elle pour observer son travail. Apollonia commença par se mettre dans un état légèrement méditatif, puis battit ses cartes avec des gestes lents. Au bout d'un moment, elle en déposa dix sur la table, en formant une croix. Wellan aperçut tout de suite l'horreur dans ses yeux.

– De ténébreuses machinations… des promesses non tenues… une menace dans l'ombre… du sang dégouttant d'un glaive… il y a un traître parmi nous…

– Es-tu en mesure de l'identifier ?

Apollonia battit les cartes à nouveau, mais plus nerveusement, cette fois. Wellan les regarda une à une tandis qu'elle les plaçait devant elle, mais il ne connaissait rien à cet art de divination.

– Est-ce le sorcier Salocin ?

– Pas de magie… une naïveté coupable… un désespoir dissimulé… l'emblème de l'Ordre…

Elle leva un regard paniqué sur Wellan.

– C'est un des Chevaliers…

– S'il y avait un traître parmi vous, vous l'auriez démasqué depuis longtemps, car vous êtes très près les uns des autres. Tes cartes se sont-elles déjà trompées ?

– Jamais…

– Ne vois-tu pas son nom ? Quelle est la nature de cette trahison ?

Apollonia déposa d'autres cartes par-dessus les premières. Ses mains tremblaient. « La menace est donc bien réelle », s'inquiéta Wellan.

– Tromperie… Ce Chevalier a su gagner la confiance de tous… il a fait ses preuves…

– Est-ce un homme ou une femme ?

– Le jeu refuse de me le préciser… Je sais seulement que c'est un soldat et que je le connais… Il nous côtoie mais il travaille aussi pour l'ennemi…

– Comment pourrions-nous découvrir de qui il s'agit avant qu'il ne soit trop tard ?

Elle tira des cartes supplémentaires.

– Nous ne saurons pas qui c'est avant qu'il ou elle se dévoile… durant l'été…

– Après ou avant avoir causé la mort de plusieurs de ses compagnons d'armes ?

– C'est ça qui est curieux : le sang versé sera le sien.

– Tu vois vraiment tout ça dans tes cartes ?

Apollonia décocha un regard offensé à Wellan.

– Pardonne-moi. Je n'y connais rien.

– Dans ce cas, fais-moi confiance.

– Si on en croit ton jeu, il semblerait qu'il paiera pour sa traîtrise sans vous causer de tort.

– La déloyauté est une attitude suffisamment blâmable, tu ne trouves pas ?

Elle remit son tarot dans la pochette.

– Et si c'est une Manticore, je lui arracherai moi-même les yeux !

– Il faut prévenir Sierra.

– C'est moi qui le ferai. Ramène-moi au campement.

Wellan utilisa son vortex pour les transporter près d'un feu. Apollonia fit signe à la grande commandante qu'elle devait s'entretenir avec elle de toute urgence. Sans perdre de temps, les deux femmes s'engouffrèrent dans l'abri du chef des Manticores. Wellan resta sur place, troublé. Discrètement, il sonda le cœur de toutes les Manticores qui se trouvaient autour de lui : il ne trouva aucune pensée obsédante, aucun remords. Mais il ne s'agissait là que d'une poignée des membres de l'Ordre. « Une fois que Sierra aura été mise au courant de la situation, je lui offrirai de mener une enquête plus approfondie », décida-t-il.

Dans l'abri, Sierra écouta attentivement le rapport d'Apollonia.

Même si Alnilam était un monde de plus en plus scientifique et industrialisé, ses habitants continuaient de croire que certaines personnes possédaient des dons de divination. De plus, au fil des ans, le chef des Manticores avait souvent fait des prédictions qui s'étaient concrétisées. Sierra avait donc appris à ne pas les négliger.

– Un traître ! s'exclama-t-elle, horrifiée. Dans nos rangs ? C'est inconcevable !

– C'est bien ce que j'ai vu.

– Sors ton tarot.

Apollonia s'exécuta pendant que la grande commandante étendait une cape entre elles pour qu'elle puisse déposer ses cartes sur une surface plane.

Sierra surveilla tous les gestes de la Manticore pour s'assurer qu'elle ne se payait pas sa tête. Mais Apollonia était si bouleversée que ses mains tremblaient, ce qui ne lui ressemblait pas du tout.

– Dis-moi tout ce que tu peux sur ce transfuge, ordonna-t-elle. Je veux tout savoir, même ce qui te semble inexplicable.

– Ce sera un geste froid et calculé.

– De la part d'un Chevalier ? s'exclama Sierra, incrédule.

– Je le vois aussi souffrir plus tard, tant moralement que physiquement.

– De ma main, oui !

– Les circonstances qui entourent cette trahison demeurent nébuleuses.

– Débrouille-les.

Même si elle ne croyait pas pouvoir en apprendre davantage de ses cartes, Apollonia les battit de nouveau.

– Le jeu devient de moins en moins précis, comme s'il ne voulait plus nous révéler quoi que ce soit.

– Alors, posons-lui la question autrement. Demande-lui si nous apprendrons bientôt de qui il s'agit.

La Manticore se plia à l'exercice, mais elle connaissait bien ses cartes. Quand elles commençaient à devenir vagues, en général, elle ne pouvait plus rien en tirer.

— Elles me répondent la même chose que tout à l'heure : durant la saison chaude. Mais il vient de se rajouter une autre carte, celle de la mort.

— Ce n'est pas surprenant, puisque j'exécuterai ce traître. Nous nous battons depuis des années contre un ennemi dangereux qui refuse de capituler. La présence d'un espion déterminé à nous faire perdre cette guerre me dégoûte au point d'en vomir.

Apollonia n'avait d'ailleurs jamais vu sa commandante aussi fâchée.

— N'en parle à personne, ordonna Sierra.

— Même à Baenrhée, qui est mon bras droit ?

— À personne, tu entends ? Garde l'œil ouvert. Dès que nous aurons enfin les appareils de communication, tu pourras m'avertir si tu soupçonnes quelqu'un. Je viendrai alors chercher le suspect pour l'incarcérer à la forteresse.

— Bien compris.

Avant d'exploser de colère, Sierra quitta l'abri. Sans avertir qui que ce soit, elle se dirigea sur le sentier qui menait à la vallée. Elle avait beau repasser mentalement ses soldats dans son esprit, elle ne pouvait tout simplement pas concevoir qu'un seul d'entre eux ait pu la trahir. « Je ne pourrai plus faire confiance à personne », déplora-t-elle. Elle avait déjà décidé de n'avouer la vérité qu'à ses lieutenants pour qu'ils l'aident à dénoncer le coupable. « Sont-ils déjà au courant mais ne disent rien pour le protéger ? Est-ce l'un d'entre eux ? »

Sierra secoua vivement la tête pour arrêter de fabuler. Elle ne condamnerait personne avant d'avoir des preuves solides. Elle essaya de se rappeler des comportements étranges jusqu'à ce qu'elle atteigne la rivière. Elle prit place sur un quai dont plus personne ne se servait pour continuer à réfléchir.

– Un Chevalier ? répéta-t-elle comme si elle tentait de se persuader que ce pouvait être vrai.

Incapable de se retenir plus longtemps, elle éclata en sanglots. Son système de valeurs reposait sur l'intégrité et la loyauté des membres de l'Ordre. Tout à coup, elle avait l'impression que son univers venait de s'écrouler.

AURORA BORÉALIS

Wellan ne revit pas Sierra avant le coucher du soleil. Il savait exactement où elle était allée, mais il avait aussi ressenti ses émotions et avait jugé que ce n'était pas le moment de l'importuner. Il resta assis devant son repas, se contentant de la suivre des yeux. Elle semblait déboussolée. C'est elle qui vint finalement s'asseoir près de lui. Il lui offrit une assiette, mais elle la refusa.

— As-tu parlé à quelqu'un de ce qu'Apollonia a vu dans ses cartes, ce matin ? chuchota-t-elle.

Il secoua énergiquement la tête.

— Ne le fais surtout pas. Je ne veux pas alerter tu sais qui.

Les Manticores arrivaient par petits groupes pour le repas, alors Sierra ne dit plus un mot. Pour lui faire plaisir, Wellan lui fit apparaître un grand bock de bière froide qu'il avait trouvé à Antarès. Elle esquissa un demi-sourire et se mit à boire. Dès que son prisonnier eut fini de manger, Sierra l'invita d'un geste discret à la suivre. Ils marchèrent ensemble en direction du parcours d'obstacles, où il n'y avait plus personne dès qu'il commençait à faire sombre. Elle prit place dans les marches de l'escalier en apex, mais il resta debout devant elle.

— Nous sommes seuls, affirma-t-il en voyant qu'elle regardait autour d'elle.

— Si nous ébruitons cette affaire, nous n'attraperons jamais le coupable.

— Tu as raison.

– Je n'en parlerai qu'aux commandants des divisions pour qu'ils m'aident à le trouver.

– Apollonia a-t-elle vu autre chose dans ses cartes ?

– Rien qui nous permette d'identifier le traître. Je n'arrive pas à croire qu'un de mes soldats soit un espion à la solde des Aculéos. Pire encore, cette personne me regarde probablement droit dans les yeux chaque fois que je la croise.

– Que te dit ton intuition ?

– Rien du tout et ça me trouble encore plus. As-tu déjà vécu cette situation dans ton armée ?

– Heureusement, jamais, mais je comprends ce que tu ressens. Si tu le désires, je peux mener ma propre enquête.

– Si tu le fais de façon vraiment très subtile, alors je suis d'accord.

– Je comptais utiliser mes facultés magiques.

– Si tu avais découvert un transfuge dans tes rangs, que lui aurais-tu fait ?

– Hum… je pense que j'aurais écouté ses raisons de m'avoir trahi, puis je l'aurais ou bien emprisonné, ou bien exilé.

– Tu ne l'aurais pas mis à mort ? s'étonna Sierra.

– Nous ne tuons pas d'autres humains chez moi, mais ça ne veut pas dire que nous ne les punissons pas.

– Tu proviens vraiment d'un monde étrange…

– Même si nous sommes primitifs, comme tu me le répètes si souvent, nous ne sommes pas des barbares.

– Nous nous mettrons en route dès la première heure demain, décida-t-elle en ne donnant pas suite à sa remarque.

– Je peux nous transporter instantanément où tu voudras, Sierra, pour autant que j'y sois déjà allé auparavant.

– Oui, je sais, mais je ne veux pas arriver chez Chésemteh au milieu de la nuit. Et surtout, je veux me calmer avant de partir, sinon les Basilics sauront tout de suite que quelque chose ne va pas.

– Tu as raison.

Même s'il faisait plus chaud le jour, les nuits n'en demeuraient pas moins froides. En voyant Sierra se frictionner les bras, Wellan décida de la ramener au campement.

Les Manticores étaient en train de jouer aux devinettes. Sierra n'avait pas le cœur à rire, mais elle prit place devant l'un des feux pour observer les pitreries de ses soldats. Wellan resta près d'elle. Il sonda tous les visages sans trouver celui d'Apollonia. Sans doute se trouvait-elle dans le même état que la grande commandante et avait décidé de ne pas se mêler aux jeux.

Au bout d'une heure, Sierra quitta la troupe pour aller se réfugier dans l'abri. Encore une fois, Wellan la suivit. Il alluma un feu magique et resta silencieux, attendant que la jeune femme parle la première. Au lieu de s'allonger sur sa cape, celle-ci s'assit, le dos contre le mur, et laissa son regard se perdre dans les flammes.

– Audax n'a jamais eu à faire face à un tel problème, soupira-t-elle. Je ne sais même pas comment il l'aurait réglé.

– Si c'est lui qui t'a formée, alors il y a fort à parier qu'il aurait agi comme toi.

– Il était bien plus pondéré que moi. En fait, je pense qu'il aurait plutôt choisi ta solution. Il voulait croire que nous avions tous du bon en nous, même les Aculéos. Il m'a souvent répété que si nous arrivions à communiquer avec eux, nous pourrions en venir à une entente. Ils l'ont quand même tué.

– La même chose m'est arrivée aussi… murmura Wellan, perplexe.

Sierra se tourna vers son prisonnier.

– Puis-je te faire une confidence ?

– Tu sais bien que oui.

– La première fois que je t'ai aperçu dans le cachot, tu m'as fait penser à Audax.

– Si je peux aussi te confier un secret, moi, j'ai cru voir Bridgess lors de cette rencontre.

– C'est plutôt curieux, non ?

– Pas si on considère que nos mondes parallèles sont peut-être le reflet inversé l'un de l'autre.

– Inversé ?

– Comme s'ils se situaient de chaque côté d'un miroir. Ce qui se trouve d'un côté doit nécessairement exister de l'autre.

Sierra prit le temps d'y penser. « Ça va lui changer les idées », se réjouit Wellan.

– Donc, dans ton univers, il y aurait une Apollonia, une Chésemteh, une Alésia et un Ilo, par exemple ?

– J'en suis certain, mais ça pourrait nous prendre toute une vie pour établir ces correspondances.

– Qui serait l'équivalent de Nemeroff, ici ?

– Malheureusement, je ne connais pas suffisamment de gens à Alnilam pour risquer un nom.

– Il aurait été très intéressant que tu arrives ici avant la mort d'Audax. J'aurais aimé que tu le connaisses.

– J'avoue que ça m'aurait plu.

Cette conversation sur les mondes parallèles permit à Sierra de se détendre et de trouver enfin le sommeil. Il vint moins facilement à Wellan, qui continua de se torturer l'esprit avec cette théorie farfelue. Lorsqu'il parvint à fermer l'œil, ce ne fut pas pour longtemps. Des cris de panique le réveillèrent en sursaut. Sierra n'était plus près de lui.

En effet, la grande commandante, qui ne dormait jamais profondément, avait perçu la terreur de ses Chevaliers. Elle s'était précipitée dehors sur-le-champ. Debout entre les feux, les Manticores regardaient au-dessus des arbres, en direction de la falaise. Elles étaient effrayées par le spectacle qui s'offrait à elles : des draperies de lumière verte très brillante ondulaient de façon féerique dans le ciel.

– Ce n'est pas bon signe, n'est-ce pas ? demanda Mactaris, qui serrait la main d'Eanraig dans la sienne pour se rassurer.

– Pas du tout, affirma Dholovirah.

Wellan s'extirpa de l'abri et les rejoignit en observant le phénomène d'une beauté irréelle.

– C'est un avertissement du ciel ! les informa Apollonia.

– Ce n'est qu'une aurore boréale engendrée par un bombardement de rayons solaires dans l'atmosphère, la corrigea Wellan.

– Peut-être chez vous, mais pas ici, rétorqua Dholovirah.

– La dernière fois que ces étranges lumières sont apparues dans le ciel, les Aculéos ont commencé à descendre de leurs falaises pour attaquer les humains, expliqua Dassos, pour que Wellan comprenne mieux ce qu'il voyait.

– Et les Aculéos n'ont pas cessé de s'en prendre à vous depuis. Donc, selon vous, c'est le signal qu'un nouvel ennemi va se manifester ?

– C'est difficile à dire, soupira Pavlek, mais c'est certainement quelque chose de malfaisant.

– Cette prédiction de malheur s'adresse peut-être aux hommes-scorpions, cette fois ? tenta Wellan pour les apaiser.

– Nous savons tous que cette manifestation divine nous est destinée, se résigna Apollonia.

Wellan décida donc de se taire et contempla la danse de la lumière dans le ciel d'encre. Il se rappela que bien des années auparavant, le passage d'un météore en feu dans son propre monde avait annoncé la destruction de tout un peuple.

– Que pouvons-nous faire ? s'enquit Samara.

– Rien du tout, répondit Apollonia. Les dieux nous avertissent de ce qui s'en vient. Ils ne veulent pas savoir si nous sommes d'accord.

– Mais nous pouvons redoubler de prudence pour ne pas être pris par surprise, suggéra Baenrhée, qui refusait de se laisser impressionner par le phénomène.

« Ce n'est pas une mauvaise idée », songea l'ancien soldat.

– Allez chercher mon cheval et celui de Wellan ! ordonna Sierra.

– Je croyais que tu ne voulais pas partir au beau milieu de la nuit, s'étonna Wellan.

– J'ai changé d'idée.

Céladonn et Tanégrad s'armèrent de lampes de poche et se dirigèrent dans le pré où paissaient les chevaux. Sierra en profita pour s'approcher d'Apollonia.

– Je te ferai porter un movibilis dès qu'ils seront prêts, lui dit-elle. Ainsi, nous pourrons nous parler aussi souvent que nécessaire. Nous ne savons pas encore quelle forme prendra cette menace ni où elle frappera, mais nous devrons rester en contact. Sois vigilante.

Les deux femmes se serrèrent un bras tout en appuyant leur front l'un contre l'autre.

– Sous le ciel ! Sur la terre ! La ferveur au cœur ! clama Apollonia pour se redonner du courage.

Sierra et Wellan allèrent chercher leurs affaires et revinrent vers les chevaux que les Manticores étaient en train de préparer pour eux. Ils attachèrent leurs sacoches à la selle et glissèrent leurs armes dans les fourreaux.

Avant qu'ils mettent le pied à l'étrier, Eanraig se détacha des Chevaliers et s'approcha de l'Émérien.

– Merci pour tout, Wellan.

– Je te souhaite un bel avenir dans l'Ouest, Eanraig.

– Je pense rester encore un peu avec les Manticores. J'ai encore beaucoup à apprendre avant de devenir un véritable soldat, mais je veux moi aussi contribuer à sauver Alnilam.

Wellan savait bien qu'il avait changé ses plans pour Mactaris, mais il n'en fit pas mention. Il lui serra les bras à sa façon et grimpa sur son cheval.

– Sous le ciel ! Sur la terre ! La ferveur au cœur ! hurlèrent les Manticores.

Les deux cavaliers s'éloignèrent du campement en direction de la colline.

– C'est quand tu veux, déclara Sierra, qui ne craignait plus maintenant de voyager par vortex.

Le soldat-magicien fit donc apparaître la grande roue dans laquelle tourbillonnait une éclatante lumière, après avoir choisi dans son esprit l'endroit où il voulait se rendre. La grande commandante s'y engagea en rassurant sa monture, aussitôt suivie de Wellan. En quelques secondes, ils se retrouvèrent dans la clairière où les tours attendaient toujours d'être livrées à leur emplacement final. Mohendi sauta de la branche où il était posté et s'avança vers eux.

– J'imagine que vous êtes revenus à cause de la lumière dans le ciel, mais ne restez pas là, les avertit-il. Il est trop facile pour les Aculéos de passer inaperçus quand nous sommes fascinés par autre chose.

Sierra talonna son cheval et se dirigea vers le campement dont on apercevait quelques feux à travers les arbres. Elle mit pied à terre en même temps que Wellan. Olbia vint chercher leurs chevaux.

– Ne les desselle pas, l'avertit Sierra. Nous ne serons pas ici longtemps.

Chésemteh s'approcha en compagnie de Locrès et de Trébréka.

– Ça sent mauvais, fit la femme-scorpion.

– Moi, je ne sens rien du tout, s'étonna Trébréka.

Sa remarque fit sourire Wellan, qui constata qu'il s'était ennuyé d'elle.

– Est-ce que c'est ce qu'Audax a vu, lui aussi, jadis ? demanda Locrès.

– Ça ressemble en effet à ce qu'il m'a décrit, affirma Sierra.

– Moi, je trouve ça tellement beau ! s'extasia la jeune Eltanienne.

– Les mirages sont toujours attrayants, Éka, fit Chésemteh, mais la plupart cachent des périls mortels.

– Ça veut dire que quelqu'un mourra ?

– Pas nécessairement, répondit Wellan.

Devinant que Sierra voudrait s'entretenir en privé avec la commandante des Basilics, il emmena l'Eltanienne au centre du campement, où ils avaient une très bonne vue de l'aurore boréale. Chésemteh, qui avait déjà compris ce que lui disaient les yeux de Sierra, la suivit à l'écart.

– Dis-moi ce que tu sais sur la lumière, exigea la femme-scorpion.

– Parlons d'abord de ce qui s'est passé chez les Manticores. Les cartes d'Apollonia lui ont révélé la présence d'un traître dans nos rangs.

– Tu sais ce que je pense de ses dons.

– Oui, je le sais, mais elle a souvent raison.

– Il n'y a pas de traître parmi les Basilics. Ça, je peux te le jurer.

– Nous ne savons pas dans quelle division il se cache. Tout ce que je te demande, Ché, c'est de rester sur tes gardes. Et si tu découvres qui c'est, détiens-le et attends mon retour.

– Tu sais pourtant que ce ne sera pas possible. Si c'est quelqu'un de ma division, je le tuerai de mes propres mains. Qui suspectes-tu ?

– Personne, pour le moment. Apollonia va passer sa garnison au peigne fin et je vais demander à Ilo de faire la même chose.

– Mais si le fourbe fait partie des Salamandres, tu n'arriveras jamais à le différencier des autres. Elles sont toutes folles et n'importe laquelle pourrait servir l'ennemi sans s'en rendre compte.

– Ouais… J'entends déjà les protestations d'Alésia.

– Tu pourrais te servir des pouvoirs de Wellan pour le débusquer.

– J'y ai pensé, mais le seul endroit où il pourra scruter tous les Chevaliers d'Antarès, ça risque d'être à la forteresse au prochain répit. Même chez les Manticores, il n'en a rencontré qu'une centaine.

– Je m'apprêtais à faire ma ronde de mes troupes à Hadar. Je vais tous les passer en revue.

– Merci, Ché. Mais tout comme toi, je ne pense pas que le traître soit un de tes soldats. Tu l'aurais tout de suite flairé.

– Tu restes à coucher?

– Non. Le temps presse. Je veux aussi prévenir Ilo.

Elles revinrent donc vers les autres. Wellan remonta en selle pendant que les deux commandantes échangeaient un salut silencieux. Sierra se hissa sur son cheval et prit les devants. Elle choisit de retourner à la clairière des antennes. L'ancien soldat la suivit en continuant de contempler l'aurore boréale.

– Emmène-nous chez les Chimères, fit alors Sierra.

– À vos ordres, commandante.

Le vortex apparut devant elle et quelques secondes plus tard, ils arrivaient à Antarès. Ils furent immédiatement interceptés par Slava et Méniox.

– Dépêchez-vous sinon vous allez manquer le spectacle! les pressa Slava.

– On peut le voir depuis Arcturus, lui apprit la commandante.

Sierra et Wellan leur laissèrent les chevaux. Comme ils s'y attendaient, toutes les Chimères se tenaient debout au centre du campement, malgré l'heure tardive, et observaient l'aurore boréale. Sierra poursuivit sa route jusqu'à Ilo et glissa ses doigts entre les siens.

– Je me doutais bien que ce phénomène t'inquiéterait au point de te faire revenir ici plus tôt, déclara-t-il sur un ton neutre.

– Tu sais comme moi ce qu'il annonce.

– Ce ne sont que des superstitions. Arrête de donner foi aux dires d'Audax.

– J'oubliais que les Eltaniens ne prêtent pas attention aux signes divins.

– Et toi, depuis quand crois-tu aux dieux ?

Elle baissa la tête, penaude.

– Il s'agit d'un phénomène atmosphérique très rare et nous avons de la chance d'y assister. Rien de plus.

Un peu plus loin, Wellan avait entendu leur échange, mais il ne voulait surtout pas jeter de l'huile sur le feu. Troublée, Cercika s'approcha de lui.

– Que vois-tu ? lui demanda Wellan.

– Plus rien ne sera jamais pareil… murmura-t-elle.

– Vont-ils descendre par millions de la falaise ?

– Non… du ciel…

Avant que Wellan puisse continuer de la questionner, la jeune femme courut se réfugier dans son abri. Il leva donc encore une fois les yeux vers la voûte céleste. « J'imagine que nous le saurons bien assez vite », soupira-t-il intérieurement.

LEXIQUE

Ascensum – ascenseur

Détector – caméra de surveillance

Frigidarium – réfrigérateur

Kithara – Guitare

Locomotivus – locomotive

Maskilas – bombes de cristal

Mistraille – mitraillette

Movibilis – téléphone sans fil

Muruscom – interphone

Ordinis – ordinateur

Parabellum – pistolet

Parafoudre inversé – paratonnerre inversé

Pendulus – réveil-matin

Réflexus – photographies

Scanographie – radiographie

Statères et drachmes – monnaie d'Alnilam

Stationarius – téléphone fixe

Véhiculum à chenille – tracteur

Vidéoxus – vidéos

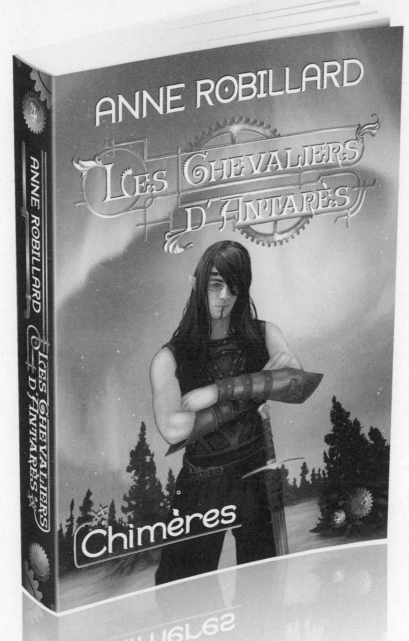

Vous êtes curieux de savoir comment Wellan et Nemeroff se sont retrouvés sur Alnilam ?

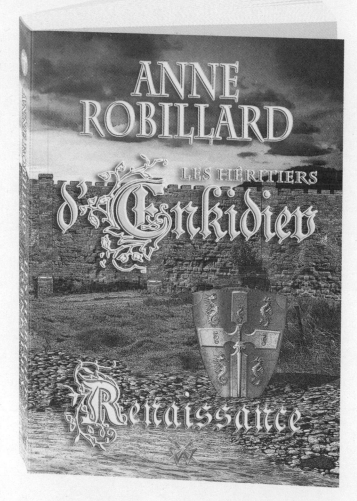

Découvrez-le en lisant la saga des Héritiers d'Enkidiev !

MARQUIS
Imprimé au Québec, Canada
Août 2016